LE PALAIS
DES COURTISANES

Frédéric Lenormand est l'auteur de nombreux romans et essais historiques et de pièces jouées sur scène et à la radio. Il a reçu le prix François Mauriac de l'Académie française en 1999 pour *Les Princesses vagabondes* (Lattès), le prix Thyde Monnier de la Société des gens de lettres, le prix du Jeune Romancier de la fondation Hachette, ainsi que la bourse Del Duca du Premier Roman.

Frédéric Lenormand

LE PALAIS DES COURTISANES

Les Nouvelles Enquêtes du juge Ti, vol. 3

ROMAN

Fayard

TEXTE INTÉGRAL

ISBN 978-2-7578-0050-8
(ISBN 2-213-62249-3, 1ʳᵉ publication)

© Librairie Arthème Fayard, 2004

Personnages principaux

Mme Yu, tenancière d'une maison close.
Rouge-Pivoine, courtisane.
Camélia, prostituée enceinte.
Lotus-Pâle, prostituée et confidente.
Fleur-de-Pêcher, jeune prostituée.
Mme Sui, amie des épouses du juge Ti.
Mme Lia, clocharde alcoolique.

Wang Gu-li et Wang To-ma, armateurs sur le déclin.
Wang Ji, demi-frère des Wang.
Zhao Ding, majordome des frères Wang.
Hsueh Xan, capitaine des sbires attachés au tribunal.
Souen Tsi, premier scribe du juge Ti.
Cheng Mi-tsung, ancien mari de Mlle Camélia.

L'action se situe en l'an 668, Le juge Ti, âgé de trente-huit ans, est magistrat de Pou-yang, sur le grand canal impérial qui traverse la Chine du nord au sud.

I

*Ti se prépare à recevoir un hôte de marque ; il se
voit entraîner plus loin qu'il ne l'aurait voulu.*

Ti et ses épouses étaient en train de vérifier que
tout était parfait pour recevoir le juge Lo, qui allait
faire étape chez eux sur le chemin de la préfecture. Il
avait été convoqué à une réunion de hauts fonctionnaires et fins lettrés qui résidaient momentanément
chez le préfet. Ti avait gardé de son vieil ami le souvenir de leurs années d'apprentissage de la magistrature
dans les services de l'administration métropolitaine :
– Lo est un homme particulièrement sensible, doté
d'un goût aussi pointu que sûr. Je tiens à ce que le
moindre détail soit à la hauteur de ce qu'il est en
droit d'attendre.
Madame Deuxième lui assura que son collègue
serait enchanté de son installation. Elle avait personnellement dirigé l'agencement de l'appartement des
invités, où elle avait distribué quelques bouquets d'une
élégance élaborée. Madame Première avait pris soin
de garnir les rayonnages d'un florilège de recueils
de poésies signés des auteurs les plus prisés. Quant
à madame Troisième, elle avait envoyé les enfants

coucher à l'autre bout de la maison pour que leurs cris ne dérangent pas la sérénité de l'érudit qui allait partager leur toit.

Quand l'équipage du visiteur fut annoncé, les trois femmes se retirèrent, conformément à une politesse de bon aloi, après avoir souhaité à leur mari une agréable soirée. « Ma maison est vraiment bénie des dieux », se dit le juge avec un sourire satisfait. Tout lui semblait idéal en cet instant : des épouses compréhensives, coopératives et efficaces, des rejetons discrets et obéissants, un ami fidèle dont la présence ne pourrait être que divertissante. Sans doute allaient-ils évoquer durant des heures les souvenirs de leurs jeunes années, autour de mets délicats et des meilleurs vins que son cuisinier aurait pu leur procurer.

Ti sortit sur le perron de la salle de réception. Des lampions avaient été allumés de part et d'autre de la cour pour prévenir la disparition incessante de la lumière du jour. Une petite voiture à cheval garnie de rideaux venait de s'immobiliser. Les serviteurs se hâtèrent de déployer le marchepied afin de permettre à l'unique passager de s'en extraire commodément. Un petit homme au ventre rebondi descendit avec précaution du véhicule et s'en fut à la rencontre du magistrat. Un sourire jovial éclairait son visage orné de fins favoris, bien qu'un pli de contrariété marquât visiblement son front.

– Ah ! Cher frère-né-avant-moi ! s'exclama Lo en ouvrant les bras pour y recevoir son vieil ami, qu'il embrassa sans hésitation sur les deux joues. Quel plaisir de pouvoir se reposer sur une épaule amicale quand le monde s'écroule autour de soi ! Je suis si heureux d'être auprès de vous ce soir ! Nous nous voyons trop rarement. Ces rencontres sont toujours pour moi une source d'enrichissement intérieur. On goûte auprès de vous une telle tranquillité, si rafraîchissante pour l'âme de celui qui recherche la plénitude !

Après l'échange des politesses d'usage, Ti le fit entrer à l'intérieur du yamen, où les domestiques s'activaient pour allumer les flambeaux.

– Ah ! s'écria le voyageur. Voilà une demeure qui respire le bien-être et la sérénité ! Que ne m'est-il donné de jouir chez moi d'une telle harmonie ! Vous ne connaissez pas votre chance, Ti, de mener une vie calme et dénuée de surprises sentimentales, en un mot complètement plate.

Ti le remercia de ses bonnes pensées. Lo lui paraissait particulièrement exubérant, cela cachait quelque chose. Il se fia à son instinct d'enquêteur, aiguisé par ce qu'il se rappelait tout à coup des mœurs du personnage :

– Quelque personne maladroite aura brisé votre cœur fragile, c'est cela ? supposa-t-il.

Les traits de Lo se décomposèrent subitement. Il s'effondra sur l'épaule amicale évoquée un instant auparavant :

– Les femmes sont cruelles ! gémit le magistrat replet, tandis que ses yeux humides menaçaient de répandre de grosses larmes sur la belle tunique d'intérieur en soie du juge Ti.

Ce dernier entendit quelqu'un pouffer derrière une tenture. Il laissa son invité à ses lamentations. Ses trois épouses étaient en train de guetter le nouveau venu par l'échancrure d'un rideau suspendu au travers d'une porte. Il ne savait s'il était plus irrité de se voir espionné ou de constater qu'elles se permettaient de rire des malheurs de leur hôte. Il passa dans l'alcôve et fronça les sourcils.

– Le noble juge Lo est un lettré d'un grand raffinement, un homme délicat que rien ne doit heurter, chuchota-t-il.

Madame Troisième lui tendit un plateau sur lequel étaient disposés des fiasques et de petits bols à alcool en porcelaine fine :

– Voici de quoi le remonter, je pense. Tâchez de lui faire comprendre que toutes les femmes ne sont pas des ensorceleuses cruelles. Les dames de bon ton ne se livrent pas à ce genre d'exercice, et leur fréquentation exclusive permet d'éviter ces travers. Les souffrances des hommes sont en général provoquées par leurs propres faiblesses.

Son époux prit le plateau et retourna auprès de son compagnon, qui s'essuyait les yeux du revers de ses longues manches brodées. Soucieux de détourner la conversation vers des sujets moins douloureux, Ti l'interrogea sur son voyage à la préfecture. Lâchant la poignée d'amandes salées qu'il venait de saisir, Lo fit le geste du politicien accablé par des corvées dont l'importance empêchait qu'on les déléguât à des sous-fifres moins chevronnés.

– Oh, il s'agit d'une conférence fastidieuse, quoique d'un puissant intérêt stratégique pour notre contrée. Le préfet a requis mes lumières pour éclairer des émissaires du gouvernement sur la situation politique de notre région. Que voulez-vous ! Il faut bien se sacrifier à son devoir, n'est-ce pas ? Je suis sûr que vous aussi, un jour, on vous convoquera pour vous demander conseil sur la façon de mener les enquêtes criminelles ; il paraît que vous vous êtes fait un petit nom dans ce domaine.

Ti approuva vaguement du menton. Il avait bien fait de prendre ses renseignements de son côté. L'un de ses clercs lui avait appris que le préfet recevait quelques fonctionnaires métropolitains de passage, de vieux amis, que Lo avait été prié de venir distraire par ses talents de poète, son humeur fantasque et ses dons de convive à l'appétit insatiable. Ti observa d'un œil critique le gros viveur avachi en face de lui, qui posait au fin stratège expert en politique locale. Dans quel état sortirait-il de ces « réunions de travail », où le vin coulerait plus sûrement que les propos sérieux ? Moins harassé par l'effort que par le manque de tempérance, sans aucun doute.

Ti ayant omis de remplir son bol une seconde fois, Lo se servit largement et en siffla le contenu comme s'il s'était agi d'eau pure.

— Ainsi donc, reprit le maître de maison, qui préférait encore évoquer les déboires sentimentaux de son hôte plutôt que de l'entendre s'inventer une importance imaginaire, vous avez eu récemment à vous plaindre de l'inconstance du beau sexe ?

Lo lui fit un petit exposé sur la délicatesse des dames et les écueils qu'un homme de goût avait à éviter pour aborder leurs charmes. À l'entendre évoquer les « dames », Ti soupçonna qu'il ne parlait pas de celles de la bonne société. Il y eut un silence pesant.

— Allons au bordel ! lança tout à coup le fin lettré amateur de belles choses.

Ti sursauta.

— J'avais oublié, dit-il avec un soupir. J'avais oublié que l'on pouvait toujours compter sur vous pour élever nos préoccupations à un niveau d'une grande pureté littéraire.

Le souvenir de leur vie de jeunes assesseurs à la cour métropolitaine de justice venait brusquement de se préciser, et c'étaient curieusement des nuits de beuveries suivies de matins migraineux qui lui revenaient à l'esprit, plutôt que les séances de joutes poétiques de haute volée dont il se plaisait à décorer la mémoire de ses années d'apprentissage.

– Il faut savoir s'abaisser pour mieux rebondir vers les sphères célestes, renchérit Lo en vidant un troisième bol d'alcool de riz, dans le but, probablement, de se mettre en condition pour ce qui allait suivre.

Ti réfléchit à toute vitesse au moyen de s'épargner cette corvée. Suivre son ami dans les bouges de sa belle cité pouvait bien sûr se révéler amusant, mais il y avait en cela un relâchement intellectuel et moral qui lui répugnait. Ti était confucianiste jusqu'au bout de ses ongles soignés de mandarin. La perte de conscience qu'impliquait l'usage immodéré de l'alcool et des femmes légères n'était pas du tout conforme à son sens de l'éthique.

– J'aimerais beaucoup vous satisfaire, répondit-il avec l'air de regret du commerçant s'apercevant qu'il n'a plus le modèle demandé en magasin, mais je crains que ma modeste agglomération ne compte aucun établissement du genre auquel vous faites allusion. Aucun qui soit digne de vous, en tout cas.

Lo se pencha pour lui assener dans le dos une bourrade affectueuse :

– Allons, Ti ! Je vous donnerai des adresses ! Faut-il que je vous apprenne votre métier de juge, qui est de tout savoir et de se débrouiller en toute occasion ? Chaque question a sa réponse, chaque renseignement appelle son informateur.

Plus Lo l'attirait sur la pente opposée à son idéal de continence, plus Ti estimait qu'on le forçait à pousser un peu loin les égards dus aux invités.

– Je vois, dit-il. Les femmes vous ont fait souffrir, vous avez donc l'intention de leur rendre la pareille.

– Aucune ne s'est jamais plainte de mes façons ! s'insurgea le visiteur.

– Vous avez toujours eu recours à de vraies professionnelles, n'est-ce pas ? supposa le compagnon de ses écarts de jeunesse.

Il fallut bien se diriger vers les palanquins. En passant devant le rideau de l'alcôve, Ti ne put s'empêcher de se tourner un instant vers l'échancrure. L'œil qu'il entrevit le fusillait d'un regard on ne peut plus désapprobateur. Il laissa le voyageur le précéder dans la cour et pénétra une nouvelle fois dans le réduit attenant au salon de réception.

Ses épouses avaient parfaitement compris dans quelle sorte d'endroit les deux hommes se rendaient. Comme il pouvait s'y attendre, madame Première se fit la porte-parole de leur acrimonie :

– Un fin poète, disiez-vous ? Un esthète ? Vous étiez en dessous de la vérité ! Ses talents nous ravissent ! Parlez-nous encore de son amour exclusif pour l'art !

Ti éprouva le besoin de s'excuser :

– Que voulez-vous ! Je me dois de prodiguer à mes hôtes le réconfort qu'ils réclament. Je suis bien obligé de l'accompagner où il souhaite se rendre ! Cela fait partie de mon devoir d'hospitalité. Comment refuser d'accéder à ses désirs sans perdre la face ?

Il sentit bien à leur expression que ses excuses étaient perçues comme autant de prétextes fallacieux.

– Tandis que, là, vous la conservez, la face ! répliqua madame Troisième. Vous préférez nous humilier plutôt que de vexer un étranger.

– Oui, oui, renchérit madame Deuxième. Allez vous amuser dans les bras de femmes frivoles, tandis que nous nous occuperons de votre maison et de vos enfants.

Elles avaient beau jeu de brandir leur rôle de mères au foyer, sur lequel il n'avait certes aucun reproche à leur faire. Un réflexe d'orgueil blessé s'éveilla en lui. Après tout, pourquoi ne s'autoriserait-il pas une visite dans un établissement de grande classe, si l'envie lui en prenait ? Ses épouses prétendaient-elles régenter tous les aspects de sa vie intime ? N'était-il pas d'ailleurs de son devoir de connaître les différents commerces de son district, quel que soit leur domaine d'activité ?

– Tâchez de ne pas nous ramener une concubine d'un mauvais genre, c'est tout ce que nous vous demandons, reprit madame Troisième.

– Même si vous avez l'impression de n'avoir pas encore assez de femmes autour de vous, conclut madame Première, qui avait déjà eu un peu de mal à accepter l'arrivée des deux compagnes secondaires.

Sur ce, elles se retirèrent comme une triple effigie des vertus familiales dont les portes du temple étaient sur le point d'être claquées au nez de l'impie. Ti se sentit davantage chassé de chez lui que ravi de partir en goguette. Il avait de moins en moins envie d'aller s'encanailler il ne savait où, au nom de ses anciennes liaisons estudiantines.

Dans la cour, Lo était précisément en train de glisser un mot à l'oreille d'un des porteurs. L'homme consulta ses collègues et revint indiquer au magistrat que ses vœux allaient être comblés.

Avant de monter dans le véhicule, Ti prit soin d'en faire ôter tous les signes indiquant son appartenance au tribunal et défendit d'allumer les lumières. Dans leur palanquin banalisé, lanternes éteintes, ils se faufilèrent bientôt à travers les rues comme des voleurs, en direction du quartier réservé.

II

Ti découvre un lieu de plaisirs inattendus ; il échappe miraculeusement à d'étranges sévices.

Les porteurs les menèrent comme convenu dans le méandre des maisons basses, bâties le long du fleuve. Les saules qui poussaient près de l'eau donnaient son nom à ce quartier, la dénomination emblématique des lieux de plaisir. Ils longèrent un long mur jusqu'à un portail auprès duquel était assis un homme qui se leva dès qu'il aperçut leur équipage. Il leur ouvrit toute grande la porte, et le palanquin franchit l'enceinte du domaine. Dès qu'il entendit les battants se refermer, Ti écarta le rideau et vit qu'ils se trouvaient sur une allée arborée dont les frondaisons dissimulaient les visiteurs aux regards des curieux dès qu'ils avaient pénétré à l'intérieur, même au cas où le portail fût resté grand ouvert. Ainsi la discrétion était assurée à ceux qui souhaitaient que leur présence demeurât confidentielle, quoiqu'il n'y eût qu'une toute petite honte à fréquenter ce genre d'endroit. Il s'agissait plutôt de mettre à l'aise l'éventuel étudiant soucieux que ses parents n'apprennent pas quel usage il faisait des subsides destinés à la préparation de ses examens, ou le père de famille désireux de protéger une réputation de pieuse abstinence plus facile à porter en société. Les visites dans le quartier des saules ne devaient pas venir contredire le mode de vie ordinaire, ou prétendu, de ceux qui s'autorisaient ce délassement, si anodin et si naturel fût-il dans l'esprit de la majorité des gens. Si la fornication n'était pas méprisable en elle-même, encore devait-elle être mesurée et pratiquée à une fréquence raisonnable.

Le souci de confidentialité qui émanait de ce jardin dès le premier abord jetait une ombre sur le genre de l'établissement. Une maison de prestige n'aurait pas eu à cœur de protéger l'anonymat de sa clientèle. On n'avait pas à rougir de louer les services de courtisanes de luxe qui prodiguaient surtout à leurs clients leurs talents d'hôtesses, au cours de banquets entre gens de bonne compagnie. Cela faisait partie du train de vie des gros bourgeois, qui conviaient amis ou relations de travail à des repas raffinés. Il n'en était pas tout à fait de même des lieux de basse prostitution, qui incitaient à davantage de circonspection.

Les porteurs leur firent parcourir l'allée jusqu'au bâtiment principal, vivement éclairé par des lanternes rouge vif. Le palanquin fut déposé au pied du perron. Quelques servantes descendirent les marches pour venir s'incliner devant les magistrats tandis qu'ils émergeaient de leur véhicule. Lo jaugea la façade d'un œil d'expert.

– Eh bien voici un décor qui me semble du meilleur augure ! déclara-t-il d'une voix où ne perçait plus la moindre trace de mélancolie.

Les soupçons de Ti quant au genre de la boutique furent confirmés lorsqu'il vit venir à eux une dame d'âge mûr, outrageusement maquillée, la tenancière des lieux.

– Laissez-moi vous dire la joie que nous éprouvons à recevoir la visite de Votre Excellence ! lança-t-elle après s'être inclinée, un large sourire aux lèvres.

– Vous me connaissez donc ? en déduisit le juge avec regret, en voyant s'envoler ses espoirs d'incognito.

– Qui ne connaît notre éminent magistrat, célèbre pour la clairvoyance de ses avis ? Je me rends aussi souvent que possible aux grandes audiences, pour voir condamner les méchants dont les forfaits indignent notre belle cité. Nous commencions à nous demander ce qui empêchait Votre Excellence de venir se rendre compte par elle-même de la qualité de nos prestations. Nous sommes profondément honorés que ce jour faste soit enfin arrivé.

Ti désigna la personne à qui cette dame devait ce bonheur et lui présenta son compagnon, l'honorable Lo Kouan-chong, magistrat en visite.

– Encore une Excellence ! s'écria la dame, sans hésiter à renchérir dans l'expression d'une joie portée à son comble. Notre maison est donc bénie des dieux, cette nuit ! Nous nous rendrons au temple dès demain matin pour en remercier la divinité tutélaire de notre corporation. En attendant, puis-je prier nos augustes visiteurs de me suivre vers notre salon réservé à la réception des hôtes de marque ?

Tout en leur indiquant le chemin, elle continuait à pérorer avec autant de chaleur que d'exaltation :

– Soyez les bienvenus dans le royaume de la femme, le jardin des délices, le paradis des esthètes, un territoire dont vous êtes, ce soir, les monarques tout-puissants, dont les moindres désirs seront exaucés au-delà de vos rêves les plus fous.

Elle leur fit ouvrir les portes d'un salon à la décoration chargée, où l'on avait disposé divers sofas et tables basses.

– Si vous voulez bien poser votre popotin sur ce coussin, noble juge... dit-elle en désignant un siège.

Le juge Ti haussa le sourcil et posa son « popotin » sur le pouf qui lui avait été assigné. Leur hôtesse était une femme comme on en voyait rarement, volubile, féminine jusqu'à l'outrance, et qui accueillait chacun comme si elle le connaissait depuis toujours. Ti chercha quelque chose d'aimable à lui dire.

– Je vous félicite pour la bonne tenue de votre maison de passe, dit-il, se rendant compte trop tard de l'énormité qu'il venait de prononcer.

La mère maquerelle se récria immédiatement en feignant une indignation polie.

– Une maison de passe ? Oh, l'affreux mot ! Pas de ça ici, noble seigneur !

– Ah bon ? J'avais cru, pourtant...

– Vilain garçon que vous êtes ! Vous ne trouverez chez nous que d'honnêtes jeunes femmes, serviables, affectueuses et attentionnées. D'ailleurs, elles n'entendent jamais parler d'argent. Libre à leurs admirateurs de nous laisser un petit cadeau à leur intention, s'ils le souhaitent. Bien sûr, il serait malvenu de notre part de refuser. L'argent n'est ici qu'un détail, et les relations qui se nouent entre nos protégées et leurs amis ne regardent qu'eux, je ne veux rien en savoir. Je sais qu'elles font tout pour se rendre aimables et que nous n'avons jamais eu de réclamations, cela me suffit.

Sa profession de foi terminée, elle fit entrer

quelques jeunes personnes bien disposées, et la soirée prit très vite la tournure d'un souper fin en galante compagnie. L'établissement se donnait de grands airs, mais tous ces efforts ne pouvaient dissimuler le fait qu'il s'agissait d'une maison de seconde catégorie, où les clients venaient pour coucher avec des filles faciles, et non pour le simple plaisir d'une brillante conversation, comme c'était le cas dans des lieux de rendez-vous mieux cotés. La différence tenait principalement à l'instruction des demoiselles. Il était difficile de trouver des femmes versées dans la poésie classique, aux manières irréprochables, maîtrisant les arts difficiles du chant, du luth, de la danse et de la séduction discrète. Celles-là se monnayaient très cher, parce qu'elles avaient coûté une fortune à ceux qui avaient financé les multiples facettes de leur éducation. C'était leur présence qui creusait l'écart entre une maison de grande tenue et les autres, banals lieux de consommation voués à une concupiscence toujours un peu sordide.

Étant donné le statut élevé des deux hôtes, on leur présenta ce que ce « palais de fleurs » possédait de mieux : une pensionnaire intelligente et délicate, qui cherchait à compenser par ses minauderies d'évidentes lacunes dans le domaine du savoir littéraire. Lo paraissait exulter. Ce genre d'endroit le ravissait. Il baisa les doigts de sa favorite :

– Une personne comme vous, dans les mains d'un lettré comme moi, aurait tôt fait de devenir l'égale des plus fameuses courtisanes de la capitale !

Ti se demanda combien de fois son confrère avait fait des propositions semblables aux malheureuses pensionnaires de ce type d'établissement.

– Il faudra donner une gratification à vos porteurs,

23

souffla Lo à l'oreille de son collègue. Ils vous ont admirablement conseillé. Nous n'aurions pu mieux tomber.

Ti en conclut que c'était lui qui allait devoir financer ces agapes crapuleuses. La petite note allait immanquablement lui échoir. Il résolut de la mettre sur le compte des frais de représentation de son tribunal.

L'endroit incarnait d'évidence aux yeux de ses domestiques le parangon de l'établissement chic, dédié aux amateurs aisés, sans doute parce que ses hommes auraient eu du mal à se le payer. Quant à Lo, Ti comprit ce qui lui plaisait : il se délectait des efforts dérisoires que l'on déployait pour tenter de l'éblouir, pour se hisser à sa hauteur de fonctionnaire impérial fortuné et cultivé. Il tirait de cet inévitable échec une satisfaction intellectuelle où un orgueil tout à fait déplacé avait la plus grande part.

Ce dîner n'était qu'une parodie de souper fin. Les danseuses censées assurer les intermèdes se montraient ridicules. Elles agitaient les bras en tous sens et roulaient leurs yeux selon le principe que l'expression du visage devait accompagner la chorégraphie ; dans le cas présent, leurs mines ne faisaient qu'ajouter au grotesque de leurs postures. Ces dames voulaient imiter le charme sophistiqué des courtisanes, mais, faute de bons professeurs, leurs démonstrations empruntées tournaient invariablement à leur désavantage. Ti constata avec commisération qu'elles n'en paraissaient que plus vulgaires.

Lo, à l'inverse, s'en amusait beaucoup. Il les encourageait en battant des mains, riait à gorge déployée à chacune de leurs bourdes comme s'il s'était agi d'un mot d'esprit. Et c'était dans les moments où il ne riait pas qu'il se moquait d'elles avec le plus d'ostentation.

Elles avaient aussi de catastrophiques prétentions au savoir livresque. Les courtisanes de grande classe étaient censées être férues de littérature classique : elles tâchaient de retenir par cœur nombre de vers d'une poésie de salon, propre à être récitée aux moments opportuns pour l'édification de leurs clients. Ces derniers complétaient les citations, chacun faisait assaut d'érudition, et le banquet prenait ainsi une tournure littéraire qui stimulait les esprits tout en suscitant l'enthousiasme et l'estime réciproque.

Apparemment, la mère maquerelle avait loué les services d'un petit maître, sans doute fort déchu, qui avait enseigné à ces demoiselles des rudiments de culture classique et quelques phrases passe-partout qu'elles avaient pour consigne d'utiliser le plus souvent possible, afin de donner de l'éclat à leur conversation et de rentabiliser l'investissement. Deux ou trois fois au cours du repas, la plus courageuse d'entre elles conclut son discours d'un « comme dirait Liu Yiqing » qui tomba chaque fois comme un cheveu sur la soupe. Liu Yiqing était un auteur fameux de la précédente dynastie. Tous les lettrés avaient lu son *Nouveau Miroir du monde*. Mais les magistrats n'étaient guère accoutumés à le voir accommodé à toutes les sauces, au seul motif que c'était l'unique écrivain dont leurs hôtesses avaient eu connaissance. Ce détail n'échappa nullement à Lo et contribua beaucoup à son amusement. À la première mention du « serpent de mer » Liu Yiqing, les deux hommes échangèrent un regard perplexe. Plus ce nom revenait dans la bouche au demeurant charmante des demoiselles, plus il prenait une valeur comique. Lo finit par le citer lui-même et se mit à lancer des « comme dirait Liu Yiqing » qui enchantèrent leurs commensales, ravies de voir qu'on approuvait leurs références.

Au lieu de jouer du pipa, un luth à quatre cordes en forme de poire, elles leur firent une démonstration de pipeau, instrument moins compliqué. C'était plus modeste et d'autant plus touchant. Au bout d'une heure de numéros en tous genres, Ti fit une tentative pour mettre fin à cette édifiante soirée. Il se pencha vers Lo :

– Vous êtes-vous suffisamment abaissé pour rebondir vers les sphères célestes, comme vous dites, cher frère-né-après-moi ?

Pour toute réponse, Lo, passablement éméché et d'excellente humeur, se mit à « rebondir » sur son coussin et déclara qu'il était temps, en effet, d'aller attraper à deux mains les « sphères célestes » qui passeraient à sa portée. Les petites dames firent les frais de son appétit pour les rondeurs anatomiques, au grand désarroi de son commensal.

Lo crut bon de féliciter la maquerelle sur l'excellence de ses protégées. Elles n'étaient pas comme « certaines femelles prétentieuses de sa connaissance, qui n'hésitaient pas à faire souffrir des admirateurs devenus captifs de leurs charmes empoisonnés ». « Comme dirait Liu Yiqing », conclut-il avec un clin d'œil appuyé à son camarade, de plus en plus gêné.

Ti avait beau tremper ses lèvres dans l'alcool de riz de deuxième choix qu'on lui avait servi en abondance, il ne pouvait se départir d'un certain malaise. Ce sentiment naissait de sa contrariété à voir un érudit, dont il estimait les aptitudes intellectuelles, maltraiter de jeunes femmes qui n'en pouvaient mais, qu'elles s'en rendissent compte ou non.

La maquerelle haussa ses sourcils peints, imitant à la perfection l'expression de surprise d'un acteur comique qui fait mine de découvrir un melon sous un chapeau pour faire rire les petits enfants :

– Oh ! Il y a donc eu de vilaines femmes pour oser faire souffrir Votre Excellence ? Cela est-il imaginable ? Dans quel monde vivons-nous !

Lo approuva vivement du menton, tel un gamin à qui de mauvais camarades auraient volé ses billes.

– Mlle Jasmin-Précoce va prodiguer à votre cœur blessé tous les remèdes dont elle dispose, assura la tenancière en désignant une jeunesse qui se tenait près de la porte, les yeux humblement baissés, à la manière d'une vierge intimidée.

– Ah ! Vous savez lire dans le cœur des hommes ! s'écria Lo avec gratitude. Vous êtes une brave femme, vous, ajouta-t-il en s'avachissant quelque peu sur la maîtresse des lieux.

– Oui... dit celle-ci en tâchant de le remettre à la verticale. Eh bien, je crois qu'un petit entretien en tête à tête avec ma fille chérie vous fera le plus grand bien. Vous pourrez lui confier vos peines, et elle mettra du baume sur vos plaies restées trop longtemps béantes.

Lo disparut dans le corridor à la suite de Jasmin-Précoce, qui avançait à petits pas dans ses chaussons brodés. La maquerelle se tourna vers Ti. Son expression avait changé, elle s'était écartée de la douceur d'une mère compatissante pour se rapprocher de la complicité d'une amie et confidente.

– Me tromperai-je si je suppose que Votre Excellence préférera poursuivre sa soirée par une séance de massage, avant de faire plus ample connaissance avec l'une de mes pensionnaires ?

Ti se dit que cette commerçante était loin d'être stupide. Elle avait deviné qu'il n'était pas aussi détendu qu'il l'aurait dû et se sentait peu disposé à passer directement au lit avec une inconnue.

– Mes filles ont été formées par les meilleurs médecins de la ville. Elles connaissent tous les points où se nouent les émotions, et les moyens de soulager la tension accumulée dans les muscles et dans les nerfs. Je suis certaine que les épouses de Votre Excellence n'ont pas la moindre connaissance de l'art élevé qui se pratique ici.

« Je l'espère bien ! » songea le juge Ti, qui s'efforçait d'afficher un sourire de reconnaissance.

Une chaude pluie d'été tombait sur les jardins qui entouraient la maison de plaisir. Son bruit doux et régulier avait un effet apaisant. Ti, environné de charmantes demoiselles empressées à le servir, se laissa finalement couler dans le bien-être. On lui avait ôté avec des gestes délicats sa robe de dessus avant de le prier de s'allonger sur une natte. Des mains attentionnées le massaient à travers son justaucorps et sa culotte longue. Il se demanda pour quelle étrange raison il ne profitait jamais de ce genre de services, dont le charme lui semblait à présent bien désuet. Un hurlement affreux retentit, suivi d'un bruit de vaisselle brisée. Les masseuses sursautèrent, enfonçant par réflexe leurs ongles acérés dans la chair de son dos et de ses mollets, ce qui lui arracha un cri de douleur. À présent, il savait pourquoi il ne venait jamais dans ces maisons. La souffrance n'était jamais loin du plaisir, ni la punition de l'incartade, et c'était vanité que d'oser l'oublier. L'une des pensionnaires alla aux nouvelles. Un éclair, accompagné d'une brusque rafale de vent, avait effrayé une servante, qui avait laissé choir une théière en céramique.

Les demoiselles reprirent leurs allées et venues sur le corps du magistrat, jusqu'au retour de la maquerelle, ordonnatrice de cette soirée. Le temps de l'indolence était passé.

– Il convient à présent de faire succéder le repos à l'effort, annonça-t-elle... à moins que ce ne soit le contraire. Votre Excellence avisera.

Elle lui demanda d'élire une partenaire parmi les masseuses. Ti choisit celle qui lui parut la plus inoffensive. Un instant plus tard, il se trouvait, bon gré mal gré, en tête à tête avec une prostituée bien résolue à lui faire subir son numéro de charme.

« Par tous les dieux du Ciel, songea-t-il, que diraient mes trois chères épouses si elles me voyaient dans cette situation ! Surtout ma troisième, qui est si sensible ! Ma première a le cœur moins tendre, mais elle apprécierait d'autant moins ! » Il allait être de toute façon impossible de les tromper : il était transparent, elles sauraient ce qui s'était passé dès la première minute où elles le verraient. S'ensuivrait alors une longue séance de pénibles récriminations. Cette perspective lui coupa toute envie de quelque sorte. Il implora lcs mânes de Confucius de lui épargner l'adultère aussi bien que l'humiliation d'un échec en présence de cette jeune fille.

Cette dernière se déshabillait avec lenteur, par des mouvements lascifs, tout en cherchant à l'hypnotiser de ses yeux trop lourdement fardés. Ti avait entendu sa patronne lui recommander de « soigner particulièrement Son Excellence », qui n'en demandait pas tant. Elle arracha son bonnet au magistrat et le jeta dans un angle de la pièce avec une brutalité qui excitait sans doute le commun de sa clientèle, habitué au respect et à l'obéissance des subalternes. Puis elle dénoua sa propre ceinture et ouvrit sa tunique, découvrant deux seins que Ti aurait fort appréciés dans d'autres conditions, par exemple s'ils avaient appartenu à sa dernière épouse, qui n'était pas mal pourvue de ce côté.

Ti ne songeait qu'aux moyens de sortir de ce bourbier la tête haute. Il s'apprêtait à prier la demoiselle de mettre un terme à ses efforts, quitte à devoir monnayer son silence pour éviter de se faire une réputation d'impuissant ou d'inverti à travers la ville, lorsqu'un cri bien plus abominable que le précédent retentit. Ce n'était apparemment pas dans les usages ordinaires de la maison, car sa partenaire se figea, l'œil et l'oreille en alerte, tandis qu'un début d'effroi se peignait sur son visage. « Merci, Maître tout-puissant ! » pensa le magistrat, qui bondit sur son bonnet pour aller voir la cause de ce fracas providentiel.

Il parcourut un corridor obscur, chargé de tentures destinées à étouffer le son des ébats bachiques. Les portes commençaient à s'ouvrir sur les visages inquiets de femmes débraillées qui se couvraient la poitrine de leur robe. Quand toutes les portes furent ouvertes sauf une, Ti conclut que c'était derrière cette dernière que se situait l'origine de la clameur. « Par tous les dieux ! Je suis en train de faire la police dans une maison close ! se dit-il en frappant quelques coups légers contre le battant. Ai-je atteint le fond de la déchéance, ou suis-je au contraire en train de recouvrer ma dignité de fonctionnaire ? » Sans doute lui revenait-il de donner la réponse à cette question, selon l'attitude qu'il allait adopter dans les minutes à venir. Il frappa plus fort. Aucun son ne lui parvint.

– Ouvrez, c'est votre magistrat qui vous l'ordonne !
clama-t-il, songeant trop tard qu'il se donnait l'air de
pratiquer une descente de police dans un lupanar de
bas étage.

Ce fut bien ainsi que le ressentit la mère maquerelle, qui accourut toutes voiles dehors en donnant de
la voix :

– Que se passe-t-il, noble juge ? Délicate-Violette
aurait-elle failli à la tâche ? Se serait-elle permis
quelque attitude déplacée ? Je la ferai fouetter jusqu'au sang, je vous le promets. Permettez-moi de
vous adresser trois de mes plus jeunes filles pour
vous dédommager de cette déconvenue, sans sup-
plément de coût. Je suis certaine que leurs charmes
combinés sauront vous faire oublier cette triste expérience. Croyez que ces sortes d'accidents n'arrivent
jamais dans notre...

Ti la pria sèchement de se taire. Quelqu'un avait
poussé un cri effroyable dans cette chambre, nul ne
répondait à ses appels réitérés, c'était fort inquiétant :

– Je suppose que les coups et les hurlements n'ap-
partiennent pas à l'éventail des plaisirs prodigués dans
votre maison ? Je vous préviens que, s'il est arrivé
le moindre désagrément à mon collègue, je vous
tiendrai pour responsable des préjudices causés.

Sous l'émotion, le maître du yamen prenait en
lui le pas sur le visiteur, il retrouvait le langage du
commandement. Sans se laisser désarçonner le moins
du monde, la tenancière, qui en avait vu d'autres,
répondit qu'elle doutait fort que le juge Lo eût
quelque chose à voir avec ce qui se passait dans cette
pièce, et ce pour une bonne raison : celle où officiait
Jasmin-Précoce était située à l'autre bout du corridor.
Ti se retourna et vit effectivement, dans l'encadrement

d'une porte, la figure rubiconde de son ami, qui le dévisageait d'un air blasé.

– Vous avez décidément de drôles d'amusements, Ti, lui lança son confrère. Ne pouvez-vous en user avec ces jeunes femmes de même que tout un chacun, sans leur faire avouer leurs petits péchés sous la torture ? Nous ne sommes pas au tribunal, que diable ! Détendez-vous ! Vous torturerez demain, en séance publique ! Vous avez apporté vos pincettes avec vous, ma parole !

Ayant horrifié le pauvre Ti par ses insinuations abominables, Lo referma la porte d'un geste mécontent, sans lui laisser le temps d'expliquer qu'il n'était pour rien dans ce scandale et qu'il avait laissé Délicate-Violette en sécurité et en parfait état dans une autre chambre.

– Peut-être conviendrait-il d'ouvrir cette porte ? suggéra d'une voix neutre la tenancière en désignant le battant toujours clos.

– Oui, bon, répondit le juge Ti. Une chose à la fois.

Il pria tout le monde de retourner à ses occupations. Lorsque le corridor fut de nouveau vide, il pesa sur la poignée, qui céda sans qu'il lui fût opposé la moindre résistance.

Il se trouvait dans une chambre assez semblable à celle où il avait failli subir les derniers outrages de la part de Délicate-Violette. Des peintures représentant des femmes dans des postures impudiques décoraient les quatre murs. Un vaste lit à baldaquin occupait la majeure partie de la pièce. La principale différence tenait à la présence d'un corps décapité, affalé en travers du lit.

III

Un motif d'enquête se présente au juge Ti ; ce dernier connaît un retour cuisant.

« Voyons : où est la tête ? » se demanda machinalement le juge en contemplant la scène étrange qui s'offrait à sa vue. Il ne tint aucun compte de la matrone médusée qui fixait elle aussi ce triste tableau de ses yeux ronds, les deux mains sur la bouche pour s'empêcher de crier. Ti songea qu'il y avait donc encore des événements capables d'effriter sa bonhomie professionnelle, après tant d'années d'exercice de la prostitution organisée. L'enquêteur toujours tapi au fond de lui acheva de se réveiller. Son premier mouvement fut de suivre les traces de sang, qui le menèrent à la fenêtre ouverte.

– Il s'est enfui par le jardin. Avez-vous quelqu'un, là-dehors, chargé d'écarter les rôdeurs et de dissuader les importuns ?

La tenancière bredouilla qu'elles avaient un portier, l'homme qui lui avait ouvert, mais qu'il était là pour accueillir les hôtes et non pour faire des rondes. Un malandrin avait fort bien pu sauter le mur et s'introduire jusque dans cette chambre. Elle laissa

33

échapper qu'« on n'était plus à l'abri de rien, par les temps qui couraient », et tempéra aussitôt ce qui pouvait passer pour une critique par un « malgré l'immense sagacité de notre bienveillant magistrat », lequel se tenait précisément en face d'elle. Jamais pourtant on n'avait encore surpris de voleur aux heures de réception : le va-et-vient permanent entre les salons et les chambres rendait un cambriolage fort aventureux,

Les draps étaient à moitié rouges de sang. Il y avait une petite femme inanimée, à l'autre bout du lit, renversée sur les oreillers, la tête reposant contre la paroi. Ti demanda à son hôtesse de qui il s'agissait.

– C'est Fleur-de-Pêcher, ma plus jeune recrue. Il me l'a tuée, le misérable ! Une fille qui m'a coûté plus de cent taëls !

Ti la laissa à ses accès de pitié et d'humanité pour aller tâter le pouls de la jeune personne. Elle était chaude, ne portait pas de blessure apparente, et sa poitrine, par ailleurs fort gracieuse, se soulevait avec régularité. Sur son cou, en revanche, il releva des traces très nettes de strangulation. Il tenta de la réveiller en lui tapotant les joues.

– Par tous les démons de l'enfer ! s'écria la mère maquerelle. Un crime sordide, dans une maison aussi respectable que la nôtre ! Cette affaire va ternir la bonne réputation de notre honorable commerce !

Ti estima qu'elle se faisait des idées quant au genre de réputation dont son commerce pouvait bénéficier. La fille revint à elle. Ouvrant les yeux, elle découvrit la figure barbue du magistrat penchée sur elle et faillit pousser un nouveau cri. Elle rampa jusqu'à sa patronne, qui se tenait près du lit, et l'enlaça de ses deux bras pour enfouir son visage dans les plis de sa robe. La tenancière posa une main sur ses cheveux et lui dit d'une voix douce qu'elle n'avait plus rien à craindre, le bras armé de la justice veillait sur elles en la personne du premier magistrat de la cité. Ce dernier la pria de lui dire ce qui s'était passé. Quand elle eut retrouvé l'usage de la parole, Fleur-de-Pêcher expliqua qu'un homme grand et fort avait surgi dans la chambre tandis qu'elle s'ébattait avec son client, et avait décapité celui-ci sous ses yeux. Elle avait alors poussé un cri d'horreur et s'était évanouie.

Ti resta perplexe.

– Vous oubliez un détail, mon enfant. Qui a tenté de vous étrangler ? Cela s'est-il produit avant ou après la décapitation ?

Les yeux écarquillés par la surprise, la jeune fille porta les mains à son cou, où elle palpa les marques douloureuses qui lui faisaient une sorte de vilain collier rougeâtre.

– Je ne me souviens plus, bredouilla-t-elle. J'avais perdu conscience. C'est tellement affreux !

Ti considéra la scène du crime tout en se demandant ce que c'était que ce meurtrier qui s'introduisait dans une chambre pour décapiter un homme, puis se jetait sur une pauvre fille inanimée, avec l'intention de l'étrangler, alors qu'un second coup de sabre aurait suffi pour l'envoyer dans l'autre monde.

– A-t-on dérobé quelque chose ? Des bijoux ? La bourse de votre admirateur ?

Un rapide examen permit de s'assurer que tout était en place. La tenancière en profita pour soustraire le montant que le défunt aurait versé si ce tête-à-tête ne s'était pas terminé de façon tragique. Ti pria la survivante de lui décrire son agresseur :

– Vous l'avez fort bien vu, je suppose, tandis qu'il

cherchait à vous faire suffoquer. Son visage ne devait guère être à plus de deux coudées du vôtre.

La jeune fille hésita. Elle avait certes eu le temps d'apercevoir ses traits avant de perdre connaissance. Mais le portrait qu'elle en fit n'eut rien que de subjectif : elle avait vu un homme « farouche et sanguinaire, les traits déformés par la rage, la bave aux lèvres et le sourcil broussailleux d'une bête humaine ». Le seul détail tangible qu'elle avait remarqué était une cicatrice en forme de V en haut du front.

Ti demanda si l'on connaissait l'identité du mort ; une réponse positive aurait été susceptible d'accélérer ses investigations. La matrone répondit qu'à sa connaissance ce monsieur venait pour la première fois ; en tout cas il ne s'agissait pas d'un habitué. Il n'avait pas cru nécessaire de décliner son état civil avant de s'isoler avec l'élue de son cœur. Il avait dû remarquer Fleur-de-Pêcher lors d'une de ses rares sorties en ville, car il en avait fait une description précise dès son arrivée. Puis il avait patiemment attendu dans le salon de dégustation que la jeune fille fût libre et s'était retiré avec elle. Ces façons de faire confirmaient la triste opinion du juge sur le lieu où il se trouvait. Le masque était tombé. C'était bien une maison d'abattage des plus communes, pour peu que les clients refusent de se laisser jeter la poudre aux yeux qui leur avait été dispensée en abondance en début de soirée.

Ti examina le corps. C'était un homme d'âge mûr, à la peau épaisse, presque tannée par les efforts physiques et le soleil. Ses vêtements simples mais solides et bien entretenus, sa constitution robuste, sa musculature assez développée, ses mains peu soignées, indiquaient un travailleur manuel doté d'une toute petite aisance : plus qu'un portefaix, qui aurait été moins bien vêtu, mais moins qu'un commerçant, qui aurait montré davantage d'embonpoint. Il était marié, comme le montraient divers raccommodages minutieux au bas de la robe, qui gisait sur une chaise. Le client banal d'une maison comme celle-ci, pas fort élevé dans l'échelle sociale, mais susceptible de s'offrir un petit extra lorsqu'il était en fonds. Nul tatouage ou bracelet qui pût livrer une indication de métier ou d'appartenance à une confrérie quelconque. Qu'est-ce qui avait poussé cet individu ordinaire à venir se faire décapiter dans cette chambre vouée à la concupiscence ? Ti se refusait à penser que le meurtre avait été commis au hasard d'une intrusion crapuleuse. Or, si l'on avait voulu assassiner cet homme et nul autre que lui, pourquoi ne pas le faire au coin d'une des rues mal éclairées qui menaient à ce domaine excentré, ce qui aurait été bien plus discret qu'un assassinat dans un lieu très fréquenté et somme toute assez surveillé ?

Ce fut le moment que choisit Lo pour débarquer en petite tenue. Il contempla un instant le corps acéphale, puis se tourna vers Ti pour lui jeter un regard de reproche :

– Vous ai-je déjà dit que vous ne saviez pas vous amuser comme il faut, frère-né-avant-moi ? Vous n'êtes vraiment pas comme tout le monde, vous ! Qu'avez-vous fait de la tête ?

Ti lui expliqua qu'il n'était pour rien dans ces écarts de conduite : ce n'était pas lui qui forçait les clients des autres chambres à se faire découper en tranches.

Un cri terrible retentit du côté de la porte. Jasmin-Précoce avait suivi son client. Elle hurlait à présent, les yeux rivés sur le cadavre couché dans ses draps rougis. Ti fit signe à la tenancière de l'emmener immédiatement. Avec l'aide de Fleur-de-Pêcher, elle entraîna la jeune femme, qui venait d'éclater en sanglots convulsifs, et Ti referma la porte derrière elles, « Cela va être la panique générale sous peu », songea-t-il. Il convenait de hâter ses constatations, avant que toute la maisonnée ne défile pour contempler la scène macabre, devenue la nouvelle attraction.

Lo annonça avec dépit que, vu l'état dans lequel son ami venait de mettre sa partenaire, il ne lui restait plus qu'à retourner s'habiller :

– Vous m'avez coupé l'envie, avec vos meurtres hideux, lança-t-il avant de disparaître.

Ti demeura sur place pour accomplir son travail, ce dont son collègue ne se souciait guère. Il examina plus attentivement la pièce. Deux coffres à vêtements étaient empilés dans un angle. Leur contenu devait représenter toute la fortune de la prostituée. Une jolie poupée posée sur le couvercle attira son attention. C'était un objet qu'on ne s'attendait pas à trouver en un tel lieu. Non tant à cause de sa mièvrerie – il n'était pas surprenant que ces sortes d'endroits accueillent des gamines pas tout à fait sorties de l'enfance, la jeunesse étant le principal critère d'enrôlement dans ces bataillons de filles perdues –, mais en raison de sa finesse et de la qualité de ses vêtements. Il ne s'agissait pas d'un jouet de chiffon attifé par une mère de famille avec des chutes de ses propres tenues. C'était un article de prix, manufacturé avec soin par un artisan, délicatement peint. Sa tête portait une masse épaisse de cheveux véritables, coiffés en un chignon compliqué, dans lequel était piqué un peigne miniature qui imitait à la perfection ceux des

38

dames de la bourgeoisie la mieux nantie. Sa robe de dessus était coupée dans une soie fine, imprimée de motifs floraux, comme en portaient les élégantes aux jours de fêtes. En un mot, c'était un jouet de luxe, dont le coût devait excéder, et de loin, les liquidités dont disposait une humble pensionnaire de maison close. Lui-même aurait hésité à en acheter une semblable pour sa propre progéniture si elle la lui avait réclamée. L'objet était plutôt à la portée d'un gros commerçant ou d'un propriétaire terrien fortuné, qui pouvait se permettre de gâter ses enfants, et donc aussi ses épouses en proportion. Il ne devait pas y avoir dans le district une infinité de familles capables de mener un tel train de vie. Comment une malheureuse, sans doute issue de pauvres paysans qui l'avaient vendue à un ruffian pour s'en débarrasser lors d'une année de disette, était-elle entrée en possession d'un article réservé aux gamines de riches ? Ti se dit qu'il bâtissait peut-être des romans sur pas grand-chose : qu'est-ce qui aurait empêché l'un de ses habitués de lui offrir un jouet dont l'une de ses propres filles, mariée ou décédée, n'avait plus l'usage, pour la récompenser de sa gentillesse ? Le quartier ne devait pas manquer de vieux cochons paternalistes. Il n'en restait pas moins que la présence d'un objet incongru sur les lieux d'un meurtre le troublait et l'obsédait. Il remisa ce détail dans un coin de sa mémoire et inspecta le reste de la pièce, dont il apparut très vite qu'il avait épuisé les aptitudes à le surprendre.

De l'autre côté de la porte, il découvrit la tenancière, qui l'attendait fiévreusement en compagnie du portier et d'un autre homme, son comptable ou son factotum. Le portier n'avait vu personne entrer ou sortir autrement que par la voie normale ; nul bandit muni d'une tête coupée ou d'un sac sanguinolent n'avait franchi son portail. Ti en conclut qu'il faudrait mener des recherches dans le parc, dès l'aube : on y découvrirait peut-être des traces du forfait. Il ordonna à l'employé de reprendre tout de suite son poste et de n'en pas bouger jusqu'à l'arrivée des sbires du yamen.

Il demanda qu'on lui apportât de la cire à cacheter, du feu et du papier. Une fois le matériel réuni, il déchira la feuille en plusieurs bandes, qu'il fixa entre le battant et le chambranle, en haut et en bas, après en avoir enduit les extrémités de cire fondue. Il sortit de sa manche l'exemplaire portatif de son sceau, sculpté dans de la corne de vache légère, qui ne le quittait jamais, et en imprima, dans la cire la marque proclamant « Tribunal du juge Ti ».

– Que personne n'entre là-dedans, même après que j'aurai fait prendre le corps. Je vous ferai connaître la fin de cette quarantaine. Je compte sur une parfaite obéissance de votre part comme de celle de vos employés.

La dame et son comptable s'inclinèrent dans un bel ensemble. Le juge savait qu'il serait obéi au doigt et à l'œil : nul n'avait intérêt, dans un établissement de ce type, à se mettre en porte-à-faux avec l'administration.

L'événement avait au moins eu le mérite de couper court à la pénible séance avec Délicate-Violette, sa bonne amie temporaire. Ce meurtre lui donnait un prétexte pour quitter les lieux sans consommer, tout à sa dignité recouvrée de magistrat repris par le flux inexorable de ses obligations.

Ti se dit que c'était bien là, après tout, une maison de plaisir selon ses vœux : il allait avoir le plaisir d'y résoudre une énigme. Il sortit un lingot d'argent de sa manche, afin de s'acquitter des frais de la soirée. La tenancière se racla la gorge. D'un air un peu embarrassé, elle déclara qu'elle ne souhaitait pas recevoir de rétribution, mais sollicitait l'honneur de lui offrir les modestes agréments dont il avait pu profiter dans son humble demeure. Ti se demanda si ce cadeau faisait partie d'un projet préétabli, ou si la sinistre conclusion de leur visite en était la cause. Quoi qu'il en fût, il répondit qu'il lui importait de récompenser les efforts des adorables créatures qui avaient eu la bonté de leur procurer quelque délassement – et surtout de faire oublier à son pauvre ami les vicissitudes de la vie d'un homme de goût. En réalité, il tenait à payer ce qu'il devait. Il ne voulait en aucun cas avoir l'air de se laisser stipendier par la tenancière d'un endroit louche, sur le point d'avoir maille à partir avec la justice. Il ne fallait pas que la bonne femme se méprenne : il allait mener son enquête jusqu'au bout, sans se laisser influencer par de quelconques renardes soucieuses de protéger « l'honorabilité », au demeurant discutable, de leur commerce.

Jasmin-Précoce et l'une de ses compagnes raccompagnèrent Lo, aussi peu frais qu'une heure auparavant, jusque dans le vestibule, tandis que Ti s'y rendait à la suite de son hôtesse, à qui les contrariétés semblaient avoir coupé le sifflet.

– Je vous félicite pour l'ampleur des réjouissances mises à la disposition de vos hôtes, lui dit-il avec un léger hochement de tête. Jamais je n'aurais cru que vous puissiez accorder à ce point vos services avec les désirs de chacun. J'aurai l'occasion de revenir ici quelquefois... dans l'exercice de mes fonctions. Ce sera toujours avec la même joie.

La matrone s'inclina en signe de remerciement, bien que la part de sarcasme contenue dans ces propos ne lui échappât nullement.

– Je vous attends demain au tribunal, ajouta-t-il, à la séance du matin, pour l'ouverture de l'enquête officielle. Vous connaissez le chemin et l'horaire, je crois ?

Elle acquiesça avec un soupir.

Les deux juges remontèrent à bord de leur palanquin banalisé et se firent reconduire au yamen à travers les rues à présent désertes. Lo se mit aussitôt à ronfler, vaincu par l'alcool et par le stupre. Il fallut le réveiller, une fois à destination, pour l'aider à s'extirper du véhicule. Tandis qu'il s'éloignait, soutenu par deux porteurs, Ti distribua aux autres les dernières sapèques qui lui restaient, pour les remercier d'avoir si judicieusement choisi le lieu de leur détente nocturne. Puis il ordonna à un valet d'aller dire au chef des sbires d'envoyer deux sentinelles garder la maison close.

Dans la salle des banquets, éclairée par un dernier flambeau, les plats prévus pour la réception du visiteur étaient restés en place. Ti y vit un signe de la mauvaise humeur de ses épouses, qui avaient dû interdire aux domestiques de débarrasser avant le retour du maître.

Il rejoignit son hôte dans ses appartements, comme la courtoisie le lui enjoignait. Avant de se mettre au lit, Lo le remercia pour cette bonne soirée, d'une voix que le sommeil rendait pâteuse. Ti ne sut si c'était ironique, ou si l'alcool avait empêché le buveur de prendre la pleine mesure des abominations dont ils avaient été les témoins. Considérait-il comme normal qu'il se produise des crimes affreux dans le sillage de son collègue, tout comme son existence à lui n'était qu'une succession de compositions poétiques et d'efforts pour profiter de la vie sous toutes ses formes ? « À chacun son destin », était-ce là sa devise ? Confucius avait certainement dit quelque chose de profond à ce sujet, mais Ti se sentait trop fatigué pour chercher longtemps dans sa mémoire la citation appropriée.

Lorsqu'il voulut pénétrer dans la chambre de sa Première, dont c'était le jour, Ti découvrit avec surprise qu'elle était fermée à clé. Son épouse n'avait visiblement pas l'intention de passer l'éponge sur son incartade et désirait marquer le coup. « Tant pis pour elle ! » songea-t-il, et il se rendit à la chambre de sa Deuxième. Sa porte aussi était verrouillée. Cela commençait à prendre des allures de sédition organisée. D'ailleurs, celle de sa Troisième était tout aussi close que les deux autres. « Bien ! » se dit-il avec un soupir d'irritation. Il ne lui restait plus qu'à rallier sa bibliothèque, où l'attendait un sofa qui, lui, au moins, ne lui reprocherait pas d'être allé faire son devoir dans le quartier des saules.

IV

*Ti donne audience ; il inspecte le jardin des sévices
dans la maison des délices.*

Le lendemain, dès son réveil, Ti eut à subir une
soupe à la grimace. « Merci Lo », pensa-t-il. Ses
femmes ne considéraient pas comme adultère le fait
qu'il couchât alternativement avec chacune d'elles.
L'idée qu'il allât voir ailleurs leur était en revanche
insupportable. L'éducation qu'elles avaient reçue, qui
n'avait d'autre but que de les préparer à répondre
sans broncher aux moindres *desiderata* de leur seigneur et maître, montrait quelque limite sur ce point.

– Puisque je vous dis qu'il ne s'est rien passé !
s'échinait-il à répéter, étonné de voir ses épouses
couper les cheveux en quatre pour des vétilles.

– Rien passé... d'important... pour vous ! rectifia
Madame Première.

– C'est une question d'interprétation, renchérit la
Deuxième.

– Vous n'avez qu'à continuer d'estimer qu'il ne se
passe rien ici non plus, conclut la Troisième.

Il avait l'impression d'affronter trois sorcières
de contes pour enfants, remontées des enfers pour

tourmenter des mortels que leurs arguties désemparaient. Ainsi que l'enseignaient les récits traditionnels, les pires démons adoptaient toujours des formes féminines pour mieux torturer leurs victimes. Point de griffes, de crocs ni de cornes : une bouche charnue, une chevelure descendant jusqu'aux reins et des ongles vernis avec soin suffisaient amplement pour rendre la vie insupportable à n'importe quel représentant du sexe masculin.

Le responsable de ce désagrément fit son apparition en fin de matinée. Une rapide toilette et de vagues efforts de coiffure cachaient mal les conséquences des excès commis la veille. Il se laissa tomber dans un fauteuil et commanda immédiatement du thé bien fort au premier domestique à portée de voix. Ti le soupçonna de s'installer pour un bon moment dans son salon.

– Loin de moi l'idée de vous pousser vers la porte, dit-il en contemplant la ruine humaine qu'était son collègue en cette heure trop matinale pour lui. Mais le préfet et ses hôtes ne risquent-ils pas de vous attendre, cher frère ? Ils doivent piaffer d'impatience à l'idée de profiter de vos lumières.

– Qu'importe ! répondit Lo avec un geste exprimant la fatalité. Je ressens une certaine peine à quitter votre demeure, cher frère-né-avant-moi. Ce doit être qu'on s'y sent tellement bien !

Tout en le remerciant de montrer tant d'estime pour son hospitalité, Ti songea que son confrère subissait plutôt le contrecoup de ses turpitudes nocturnes. Il l'aurait cru plus résistant, vu l'habitude que devait avoir le bonhomme dans ce domaine.

– Je vous félicite pour votre accueil, reprit Lo lorsque le thé demandé arriva. Cette soirée fut fort agréable. Cela m'a rappelé notre folle jeunesse à la capitale.

Ti ne se souvenait pas du tout que leur « folle jeunesse » se fût déroulée dans tous les mauvais lieux de Chang-an, Lo avait dû s'y rendre en d'autres compagnies. Il ne se rappelait pas non plus que la jeunesse en question eût été si folle que ça. Jamais il ne se serait permis de fréquenter des prostituées de seconde zone, surtout pour rire d'elles sous cape. Il se demanda soudain s'il connaissait vraiment le personnage assis en face de lui. Se pouvait-il qu'il y eût une erreur de nom ? Avait-il invité un Lo inconnu de lui, qui avait fréquenté un autre Ti aux mœurs coupables ? En vérité, son ami avait dû beaucoup changer depuis cette époque déjà lointaine. Il avait acquis de déplorables manies et de tristes manières, qu'il confondait avec la nostalgie d'une jeunesse enflammée et beaucoup plus idéaliste qu'elle ne l'avait été en réalité. Les erreurs d'une mémoire recomposée fournissaient à ce viveur des alibis pour aller se rouler dans la fange au moindre caprice.

Ti venait de découvrir un nouvel axiome de la vie en société : mieux vaut accepter que nos amis se montrent au-dessous de ce qu'on attend d'eux, surtout si l'on entend les conserver en dépit du temps qui passe, ce qui est déjà bien difficile en soi.

Confucius n'avait-il pas dit quelque chose sur ces déconvenues de l'amitié ? « Certainement, pensa Ti avec un sourire. Il l'a certainement fait. » Au reste, il s'était tellement imprégné des écrits du Maître, durant leurs chères études, qu'il lui était impossible de discerner si ce genre de pensées était né de sa réflexion, ou s'il s'agissait de simples réminiscences de textes lus et remâchés jusqu'à l'écœurement. Il se sentit bien philosophe, tandis qu'il contemplait ce rescapé de son enfance, occupé à engloutir des quantités de thé qui n'allaient pas faciliter son trajet jusqu'à la préfecture.

– Ah ! Je me sens mieux ! dit le gros magistrat en reposant enfin son bol à côté d'une théière vide. Je pense que vos valets ont dû rapporter mes bagages dans la cour. Je dois me remettre en route : le devoir m'appelle, n'est-ce pas !

Une fois sur le perron, il se retourna vers la demeure avec une expression désolée :

– J'y pense : je n'ai pas eu le temps de saluer vos chères épouses !

Ti répondit qu'il s'en chargerait pour lui, tout en se disant qu'il n'avait pas fini de payer ses petites compromissions de la veille. Les compagnes du poète avaient, semblait-il, le sens du sacrifice mieux chevillé au corps que les siennes.

Lo n'avait fait aucune allusion aux souvenirs de cadavres décapités qui erraient çà et là dans les brumes de sa mémoire. Avant de refermer le rideau de sa voiture, il trouva judicieux de lancer une plaisanterie sur « les fines lames » que l'on rencontrait dans les maisons de plaisir de cette ville, ce qui pouvait s'entendre dans deux sens différents. Il en prenait à son aise : cela lui ferait une anecdote de plus, susceptible de distraire les convives du préfet. Ce n'était pas lui qui allait devoir élucider l'énigme et dénicher l'assassin qui se permettait de trancher des cous dans les maisons de passe de Pou-yang.

Ti récita poliment le petit discours de circonstance selon lequel la visite de son vieil ami d'enfance lui avait réjoui l'âme, et conclut par le regret que ses visites fussent si rares.

– Merci de votre aimable invitation, répondit Lo en inclinant la tête. J'aurai moi aussi grand plaisir à m'arrêter de nouveau dans votre belle demeure, lorsque le préfet m'aura libéré de mes obligations.

Ti ne croyait pas que ses propos aient contenu la moindre invitation à revenir si tôt. Il s'inclina néanmoins en signe de gratitude pour cette « acceptation » si spontanée. Lo tira le rideau, et son cocher fit avancer le cheval, qui emmena la voiture légère à l'extérieur de la cour. Son hôte espéra que les visites de ce vieux camarade n'allaient pas devenir trop fréquentes, auquel cas un triple divorce retentissant risquait de devenir l'unique issue à ses problèmes domestiques.

Ti alla revêtir sa robe verte cérémonielle et son bonnet noir à ailettes. Puis il traversa la cour pour pénétrer dans le bâtiment où était aménagé le tribunal. Un sbire fit résonner le gong, dont le son annonça l'ouverture de la première audience. Ti vit avec satisfaction la tenancière assise au fond de la salle – ce qui ne l'empêchait pas d'être assez voyante, avec sa robe très colorée et sa coiffure un peu trop élaborée pour la circonstance, que surmontait un petit chapeau de paille à ruban rouge. Il semblait que les femmes de cette catégorie fussent incapables de se départir d'une certaine vulgarité. Il leur aurait fallu changer de peau au sortir de leur établissement, ce qui était nettement au-delà de leurs forces. Ti lui fut néanmoins reconnaissant d'avoir fait l'effort d'être exacte à sa convocation, malgré une nuit qui avait dû être aussi longue qu'agitée, entre ses obligations ordinaires et le remue-ménage causé par « le regrettable incident ». Il s'aperçut qu'il avait omis de lui demander son nom de famille. Il se pencha vers son premier scribe :

– Allez demander son patronyme à cette dame, là-bas, pour les formalités.

– C'est inutile, noble juge, répondit l'employé du yamen. Il s'agit de Mme Yu, de l'établissement homonyme.

Ti fut surpris de constater que son subordonné connaissait le nom exact des mères maquerelles, mais n'en laissa rien paraître. Les affaires courantes lui furent présentées. Le juge s'empressa de les repousser. On comptait l'assommer, avec un litige de propriété agricole de la plus décourageante banalité. Il répondit qu'il ne pouvait encore statuer sur cette question, car un événement plus grave s'était produit, qui exigeait toute son attention. Les plaignants, fort déçus, retournèrent s'asseoir sur leur banc. Une fois le silence revenu dans la salle, Ti se tourna vers sa droite :

– Greffier, veuillez noter que le tribunal de Pouyang engage des poursuites contre l'homme à l'identité indéfinie qui s'est introduit cette nuit dans la maison de rendez-vous de Mme Yu, située aux confins des quartiers de l'est, près de la rivière, pour y assassiner un honorable visiteur non encore identifié, sous les yeux et dans la chambre de l'hôtesse qui se trouvait en sa compagnie à ce moment.

C'était en quelque sorte « l'affaire X contre X ». Des murmures montèrent de l'assistance, étonnée qu'un si horrible forfait ait pu être commis cette nuit-là entre les murs de la ville. Ti dicta ensuite un mandat ordonnant aux sbires d'aller prendre le corps, à déposer dans les locaux de la prison. Un troisième papier enjoignit au contrôleur des décès d'exécuter un examen approfondi du cadavre, afin d'établir quelle arme avait été utilisée et, si possible, de cerner les nom et qualité de la victime. Afin de lever le voile sur l'identité du mort, Ti décida de diffuser son signalement – pour ce qu'on pouvait en connaître en l'absence de tête – et se prépara à attendre qu'on vînt lui signaler une disparition.

Pour conclure, il annonça aux citoyens de Pouyang que leur magistrat allait se transporter sur place, à la recherche d'indices qui permettraient sans nul doute de confondre le coupable dans un bref délai ; il était important d'assurer la population qu'aucun crime de sang ne pouvait rester impuni, nul ne pouvant défier les lois de l'empire sans en subir aussitôt les implacables conséquences. Il fallait aussi montrer que le plus haut fonctionnaire local ne laissait pas ce genre de cas en souffrance, afin que la foi publique dans le « père et mère du peuple » demeurât intacte. En réalité, Ti aurait échangé de tout cœur tous les litiges agricoles du district contre une seule décapitation mystérieuse ; on n'avait pas à le pousser pour qu'il fasse passer ce type d'enquête au premier plan, cela constituait le sel, le noyau et la récompense de son métier. Sur ce, il déclara l'audience close et quitta la salle pour se rendre à son palanquin d'un pas d'ambassadeur, sous les regards d'un public pas encore revenu de sa surprise.

Les porteurs lui firent de nouveau traverser la ville en direction du quartier réservé. De jour, l'endroit était presque charmant, avec ses maisons à un étage, dotées d'un petit balcon qui permettait aux belles de se montrer aux badauds comme à l'étal d'un boutiquier. La plupart des façades étaient pimpantes et fleuries. Les saules, surtout, élégamment penchés sur la rivière, rehaussaient l'aspect champêtre et innocent du faubourg.

Deux sbires barraient l'entrée du domaine, ainsi que Ti l'avait ordonné. Un petit groupe de curieux désœuvrés contemplait ce spectacle inhabituel, avec l'espoir de soutirer quelques renseignements aux policiers qui, en réalité, n'en savaient pas plus qu'eux. Les hommes d'armes s'écartèrent à l'arrivée du véhicule officiel, sur lequel on avait rétabli les étendards et oriflammes que Ti avait fait enlever la veille pour sa précédente visite. Alors qu'on le déposait près du perron, la chaise de louage de la maquerelle arriva à son tour. On ne pouvait se tromper sur le métier de son occupante : elle tenait fermement dans sa main droite une ombrelle de la même couleur criarde que sa robe, qui faisait au-dessus d'elle comme un emblème de ralliement à son commerce. Elle se leva et se dirigea vers le magistrat d'un pas assez raide. Elle n'avait pas du tout l'air content.

– J'ai une requête à formuler à Votre Excellence, annonça-t-elle, une fois parvenue à sa hauteur, en haut des marches.

Elle faisait grise mine à cause des soldats qui gardaient son portail : cela produisait un mauvais effet sur les passants ; on allait jaser dans le quartier ; c'était ainsi que l'on gâchait une honnête industrie dont personne n'avait jamais eu à se plaindre.

– C'est que notre profession n'est pas de tout repos, voyez-vous, noble juge, expliqua-t-elle, comme si elle évoquait les vicissitudes de la vie d'une pâtissière, forcée de se lever à l'aube pour débiter ses galettes de riz. J'ai réussi jusqu'ici à maintenir ma maison contre vents et marées. Nous n'en restons pas moins à la merci d'un zéphyr méphitique. La concurrence est rude et pas toujours loyale. Il ne faudrait pas que l'idée s'installe chez notre honorable clientèle qu'elle risque sa tête à venir nous visiter.

Ti répondit qu'il comprenait parfaitement le bien-fondé de ses préoccupations commerciales. Il promit de lui ôter les gardes dès qu'il aurait accompli dans le jardin et dans la chambre du crime les recherches qui s'imposaient. La matrone s'inclina avec satisfaction, bien qu'un rictus de contrariété accentué par la fatigue marquât encore ses traits de chef d'entreprise accablé par les responsabilités.

Le juge alla revoir les lieux. L'un des sbires lui confirma qu'ils avaient trouvé les scellés intacts lorsqu'ils étaient venus récupérer le corps. Ti déclara que Mlle Fleur-de-Pêcher pourrait reprendre possession de sa chambre dès qu'il aurait mené ce dernier examen – après, bien sûr, qu'on aurait eu la délicatesse de changer les draps et d'effacer les taches rouges qui risquaient de réveiller en elle de pénibles souvenirs. Les traces de sang menaient bien à l'extérieur : elles conduisaient à la fenêtre, en maculaient le rebord et se poursuivaient sur les feuilles encore humides de pluie qui jonchaient l'allée. Ti imagina cette espèce de fantôme morbide qu'avait dû évoquer le tueur, son sinistre trophée au bout du bras, une arme sanglante dans l'autre main, errant telle une ombre pathétique parmi les silhouettes sombres des arbres découpées sur le ciel nocturne, surtout s'il avait bien « les yeux injectés de sang », ainsi que l'avait affirmé l'unique témoin du drame. Cela constituait une scène digne de ces nouvelles fantastiques dont les amateurs de frissons à bon marché étaient friands.

Il sortit par la fenêtre, une partie du personnel sur ses talons, ce qui lui faisait un curieux cortège, et chercha des indices dans les parterres. L'idéal aurait été de trouver la tête du mort. Mais Ti ne se faisait pas trop d'illusions dans ce domaine : pourquoi l'assassin aurait-il pris la peine de l'emporter, ce qui était déjà assez absurde en soi, si c'était pour l'abandonner n'importe où sur son chemin ? Il espéra n'être pas en présence d'un collectionneur décidé à débiter ses chers concitoyens à coups de hache pour se constituer un autel recouvert de têtes tranchées. D'autant que celle d'un magistrat en exercice pourrait fort bien constituer, dans cet ordre d'idée, une pièce de choix.

Ayant fait brusquement demi-tour, Ti se heurta au groupe de ses suiveurs : surpris par sa volte-face, ils n'avaient pu se reculer à temps.

– Laissez-moi donc en paix ! leur lança-t-il. Vous piétinez mes indices ! Croyez-vous que la justice soit un spectacle ?

En vérité, elle l'était indubitablement, avec ses jeux de rhétorique et ses rapports de forces, mais cela n'empêchait pas qu'il fallait laisser le bateleur exécuter son numéro dans des conditions acceptables. Le personnel de la maison s'écarta respectueusement de quelques pas pour continuer à scruter ses moindres gestes en se donnant l'air de ne pas déranger. Ti leva les yeux au ciel. L'admiration béate des foules ignares faisait partie des vicissitudes de sa profession.

Diverses fenêtres appartenant aux chambres des demoiselles ouvraient à droite et à gauche de celle par laquelle il était sorti. L'assassin aurait aussi bien pu pénétrer dans n'importe laquelle de ces pièces. Avait-il choisi à dessein celle où il était entré, et dans ce cas selon quel critère ? Venait-il assassiner la jeune prostituée et s'était-il heurté à un client qui n'était pas prévu dans son plan ? Ou bien avait-il bien pour but de trancher la gorge de sa victime, et la jeune femme n'avait-elle été qu'un témoin inévitable d'un meurtre préparé à l'avance ? Seul un fou aurait pu s'introduire au hasard pour trucider n'importe qui ; il convenait d'aller voir du côté des monastères qui recueillaient les déments si quelque hôte potentiellement dangereux s'était absenté cette nuit-là.

Ti souhaitait tout d'abord interroger Fleur-de-Pêcher sur son origine et sur la façon dont elle était arrivée dans cette maison. Il voulait aussi savoir comment elle était entrée en possession d'une si jolie poupée. Il se tourna vers l'ensemble de ses admirateurs, au milieu desquels figurait la propriétaire des lieux, et lui résuma ses préoccupations.

La tenancière répondit que la « petite » n'était pas visible. Elle n'avait pu fermer l'œil de la nuit. Lorsqu'elle s'était enfin assoupie, ç'avait été pour se réveiller toutes les demi-heures, en proie à de terribles cauchemars. Au matin, sa patronne avait fini par faire venir le médecin attitré de la maison, qui lui avait fait prendre une potion calmante grâce à laquelle elle se reposait enfin. Elle proposa à regret, si le juge y tenait vraiment, d'aller la tirer de ce sommeil réparateur conquis de haute lutte. Ti n'eut pas le cœur de lui imposer un réveil cruel, suivi d'une difficile séance d'interrogatoire, d'autant qu'il ne serait pas aisé de soutirer à une personne encore choquée les précieux renseignements qu'il attendait d'elle. Il la laissa donc à ses mauvais rêves, tout en recommandant à la matrone de la lui amener sans faute à l'audience du soir. Mme Yu acquiesça. Elle commençait à s'habituer à se rendre au yamen deux fois par jour. Il y avait gros à parier que ses prochaines visites au tribunal seraient plus discrètes que la précédente :

pareille assiduité n'était pas non plus une bonne publicité pour son entreprise, d'autant que toute la ville saurait bientôt qu'un meurtre s'était commis chez elle. Les clients de ce genre d'institution n'étaient pas de ceux qui aiment que leurs hôtes entretiennent des rapports voyants et réguliers avec la police, même si, dans les faits, maquereaux et filles publiques constituaient une indispensable source de renseignements sur les mœurs cachées des administrés.

Ti se retira en emmenant comme promis les gardes postés au portail, au grand soulagement de la propriétaire, qui se demandait si sa maison allait bientôt recouvrer la sérénité nécessaire au bon développement d'un commerce honorable.

V

Ti recherche un fou ; il trouve une veuve.

De retour au yamen, Ti voulut convoquer le chef de ses sbires pour entendre le compte rendu de la mission de surveillance qu'il lui avait confiée. Son premier scribe, l'air embarrassé, lui répondit que l'homme ne s'était pas présenté à son poste ce matin-là. On avait supposé qu'il cuvait chez lui après une nuit trop arrosée, et l'on avait envoyé un coursier pour le rappeler à ses devoirs. La réponse tardait à venir. Sans doute était-il en train de déployer des efforts de toilette destinés à lui redonner figure humaine. Il fallait s'attendre à le voir surgir en piteux état et migraineux.

En d'autres temps, Ti aurait infligé à l'impétrant une sévère admonestation, accompagnée peut-être d'une mise à pied et d'un bref séjour en cellule pour lui apprendre l'exactitude. Il se sentait enclin à la clémence à cet instant précis, peut-être parce qu'il avait lui-même passé la soirée précédente dans un lieu que la décence interdisait de nommer devant les dames. Son capitaine, après tout, n'avait pas fait grand-chose de pire que lui. Peut-être avait-il dû, lui aussi, sacrifier au devoir d'hospitalité envers un ami prétendu – et importun véritable – qui lui était tombé dessus à l'improviste pour lui gâter sa vie de famille en même temps que l'estomac ?

Ti passa une partie de la journée à envoyer des émissaires dans les divers couvents de la région réputés pour accueillir les désaxés dont les familles souhaitaient se débarrasser discrètement. Il résuma ses inquiétudes dans une lettre par laquelle il priait les abbés de l'informer au cas où l'un de leurs pensionnaires, uniquement dans la catégorie violente, les faibles d'esprits et les lymphatiques ne l'intéressaient pas, se serait enfui ou aurait eu la possibilité de traîner en ville la veille au soir. Il espérait que cette missive, recopiée une dizaine de fois par son secrétaire, lui vaudrait de recevoir le nom du coupable sur un plateau. C'était bien sûr l'éventualité la plus optimiste.

Il envoya ensuite ses lieutenants interroger les habitants du quartier des saules pour savoir si un individu suspect y avait été remarqué ; par exemple un furieux muni d'une arme tranchante et d'un sac pouvant contenir une tête coupée. Là encore, c'était parier gros sur la sagacité du *vulgum pecus* que d'espérer un résultat décisif pour son enquête.

Il se concentra ensuite sur un sujet plus prosaïque. Comment se rabibocher avec ses chères épouses, que ses frasques avaient chiffonnées ? Le premier moyen qui lui vint à l'esprit était d'aller acheter en ville quelque babiole qui l'aiderait à se faire pardonner ses écarts supposés. Il n'avait d'autre option que de faire profil bas. L'orgueil blessé de ses trois moitiés ne souffrait pas de discussion. Il pouvait d'ailleurs comprendre leur état d'esprit, s'il faisait l'effort de se mettre à leur place : la fréquentation des professionnelles des plaisirs charnels sous-entendait de sa part une insatisfaction insultante pour ses épouses – et d'autant plus injuste qu'il n'avait nullement à se plaindre d'elles dans ce domaine. Il n'était pas de ces hommes qui éprouvent le besoin de collectionner les aventures. La compagnie régulière et très organisée de ses compagnes suffisait à l'apaisement de ses sens, dans le strict respect des préceptes confucéens auxquels il adhérait totalement. Il était fort désagréable à des femmes, dont la vie était étroitement corsetée par les principes de la bienséance bourgeoise, de voir leur mari batifoler à tort et à travers, et donc creuser encore l'écart de statut entre l'homme, maître absolu chez lui, et l'épouse, personne subalterne dont l'existence n'avait d'autre but que de faciliter celle du seigneur de la maison. Certes, les modiques possibilités accodées au beau sexe s'étaient quelque peu assouplies sous le gouvernement des empereurs Tang, plus tolérants que ceux d'aucune des dynasties précédentes. Mais force était de constater que les compagnes du juge Ti n'en avaient guère profité. Elles ne revendiquaient pas le droit de sortir seules, de recevoir souvent, ni de nouer des relations plus ou moins innocentes qu'il lui aurait été difficile de leur refuser. Il leur était d'autant plus pénible, dans ces conditions, d'admettre que leur mari se livrât à la débauche et au stupre sous leur nez. Il était donc primordial pour l'équilibre précieux de ce foyer que l'incident fût oublié au plus vite.

En fin d'après-midi vint l'heure de la séance du soir. Ti revêtit une nouvelle fois sa robe verte et se rendit dans la salle d'audience, dont les portes avaient été ouvertes en grand pour livrer passage à la foule attirée par le sensationnel dont il risquait d'être question.

Le premier à s'avancer fut le contrôleur des décès, homme âgé, à la longue barbe blanche, que Ti connaissait bien : il était aussi son médecin personnel depuis son installation à Pou-yang, ce qui, il est vrai, ne signifiait pas grand-chose. Ti souffrait d'une vocation médicale contrariée, il avait pour habitude de se soigner lui-même à l'aide des rudiments de médecine qu'il avait grappillés avec curiosité tout au long de son existence, ce qui lui suffisait en général pour traiter les petits accidents ordinaires de sa santé. L'homme plissa les yeux pour apercevoir le magistrat. Qu'il fût myope n'enlevait rien à ses qualités professionnelles. Il était d'une rigueur parfaite, et le juge savait qu'il pouvait se fier à ses diagnostics, surtout en ces matières d'examens post-mortem, ce qui faisait de lui un auxiliaire précieux.

Étant donné que le col du défunt avait été tranché en une seule fois, entre les troisième et quatrième vertèbres, le contrôleur des décès penchait pour l'utilisation d'une très grosse hache, ou éventuellement d'une épée de bonne facture et bien entretenue ; le genre d'arme qui ne devait pas passer inaperçue, la nuit, dans les rues de leur bonne cité, et que n'importe qui n'était pas à même de se procurer du jour au lendemain. L'objet coûtait cher, était encombrant et peu discret. Il s'agissait donc bien d'un meurtre prémédité. Celui qui avait accroché cette lourde lame à sa ceinture ne l'avait pas emportée pour le plaisir d'une promenade au clair de lune – et sous la pluie ! – entre les arbres du domaine.

Ti remercia le médecin pour ses judicieuses conclusions. Il fit asseoir la maquerelle au premier rang et appela la jeune fille arrivée avec elle. Ainsi que le faisaient tous ceux qui déposaient devant la cour, Fleur-de-Pêcher vint s'agenouiller sur le dallage, devant l'estrade sur laquelle était dressée la table de justice recouverte de son tapis rouge.

– La misérable personne qui se tient devant vous a pour nom de travail Fleur-de-Pêcher. Elle supplie Votre Excellence de ne pas lui demander d'énoncer devant tout le monde son nom de famille, cette dernière ayant été honorablement connue autrefois dans la ville de Pou-yang.

Ti souhaitait l'interroger sur la façon dont elle était parvenue jusque dans la maison de Mme Yu :

– Nous ne pouvons écarter l'éventualité que l'assassin soit venu pour vous et se soit attaqué à votre client dans le seul but de s'en prendre à votre personne, expliqua-t-il. Il aura ensuite été dérangé, ou vous aura laissée pour morte après avoir tenté de vous étrangler,

À ces mots, la jeune fille eut une faiblesse. Des exclamations s'élevèrent de la salle. On crut qu'elle allait s'évanouir de frayeur. L'un des sbires se précipita pour la soutenir.

– Rassurez-vous, reprit le magistrat : la justice impériale s'occupe de votre cas, vous êtes désormais sous sa protection, nul attentat ne saurait plus être commis contre vous. La main protectrice du Fils du Ciel s'est posée sur votre tête par mon entremise. Ce serait à présent faire offense à l'autorité de l'État que de s'en prendre à vous. Malheur à celui qui l'oserait.

Au bout de quelques instants, un peu rassérénée par ce discours plein d'optimisme, elle expliqua avec lenteur, en faisant des pauses comme si elle avait cherché ses mots, qu'elle était la cadette d'une famille honnête qui avait eu des revers de fortune. De temps à autre, Ti jetait un coup d'œil à sa patronne, dont le visage expressif montrait de vifs signes d'approbation, Il finit par se demander si la jeune fille faisait autre chose que de répéter des phrases dont les deux femmes étaient convenues avant de se présenter à l'audience. Il avait tellement l'habitude d'entendre proférer les mensonges les plus grossiers sous ces tentures ! Le respect envers la loi et la vérité ne semblait guère animer quiconque, une fois franchi le seuil du prétoire ; cela tenait de l'insulte aux fondements de l'empire. Au reste, qu'attendait-il d'autre de la part de cette malheureuse que le récit d'une famille tombée dans la misère, forcée de se défaire des bouches inutiles au profit de qui voulait bien s'en charger ? Pouvait-il croire qu'une si jolie et si frêle demoiselle osât lui réciter un roman, dans la solennité de cette salle garnie de symboles officiels et de maximes à la gloire de l'Empereur ? Il la remercia de ses précisions douloureuses et passa à la suite de ses préoccupations.

– Je vais à présent vous poser une question qui vous semblera sans rapport avec l'affaire qui nous occupe. Je vous prie cependant d'y répondre avec autant de franchise et de clarté que vous en avez montré jusqu'ici. Je vous promets que rien de ce que vous pourrez dire ne sera retenu contre vous, pour peu que vous me répondiez avec une totale honnêteté. N'oubliez pas que votre magistrat sait tout et peut tout contrôler s'il le désire. On ne se joue pas impunément de l'œil omniscient de la justice impériale !

C'était un bien long préambule pour une innocente question. L'auditoire était maintenu en haleine. Chacun se demandait quel secret infâme la pauvre petite pouvait bien dissimuler. Aussi la surprise fut-elle complète lorsque le juge la pria simplement de lui dire de quelle manière elle était entrée en possession d'une ravissante poupée qu'il avait pu admirer sur ses coffres à vêtements. Il lui semblait que « ses honnêtes parents tombés dans la misère » auraient dû commencer par vendre ce genre d'objet, avant de se séparer de leur chère enfant. La poupée devait bien valoir le quart de ce qu'un sordide maquereau avait dû payer pour arracher leur fille chérie à leur foyer. Il résuma sa pensée, et la mine outrée de la tenancière lui indiqua qu'il avait devant lui le « sordide maquereau » en question.

Prise au dépourvu, la demoiselle hésita avant de répondre, ce qui confirma le juge dans l'idée qu'elle avait quelque chose à cacher. D'autant qu'elle esquissa un mouvement pour se tourner vers sa patronne ; il y avait bien une connivence entre ces deux-là. Elle aurait aimé que la maquerelle lui soufflât ce qu'elle devait dire. Comment une question d'apparence si anodine pouvait-elle la jeter dans un tel trouble ? Le génie de Ti lui avait-il fait viser juste, comme si les dieux, ou Confucius en personne, avaient guidé ses intuitions ?

– Répondez sans peur, reprit-il. Si vous avez volé cet objet, je vous promets que la cour saura se montrer compréhensive. Nous nous bornerons à le faire restituer à ses propriétaires légitimes, sans vous infliger de peine ni d'amende, en considération de vos aveux spontanés.

Il se tut, de crainte de lui inspirer une réponse facile, ainsi qu'elle aurait pu en trouver elle-même si elle avait eu deux sous d'imagination, comme par exemple qu'un de ses clients la lui avait offerte en guise d'hommage. Désemparée, incapable de rassembler ses esprits face à l'œil inquisiteur du magistrat, la jeune fille répondit d'une voix timide qu'elle possédait tout à fait légalement cette poupée, achetée par ses parents du temps de leur splendeur.

La réponse étonna grandement le magistrat. Il regarda aussitôt la tenancière, qui semblait peu ravie d'entendre un tel discours. Que les filles de paysans ou d'humbles artisans se prostituent, cela n'avait rien que de très naturel. Il l'était moins de trouver dans les bordels des demoiselles élevées dans des maisons où on leur avait prodigué tout le luxe imaginable. Voir des filles de la bonne bourgeoisie tomber dans le caniveau avait quelque chose de choquant. Il fut bien sûr le seul à réagir de la sorte, les autres personnes présentes n'ayant pas vu le jouet dont on parlait.

— Ah, fit-il. Vos parents étaient donc bien riches, à cette époque ?

— Oui, noble juge.

— Il faut donc qu'ils aient perdu l'intégralité de leur fortune, pour que vous ayez abouti dans l'établissement de Mme Yu, dont la vocation n'est guère d'accueillir les demoiselles de la bonne société.

Une fois encore, la pensionnaire hésita. Que cachait-elle donc ? Ti ne savait par quel bout aborder le problème. Il semblait que cette question de poupée menât à une autre, si énorme qu'elle formait peut-être le nœud de l'affaire.

— Nous avons tout perdu, en effet, répondit-elle en baissant les yeux. Jusqu'à notre dignité, hélas.

Décidément, rien de tout cela ne le satisfaisait. Il y avait dans ce discours un mystère qu'il se promit d'éclaircir à la première occasion. Pour l'instant, il n'estimait pas pouvoir obtenir davantage de renseignements de son témoin, qui paraissait de nouveau sur le point de tourner de l'œil. Il lui signifia qu'elle aurait encore à comparaître, la pria de se tenir à la disposition du tribunal et lui fit signe de se rasseoir.

À peine eut-elle repris sa place sur le banc, à côté d'une patronne visiblement soulagée de voir s'achever l'interrogatoire, qu'une dame d'âge mûr s'avança pour venir s'agenouiller à son tour devant l'estrade. Ses cheveux poivre et sel étaient noués en un chignon tout simple. Sa terne robe de teinte unie et ses chaussons élimés indiquaient une femme du peuple.

– La misérable personne qui se tient devant vous... commença-t-elle, pour s'interrompre comme si elle ne trouvait plus ses mots. Mon mari, Hsueh Xan, qui a eu l'honneur de servir sous les cinq magistrats qui ont précédé l'arrivée de Votre Excellence...

Elle s'arrêta encore, en proie à l'émotion que lui causait sa comparution devant tout ce monde. Ti l'encouragea à rassembler ses esprits pour lui exposer clairement le motif de sa plainte. La dame baissa les yeux sur le dallage, prit une grande inspiration, et réussit à s'expliquer sans presque reprendre haleine. Elle venait déclarer la disparition de son époux. En se levant, ce matin-là, elle s'était rendu compte de son absence. Il n'avait pas reparu depuis la veille. Elle avait d'abord cru que son travail l'avait retenu à l'extérieur, lorsqu'un émissaire de son employeur, à sa grande surprise, était venu s'enquérir de son état de santé.

Ti réfléchit un instant.

– Votre conjoint peut se trouver n'importe où, dit-il. Peut-être est-il allé visiter quelque parent malade ? Pourquoi vous hâter de venir déclarer sa disparition ? Ne suffirait-il pas d'en informer son employeur, afin que ce dernier puisse pourvoir à son remplacement provisoire ?

Après un bref silence, la dame répondit que c'était précisément ce qu'elle venait de faire,

– Je n'y comprends rien, dit le juge. Le patron de votre mari est-il présent dans cette salle ? De qui s'agit-il ?

La dame avait l'air tout à fait déconcerté. Les sbires debout de part et d'autre de l'estrade paraissaient comprendre mieux que lui la situation, ce qui l'irritait. Ils faisaient de drôles de têtes, Ti aurait juré qu'ils cherchaient le moyen de lui signaler un détail qui lui échappait.

– Mais, noble juge... reprit la dame. Vous ne m'avez pas comprise. Son employeur, c'est vous ! Mon époux occupe la place de capitaine des sbires de votre tribunal.

Une lanterne s'éclaira dans l'esprit du magistrat.

– Ah ! L'ivrogne ? s'écria-t-il. Il paraît qu'il est en train de cuver quelque part. Il ne faut pas vous alarmer comme ça, petite mère !

La dame fit une grimace offusquée.

– Lorsqu'il arrive à mon mari de boire plus que de raison, noble juge, ce qui est rare étant donné le devoir de représentation auquel l'astreint sa position en vue, il parvient toujours à regagner notre demeure. Il ne lui est jamais arrivé de manquer son travail le lendemain.

Ti songea qu'il y avait un début à tout.

– Quoi qu'il en soit, reprit la dame de sa petite voix où perçait une réelle appréhension, je ne me serais pas inquiétée à ce point sans l'avis de recherche que Votre Excellence a bien voulu diffuser ce matin en ville par voie d'affiches. Il n'y a pas d'incompatibilité entre la description du disparu et la physionomie de mon époux. Aussi ai-je cru nécessaire de venir

66

rapporter officiellement son absence. Jamais il ne m'aurait laissée sans nouvelles aussi longtemps, comprenez-vous. Veuillez me pardonner si j'ai abusé de votre précieux temps.

Elle fit mine de se lever. Ti l'arrêta du geste. Voilà qui commençait à être intéressant.

– Je suppose que vous n'auriez pas besoin de voir son visage pour l'identifier avec certitude ? demanda-t-il.

La dame pensait pouvoir le reconnaître à quelque détail physique, ayant partagé son lit pendant plus de vingt-cinq ans.

Ti pria les sbires d'apporter le cadavre entreposé dans l'une des cellules de la prison. Quelques instants plus tard, ils revenaient dans la salle en portant une civière où reposait une dépouille mortuaire, allongée sous un drap dont les plis permettaient de deviner la forme vague. L'attention de l'assistance était à son comble. Lorsqu'ils déposèrent leur fardeau sur le dallage, un bras blafard sortit de sous le linge, arrachant des cris d'horreur aux spectateurs fascinés. On voyait bien que le corps ne se terminait pas comme il l'aurait dû : rien ne venait après les épaules. À cet endroit, le linceul reposait directement sur la natte de bambous, il était tout plat. On aurait dit un pantin grandeur nature destiné à décorer un temple, et dont on n'aurait pas encore vissé la tête sculptée. Cette marionnette géante, invisible et pourtant si présente, dégoûtait un peu le magistrat. L'intérêt morbide que lui portait le public le dégoûtait plus encore. Il ne croyait pas avoir été nommé à ce poste pour assurer le divertissement de ses administrés. Mais la loi lui imposait sans ambiguïté des audiences ouvertes à tous ceux qui désiraient y assister, tout comme elle prévoyait que les interrogatoires aient lieu en séances publiques. Il n'avait pas le choix, il lui fallait se livrer à cette démonstration macabre s'il voulait avancer dans son enquête.

Ti recommanda de soulever doucement le linceul à partir des pieds. Il ne souhaitait pas en montrer plus qu'il n'était nécessaire à l'identification. La femme du capitaine, d'abord simplement horrifiée, eut une réaction plus vive à chaque nouvelle parcelle du corps qu'on lui dévoilait. Les pieds la firent frémir. Les jambes lui provoquèrent un violent frisson. Le bassin l'atterra. Une fois qu'on fut parvenu au torse, elle s'évanouit. Ti se demanda s'il devait prendre ce malaise pour une déclaration d'identification formelle. Les sbires soutinrent avec une douceur inaccoutumée l'épouse de leur supérieur. L'un d'eux lui fit respirer les sels qu'on avait apportés pour ranimer Fleur-de-Pêcher. Quand elle fut revenue à elle, Ti n'eut besoin que de croiser son regard pour que la pauvre femme lui indiquât d'un hochement de tête qu'elle avait bien reconnu son époux. Il ne restait plus au magistrat qu'à lui promettre de façon très officielle que la mort de ce dernier serait vengée selon les termes de la loi, et à formuler par-devers lui des vœux pour se voir en mesure de tenir sa parole.

Ti se remémora les traits de son capitaine. Un détail lui revint.

– Dites-moi, demanda-t-il à la veuve, qui contemplait avec désarroi la forme mutilée, de nouveau recouverte du drap. Votre mari ne portait-il pas une cicatrice assez marquée sur le haut du front ? Plus ou moins en forme de V ?

La dame essuya ses yeux du dos de la main.

– Si fait, noble juge, répondit-elle. Il se l'était faite

lors d'une arrestation particulièrement difficile, du temps d'un de vos prédécesseurs. Il se donnait tellement de mal pour satisfaire ses maîtres successifs ! Votre Excellence est trop bonne d'évoquer le souvenir de mon malheureux défunt.

Ti n'avait que faire du malheureux défunt et de son souvenir. En revanche, la cicatrice l'intriguait bigrement. Il se souvenait de la description de l'agresseur faite par Fleur-de-Pêcher, le soir du drame : il était censé porter une trace de blessure en forme de V en haut du front. C'était le portrait du sbire, et non de son assassin, que lui avait dressé la pauvre fille ! Dans son trouble, elle avait dû mélanger les deux hommes. Il y avait aussi une autre explication possible, qu'il ne pouvait se permettre d'écarter totalement : c'était qu'on se moquait ouvertement de lui depuis le début !

VI

Un épouvantail provoque un scandale ; le juge Ti interroge une pocharde.

Ti était dans son cabinet de travail, en train d'ôter sa robe d'apparat, lorsqu'on frappa à la porte. Son premier scribe lui annonça que la nouvelle d'un attroupement venait d'être rapportée au poste de garde : dans le quartier le plus misérable de la ville, un épouvantail suscitait une agitation qui nuisait à l'ordre public.

– Un épouvantail ? répéta le magistrat en haussant les sourcils. Si les épouvantails s'y mettent, eux aussi, nous sommes perdus ! ajouta-t-il avec un sourire amusé.

Sa curiosité était piquée. Il décida d'aller en personne arrêter cet épouvantail qui osait s'adonner à la délinquance. Il ordonna à quelques sbires de suivre son palanquin, que ses porteurs conduisirent d'un bon pas vers les ruelles bordant les marécages.

Au détour d'une venelle boueuse, il aperçut en effet un groupe de badauds massés devant une mansarde de guingois. Ses porteurs le déposèrent au pied d'un terre-plein couvert d'ordures. Les hommes de main firent claquer leurs fouets pour écarter la foule et permettre à leur maître de contempler le motif du scandale. Eux-mêmes se mirent à échanger des murmures craintifs dès qu'ils découvrirent l'objet du délit.

Un épouvantail était planté dans un tas de terre informe, à l'angle de la masure. Le pantin avait été attifé de manière incongrue. Une demi-pastèque évidée figurait une sorte de casque, des moitiés de gros bambous des jambières, une carapace de tortue le plastron renforcé d'un militaire, un vieux sac de toile la tunique grise des sbires. Pour parachever l'imitation, le pantin brandissait un bâton qui évoquait fortement le gourdin réglementaire pendu à leur ceinture. Évidemment, tout cela n'aurait rien été si la tête tranchée du capitaine n'avait été fichée au sommet de cet agencement, d'où elle considérait l'assistance d'un œil furieux, à la façon des représentations démoniaques dont les temples taoïstes étaient remplis.

« C'est la veuve, qui va être contente, songea le juge. Elle n'aura finalement qu'une seule cérémonie de funérailles à organiser, au lieu de deux, pour donner une sépulture décente aux différents morceaux de son mari. »

L'un des sbires s'approcha de lui, le visage congestionné par la colère :

– Je conjure Votre Excellence de faire cesser immédiatement cet outrage ! rugit-il, oubliant quelque peu, sous le coup de l'émotion, le respect qu'il devait à son supérieur.

– Bien entendu, répondit le magistrat. Ce vilain pré n'est pas le lieu pour exhiber un reliquat de votre capitaine. Procurez-vous un sac et fourrez-le dedans.

Quant à cet attirail composite, vous me l'apporterez au tribunal pour examen.

À défaut d'arrêter l'assassin facétieux, il se rabattait sur son œuvre. Il vit là la confirmation de sa première hypothèse : cette mise en scène macabre, dénuée de signification, ne pouvait être née que d'un cerveau dément.

– Qui habite ici ? demanda-t-il à la ronde.

Des voisins lui répondirent qu'une pauvre femme totalement démunie s'était installée dans ce taudis bien des années auparavant. Toutes les fenêtres étaient barricadées de volets branlants. Il souhaita savoir à quel endroit l'on pouvait la trouver.

– Mais chez elle, noble juge, répondit une dame qui portait un enfant dans ses bras. Elle y est toujours, à cette heure-ci. Elle sort uniquement quand vient le soir, pour aller acheter son... pour faire ses commissions, ajouta-t-elle après une hésitation dont on pouvait déduire qu'elle avait failli dire autre chose. Elle est certainement à l'intérieur. Votre Excellence n'a qu'à entrer.

Les sourires qui se peignirent sur les faces des badauds autour de lui suggéraient qu'on lui cachait quelque chose quant à la nature ou aux activités de cette personne. Il espéra qu'il ne s'agissait pas une nouvelle fois de prostitution, il avait eu son compte dans ce domaine. Il releva le bas de sa robe pour traverser le talus bourbeux qui menait à la porte. Quelques coups frappés contre le battant ne furent suivis d'aucune réponse. Il se tourna vers la foule des curieux, qui lui confirmèrent d'un hochement de tête que la locataire était bien là et l'encouragèrent à insister. Un grognement inarticulé répondit à sa seconde salve, plus vive que la précédente.

– Veuillez ouvrir ! ordonna-t-il. C'est votre magistrat qui est là !

Des pas traînants se firent entendre. La porte pivota avec un grincement sinistre. Un visage extrêmement usé parut dans l'embrasure.

– Qu'est-ce que c'est que cette blague ? dit la femme, avant de lever les yeux sur le visiteur en robe verte et bonnet noir qui se tenait sur son seuil. Laissez-moi tranquille !

– J'aimerais entrer, si vous le permettez, répliqua le juge.

Il n'avait pas précisément envie de pénétrer dans le taudis crasseux, dont l'odeur de renfermé et de moisi le prenait déjà à la gorge, mais il lui paraissait impossible d'interroger sereinement cette dame sous l'œil goguenard des riverains assemblés autour d'eux. Elle le dévisagea d'un œil soupçonneux.

– Vous êtes vraiment le juge ? demanda-t-elle avec un regard mauvais pour la masse de gens qui les observaient.

– Puis-je entrer ? répéta Ti.

Elle s'écarta pour le laisser passer.

– Filez d'ici ! lança-t-elle d'une voix rauque aux badauds, avant de claquer sa porte d'une manière à faire vibrer les murs en torchis.

– Euh, ne serait-il pas possible d'ouvrir une fenêtre... pour la lumière, demanda le courageux enquêteur, dont la préoccupation véritable était moins l'obscurité que le relent d'huile rancie qui l'empêchait de respirer.

La femme donna un coup dans un volet, qui s'ouvrit si violemment que Ti s'attendit à l'entendre tomber. La lueur qui pénétra dans la pièce lui permit de mieux voir son hôtesse. Elle ne devait pas être si âgée qu'elle le paraissait, malgré les mèches grises perdues dans sa tignasse en bataille. Ce qui frappait le plus était son aspect totalement négligé. Elle était aussi à l'abandon que le terrain vague sur lequel s'élevait sa masure. Les poches sous ses yeux étaient impressionnantes. Son teint jaunâtre était piqueté çà et là de veinules, traces visibles d'un alcoolisme qui ne datait pas d'hier. Ses bras, qui émergeaient d'une tunique sale et déchirée, étaient d'une maigreur en adéquation avec ses joues creuses. Elle était pieds nus – des pieds d'une saleté inexprimable.

Elle ne lui fit pas signe de prendre un siège, pas plus qu'elle ne lui offrit la traditionnelle tasse de thé qu'il était d'usage de proposer aux visiteurs – mais Ti estima que cela était certainement préférable, vu l'état de son intérieur. Elle-même saisit une fiasque, se laissa tomber sur un grabat dégoûtant, et prit une grande goulée de ce qu'il supposa être un alcool de dernière catégorie. Puis elle resta là, les yeux dans le vague, bras ballants, les jambes allongées sur le sol poussiéreux, comme s'il n'avait pas été présent.

Il y avait dans cette scène une infinie tristesse. Pas seulement parce que cette femme, prématurément vieillie par le laisser-aller, s'adonnait à la boisson dans une cabane qu'il eût mieux valu abattre, mais parce que l'endroit respirait le désespoir et la solitude bien plus encore que le dénuement. Nulle trace de parents, de mari ou d'enfants. C'était un tombeau. Cette pauvresse était une morte-vivante, une sorte de spectre, qui errait encore parmi les vivants parce qu'il n'avait pas trouvé le chemin du repos éternel, et qui attendait son heure en tâchant de s'étourdir autant qu'il le pouvait.

Une fois ses yeux accoutumés à la pénombre qui

régnait dans les angles de la pièce unique, Ti remarqua un objet qui ne cadrait pas avec le reste. Il s'approcha du coin dédié à la cuisine. Sur un morceau d'étoffe destiné à le protéger du sol crasseux, un petit coffret à vaisselle reposait près d'une bassine. La présence de ce genre d'article n'était pas étonnante en soi, quoiqu'on se fût attendu à voir cette femme laisser traîner ses écuelles un peu partout. Ce qui était étrange, outre son absolue propreté, c'était la beauté de sa décoration. Il était en bois précieux finement laqué. Sur le dessus, l'ébéniste d'art l'avait orné d'un décor de hérons à la peinture d'or qui pêchaient au bord d'une rivière où des morceaux de mica brillants figuraient les reflets de l'eau. Un tel coffret aurait eu tout à fait sa place dans son propre salon. Il s'étonna que sa propriétaire ne l'eût pas vendu pour se procurer l'alcool dont elle devait faire une importante consommation quotidienne. Il voulut l'ouvrir pour voir si la vaisselle assortie se trouvait bien à l'intérieur.

— Ne touchez pas à ça ! braila soudain son hôtesse, qui bondit sur ses pieds avec la rapidité d'un chat pour venir se poster entre l'objet et lui.

— Beau vaisselier, dit le juge en s'écartant. Un souvenir de famille ?

Sans lui répondre, la femme saisit le précieux coffret, qu'elle serra dans ses bras, et retourna s'asseoir sur son grabat.

— Il doit être fort plaisant de dîner dans la somptueuse vaisselle de laque et d'or qu'il contient, poursuivit-il dans l'espoir de susciter une réaction qui ne venait pas.

La miséreuse continuait de serrer la grosse boîte dans l'un de ses bras, comme une enfant qui protège

76

sa poupée, et se servit de sa main libre pour avaler une nouvelle rasade de vin. Ce qui intriguait le plus le juge, c'est qu'il avait eu le temps d'apercevoir sur l'une des faces le cachet d'une maison bourgeoise incrusté dans la laque. Ce n'était pas là n'importe quel article, que l'on pouvait se procurer chez un bon artisan ou chez un antiquaire. Il avait appartenu à une famille riche et était suffisamment peu ancien pour n'avoir pas subi d'usure ni d'accident.

— Puis-je vous demander de quoi vous tirez vos revenus ? demanda-t-il sur le ton d'un percepteur qui s'apercevoit soudain qu'un prétendu pauvre possède un attelage de prince.

— Hein ? fit la femme.

— De quoi vivez-vous ? Pour acheter l'alcool, précisa-t-il en désignant les cruches vides qui jonchaient le sol.

— Les gens me donnent ce qu'il faut, marmonnat-elle sans presque ouvrir la bouche.

— Ah ? fit le juge, avec le même détachement que si l'on venait de lui apprendre que la maîtresse de maison s'initiait avec talent à l'art délicat du bouquet. Vous mendiez, donc ?

La femme lui jeta un regard vague et haussa les épaules.

— On me donne ce qu'il faut, répéta-t-elle,

— Comme vous avez de la chance, reprit le juge, en songeant qu'à lui on ne faisait guère de cadeaux, et surtout pas l'administration qui l'employait. Savez-vous ce qui s'est passé, dehors ? reprit-il.

Cette question, qui faisait allusion à un événement récent, sembla éveiller en elle une opinion :

— Un pourri s'est amusé à décorer ma façade,

grogna-t-elle. Y a des tordus, tout de même ! Si je l'attrape, celui-là ! Et tous ces crétins, qui sont là à rigoler ! Bandes de bons à rien ! Feraient mieux d'aller voir ce que font leurs femmes pendant qu'ils gloussent autour de ma maison !

Elle laissa échapper un ricanement qui permit au juge d'apercevoir l'intérieur de sa bouche édentée.

— Vous n'avez donc pas vu la personne qui s'est livrée à cet attentat ? Connaissiez-vous l'homme dont la tête est piquée sur l'épouvantail ?

La femme cracha par terre et répondit qu'elle ne fréquentait pas ces pourris. Ti s'étonna : comment pouvait-elle porter un jugement sur le défunt si elle ne le connaissait pas ?

— Un sbire, lâcha-t-elle comme on profère une insulte. C'est leur costume. Un salaud de sbire. Tous des porcs. L'a eu ce qu'il méritait, celui-là. Meilleur moment de ma journée.

Elle ponctua son homélie d'une nouvelle rasade, dont une partie dégoulina sur son menton et sur son cou sans qu'elle prît la peine de s'essuyer. Ti se dit qu'elle devait avoir des raisons de ne pas porter dans son cœur les forces de l'ordre. Étant donné sa manière de vivre, cela n'était guère étonnant : combien de fois l'avaient-ils ramassée dans le fossé ou l'avaient-ils emmenée au poste pour ivresse sur la voie publique ? Il songea qu'avec la dose d'alcool qu'elle avait ingurgitée durant leur entretien elle aurait dû être à moitié soûle. Sans doute l'habitude lui avait-elle donné du répondant.

— Eh bien, il me reste à vous saluer, chère madame, conclut-il en s'inclinant légèrement. Ne vous donnez pas la peine de me raccompagner, je connais le chemin.

Elle n'avait pas bronché. Il pesa à travers sa manche sur la cordelette graisseuse qui servait de poignée, et referma la porte derrière lui du bout du pied. La foule était toujours là, curieuse de voir dans quel état il sortirait de la masure et s'il allait arrêter l'alcoolique. Il ordonna à ses hommes de disperser ces gens au prétexte que leur présence causait du scandale et qu'il n'y avait rien à voir. Puis il remonta dans son palanquin. Les sbires n'avaient pas tardé à déplanter l'épouvantail subversif, qui avait disparu de son tertre. L'un des gardes le tenait sous son bras, tandis qu'un autre portait du bout des doigts un sac de toile brune, avec une dégoûtation extrême. L'équipage s'ébranla et l'on emporta le tout au yamen.

Sur le chemin, l'enseigne d'un marchand de tissus rappela à Ti qu'il avait un cadeau à faire. Il fit arrêter son palanquin devant la boutique afin d'aller choisir un présent digne d'accélérer son raccommodage avec ses tendres épouses.

Lorsqu'il pénétra dans la salle à manger de sa résidence, il vit que ses compagnes l'avaient attendu pour faire servir le dîner. Il les en remercia et leur présenta le morceau d'étoffe soigneusement emballé. Il avait choisi ce que le marchand possédait de plus beau : ce n'était pas le moment de marchander la réconciliation. Madame Première ôta le papier écru qui enveloppait le paquet et poussa un cri d'admiration, ainsi qu'il convenait devant un si somptueux présent. Ti sentit bien, pourtant, que son opération de rabibochage diplomatique se soldait par un échec. Elles le remercièrent comme il seyait, mais il était évident que leur ressentiment était toujours vivace. Elles n'avaient pas pardonné. Elles étaient trop placides pour être honnêtes. Il acquit la conviction qu'elles lui préparaient un mauvais coup.

Il passa une très mauvaise nuit. Les raisons de son malaise ne manquaient pas : la dureté du sofa auquel l'avait condamné la triple porte qu'il avait eu la demi-surprise de trouver close une fois encore, la vision de cauchemar de son capitaine changé en repousseur d'étourneaux, l'ambiance délétère de la cabane où végétait l'ivrognesse... Dans ses rêves, des femmes lascives se dandinaient devant lui en dénudant leur poitrine. D'autres maniaient des sabres avec lesquels elles tranchaient les têtes de leurs prétendants, sans marquer plus d'expression que si elles avaient ôté le bouchon d'un flacon. D'autres encore cherchaient à l'embrasser de leur bouche, dont l'absence de dents évoquait celle de la pocharde.

Il se réveilla en sueur, au milieu de la nuit. Décidément, les femmes phagocytaient ses préoccupations du moment. Prostituées, épouses, clochardes imbibées, lui offraient un éventail complet des différents moyens de l'agacer jusque dans son sommeil. Tout en se retournant sur sa couche incommode, il se demanda ce qu'elles allaient encore inventer le lendemain pour gâcher sa journée.

VII

Ti enquête sur un saint ; il se heurte à une démone.

La première personne à se présenter, au cours de l'audience du matin, fut la veuve du capitaine. Elle venait réclamer le corps de son mari en vue des funérailles. Ti lui annonça avec satisfaction qu'elle avait de la chance : une enquête approfondie, menée avec un zèle extrême, venait justement de leur permettre de remettre la main sur le morceau manquant ; elle pourrait ainsi pratiquer dans les meilleures conditions une cérémonie définitive pour le repos de ses mânes.

Au lieu de l'en remercier avec effusion, la veuve demanda si l'on avait aussi arrêté le maudit assassin qui s'était permis de lui porter ce coup fatal, ce qui plut beaucoup moins au magistrat. Ti en profita pour compléter l'interrogatoire, à présent que le choc de la mauvaise nouvelle était passé. Son conjoint, le chef des sbires, avait-il de mauvaises fréquentations ? Écornait-il le budget du ménage par ses incartades dans les maisons de plaisir ? Avait-il des dettes ? Des vices cachés ? Jouait-il sa solde aux dés avec des voyous ?

La dame fut visiblement gênée de s'entendre proposer en public ce catalogue d'abominations. Il semblait néanmoins que la réponse globale fût négative. C'était un saint qu'on allait enterrer. Ti avait maintes fois remarqué que le décès avait ce genre d'effet sur les chers disparus : une sanctification immédiate et complète accordée par leurs proches. Hsueh Xan allait leur manquer : on ne partageait pas la vie d'une des plus brillantes réincarnations du Bouddha sans ressentir un certain vide à son départ.

Il reprit ses questions. Que pensait-elle du trépassé ? Quel genre d'homme était-ce ? Elle esquissa de son capitaine de mari le portrait d'un bon époux, bon père, bon sujet de l'empire ; leur fils était à l'armée, leur fille mariée à l'un de ses subordonnés. Mme Hsueh ignorait absolument qu'il eût fréquenté le quartier des saules autrement que pour y ramener l'ordre. Sa présence dans la chambre d'une prostituée relevait selon elle d'un égarement momentané et constituait une expérience sans lendemain. « Sans lendemain, c'est le mot », songea le juge. On le priait de croire que son chef des sbires était un brave homme qui n'avait pas eu de chance.

Ti doutait infiniment que cette « première expérience » fût devenue la dernière par le simple effet d'un hasard malheureux, malgré le discours panégyrique de la veuve. Le hasard était un dieu féroce, dont les plans échappaient à l'entendement des mortels qui lui étaient soumis. Il existait inévitablement une raison qui avait poussé ce père de famille exemplaire à se rendre à cet endroit ce soir-là ; cette même raison avait provoqué sa mort.

Peu après la clôture de l'audience, Ti reçut la réponse des monastères. En dépit de ses espoirs, nul dément ne s'était échappé, muni d'une hache, le crâne farci de projets criminels. L'un des abbés soulignait cependant que tous les fous dangereux et autres furieux n'étaient pas enfermés, on en rencontrait facilement de par la ville, « comme Son Excellence avait d'ailleurs dû avoir l'occasion de s'en apercevoir ». Ti convenait volontiers que, si l'on avait voulu écarter de la société tous les individus violents et agressifs qui l'encombraient, il aurait fallu créer maints monastères et maintes prisons pour les contenir.

Contrairement à la veille, ses femmes étaient déjà en train de déjeuner, sans s'être souciées de l'attendre. Elles avaient une invitée, une dame à l'élégance un peu trop recherchée, qui posait sur lui des yeux où se devinait un je-ne-sais-quoi d'irrévérencieux.

– Vous connaissez Mme Sui, je pense ? dit sa Première comme si elles avaient reçu une cousine de la campagne.

Il ne la connaissait que trop. C'était l'épouse d'un commerçant bonasse qui lui laissait la bride sur le cou. Elle avait la réputation d'une femme trop libre, capable de sortir de chez elle sans duègne pour se rendre chez qui bon lui semblait... chez lui, en l'occurrence !

– Tout à l'heure, nous irons faire de la barque sur le canal, annonça sa Deuxième. Nous désirons profiter de ce beau temps.

De la barque sur le canal ! Pourquoi pas s'y baigner toutes nues, aussi ! Ti imaginait par avance les infâmes voyeurs libidineux qui n'allaient pas hésiter à les poursuivre de leurs assiduités tel un gibier facile. Quelle indécence ! Trois grosses cailles appétissantes flottant au milieu des renards affamés !

– Je ne suis pas sûr que cette idée soit du meilleur goût, répondit-il d'un air sombre. Mes obligations m'empêchent malheureusement de vous accompagner.

Mme Sui, l'instigatrice de cette petite révolte, prit la relève :

– Il n'y a pas de mal à sortir de chez soi pour une promenade, je crois. Qu'en pensez-vous, noble juge ?

Ses femmes lui jetèrent des regards en coin. Il en pensait qu'on faisait tout pour l'énerver, dans cette maison, jusqu'à forcer outrageusement les limites de la convenance. Combien de temps faudrait-il pour qu'il trouve chez lui des spectacles indécents d'acrobates au torse huilé, ou des banquets où le vin coulerait à flots ? Qu'est-ce que c'était que ce dévergondage ? Il se demanda s'il ne convenait pas de faire venir d'urgence un vieux sage du temple de Confucius, afin de donner une petite leçon de morale conjugale à ces évaporées.

Il ne parvint pas à répondre quoi que ce fût. L'indignation l'étouffait. S'il avait voulu que ses femmes se conduisent de la sorte, il les aurait choisies parmi les prostituées de Mme Yu ! Qu'auraient dit feu ses parents, s'ils avaient vu quelle vie de gourgandine se disposait à adopter la douce jeune fille qu'ils avaient choisie pour lui comme première épouse, voici quinze ans ? Il n'avait cependant pas dit son dernier mot, et comptait bien protéger leur moralité en dépit d'elles-mêmes.

Quand elles sortirent pour se rendre sur le canal,

elles s'aperçurent qu'il avait ordonné à un véritable bataillon de sbires de les suivre comme leur ombre. Elles s'en allèrent faire du canot entre deux rangées d'embarcations chargées d'hommes en armes, susceptibles de décourager tout mauvais plaisant qui aurait nourri des projets scabreux à leur encontre.

Ti ne savait par quel bout poursuivre son enquête. Il se fit apporter les dossiers en souffrance, dans l'espoir qu'une idée lui viendrait tandis qu'il les parcourrait – et si elle ne lui venait pas, du moins aurait-il avancé un peu le travail courant.

Il eut l'idée d'interroger son premier scribe. Souen Tsi avait été en poste sous les précédents magistrats de la ville – on changeait les juges d'affectation tous les trois ans environ, pour maintenir leur impartialité envers les habitants de chaque district, mais le personnel judiciaire restait sur place. Il devait donc être en mesure de lui fournir quelques renseignements moins éthérés sur la véritable personnalité de feu leur chef des sbires.

Ti avait toute une batterie de questions à son propos. S'était-il fait des ennemis ? Était-il dur dans son service ? Avait-il nui à quelqu'un ? Comment se comportait-il avec les justiciables et envers ceux qui venaient déposer plainte au tribunal ?

Le secrétaire laissa entendre que le capitaine n'était pas ennemi d'une petite gratification pour faire avancer une affaire, ou pour traiter avec de plus grands égards un riche prévenu. Il était d'usage que les sbires fussent rétribués par ceux-là mêmes qu'ils venaient arrêter. C'était un effet de la faible dotation allouée au magistrat pour le fonctionnement de son administration. L'attitude de ces hommes variait donc sensiblement selon qu'ils avaient affaire à un personnage nanti ou démuni. Il en allait de même des séjours en prison, où ni l'alimentation ni aucun des petits besoins des détenus n'étaient assurés par l'État. Les sbires avaient donc maintes occasions de recevoir des pourboires au montant plus ou moins élevé selon l'étendue du service qui leur était demandé. Il y avait dans ce système quelque chose d'intrinsèquement corrompu qui déplaisait au juge Ti, mais il ne voyait pas comment le réformer, n'ayant guère de fortune personnelle pour pallier les lacunes du Trésor.

Ce qui était certain, selon son subordonné, c'est que le capitaine, ce saint que l'humanité ne cesserait jamais de pleurer, n'avait jamais vécu dans la gêne qu'aurait pu occasionner la modestie de son traitement. Sa demeure était de bonnes dimensions, aérée, et située dans un quartier agréable. Son épouse n'était astreinte à aucune activité rémunératrice. Le lieu où il avait trouvé la mort témoignait, s'il en était besoin, qu'il lui arrivait de s'offrir des délassements coûteux auprès de jeunes personnes très demandées. Quant à savoir s'il s'était fait des ennemis, sa profession n'était pas de celles qui ne procurent que des amitiés, Combien de fois avait-il frappé à la bouche un suspect qui ne s'adressait pas au juge avec tout le respect voulu ? Combien de coups de fouet avait-il distribués aux condamnés, au long de sa carrière ? Il n'était pas payé pour sourire d'un air béat, les fesses calées dans un fauteuil. Le nombre des administrés susceptibles de lui en vouloir était tout simplement trop grand pour qu'on pût les recenser.

Ti remercia son premier scribe de ces éclaircissements et se replongea dans les litiges cadastraux. Il était toujours en train de travailler dans son cabinet quand Souen Tsi surgit de nouveau :

– Maître ! Maître ! Votre Excellence devrait venir voir ce qui nous arrive par la grand-rue !

Ti se demanda quel improbable cortège pouvait être en route vers sa demeure pour provoquer un tel émoi. Parvenu au portail, il contempla, les yeux ronds, un spectacle épouvantable. Ses trois épouses rentraient au yamen en marchant – à pied, donc ! Comme le dernier des faquins ! À portée d'être abordées par n'importe qui ! Le visage simplement protégé du soleil par de petites ombrelles en roseaux tressés ! Le bataillon de sbires suivait toujours, lance à l'épaule, n'en pouvant mais. En passant devant son mari, Madame Première lui décocha un sourire un peu forcé :

– Nous vous remercions d'avoir assuré notre sécurité durant toute cette belle journée, dit-elle sur un ton glacial. La partie de bateau sur le canal fut délicieuse. Notre amie, Mme Sui, a été fort édifiée de l'intérêt que vous portez à notre tranquillité. Elle s'est demandé s'il en serait de même lorsque nous nous rendrons à l'établissement de bains publics, demain matin, C'est le jour réservé aux femmes, savez-vous ? Vos gardes y feront forte impression.

Les bains, à présent ! Ne pouvaient-elles se baigner à la maison, en famille ? Elles avaient le diable au corps ! Il avait eu raison de supputer dès le premier instant, que tout cela allait se terminer dans la nudité et l'exhibition !

– Je ne serai pas là pour le dîner, répondit-il d'une voix grinçante. Je dois poursuivre mon enquête toute la soirée.

Madame Première marqua une pause.

— Cette enquête doit-elle vous mener de nouveau dans le quartier des saules ?

— C'est bien possible, rétorqua-t-il par bravade.

— Très bien, dit-elle.

« Un point partout », songea-t-il en les regardant s'éloigner d'une démarche qu'il jugeait à présent honteusement chaloupée.

Paradoxalement, la seule façon de confirmer ses propos était d'aller enquêter au bordel de Mme Yu. Il ne serait pas inutile, de toute façon, de s'entretenir un peu avec les demoiselles. L'une d'elles avait peut-être remarqué un détail utile, le soir du drame. Ti passa une robe sans afféteries et un bonnet tout simple. Il se munit d'une quantité raisonnable d'argent et se dirigea à pied vers les quartiers de l'est où coulait la rivière.

La lumière du soir enveloppait toute chose de ses rayons dorés lorsqu'il parvint au portail du domaine. Le portier, toujours assis contre le mur, se leva dès qu'il le reconnut sous ses habits de simple citadin.

— Il n'y a personne, noble juge, lui annonça-t-il. Ces demoiselles sont au spectacle.

Mme Yu avait coutume d'emmener ses pensionnaires, deux ou trois fois par an, à une représentation théâtrale, lorsque l'occasion d'une troupe itinérante se présentait. Elles étaient allées au théâtre des Amandiers-Fleuris, voir une pièce intitulée *Mésaventures de la courageuse Ho-lan*, tout un programme.

— Elles ne devraient plus tarder, à présent. Si Votre Excellence veut bien repasser un peu plus tard...

Ti, qui n'avait rien de mieux à faire, décida de

marcher à leur rencontre. Il se fit indiquer l'emplacement du théâtre, situé à la limite du quartier des plaisirs, et s'en alla dans cette direction sans se presser.

Il aperçut bientôt, au bout d'une rue, un groupe de femmes qui avançaient en babillant gaiement. Elles portaient des robes assez belles, quoique d'un goût comme toujours un peu voyant. Leurs chignons compliqués étaient ornés de rubans et de plumes, assortis à de larges ceintures serrées juste en dessous de la poitrine.

– Noble juge ! s'écria Mme Yu, dont les cheveux étaient surmontés d'un haut panache rose vif. Vous auriez dû venir avec nous tout à l'heure. Cette pièce était absolument merveilleuse ! Nous avons toutes pleuré comme des fontaines. Fleur-de-Pêcher en a encore les yeux rouges, regardez-la !

Il s'agissait d'un drame de facture classique, dont les rôles féminins étaient interprétés par des acteurs travestis. La « courageuse Ho-lan », perdue par ses parents dès l'enfance, connaissait des aventures variées et périlleuses, avant de trouver enfin l'amour et la félicité dans les bras du valeureux guerrier auquel le Ciel l'avait destinée de toute éternité.

– Je dois dire que n'importe laquelle d'entre nous aurait incarné cette brave fille avec plus de réalisme que le garçon fluet qui en était chargé, commenta Mme Yu. Mais enfin ! Je suppose que l'imparfaite illusion est l'un des charmes féeriques du théâtre. Cela renforce le sentiment complice qui est censé se créer entre le public et les acteurs. Je me demande souvent ce qui se passerait si l'on priait les hommes d'occuper notre emploi au palais de fleurs, et si l'on nous offrait les leurs. Qui s'en sortirait le mieux, à votre avis ?

Ti se dit qu'il faudrait présenter cette femme à Mme Sui : c'était là le genre de discours susceptible de lui plaire. Il avait l'impression que l'affreuse patricienne dévergondée qui corrompait ses épouses était en train de lui parler par la bouche de la mère maquerelle, entourée de ses ouailles froufroutantes. Il se sentit hanté. C'était cela : Mme Sui devait être une sorcière, elle lui avait jeté un sort pour qu'il entende sa voix à toute heure du jour, quel que soit son interlocuteur, afin de le faire acquiescer aveuglément aux préceptes tordus qu'elle prétendait introduire dans son intérieur jusqu'ici si paisible. Il avait bien besoin de cette petite soirée loin de chez lui pour se changer les idées.

– N'est-ce pas, noble juge ? dit Mme Yu, qui avait poursuivi son discours sans prêter attention au fait qu'on l'écoutât ou non.

Ils arrivaient au domaine. Le portier leur ouvrit en demandant si la représentation valait la peine qu'il s'y rendît, provoquant un flot de descriptions enthousiastes de la part des pensionnaires. Mme Yu y mit fin en faisant rentrer tout son monde dans le petit jardin. Dès qu'on fut sur le perron, les filles s'égayèrent vers leurs chambres respectives, où elles devaient se changer pour le soir. Une servante vint allumer les lanternes extérieures qui signalaient que l'établissement était ouvert. La tenancière proposa à son visiteur de prendre une tasse de thé au salon, où il pourrait lui exposer le motif de sa venue, au cas où, comme elle le craignait, celle-ci n'eût pas été de simple courtoisie.

Ti, qui avait en fin de compte détesté la soirée

90

passée dans ce bordel en tant que client, s'aperçut que voir les choses s'animer de l'intérieur l'intéressait en revanche énormément. De temps à autre, une fille traversait la pièce, à demi vêtue, à la recherche de quelque article de toilette. On posait de loin des questions à la patronne, qui répondait sans bouger de son fauteuil. Les domestiques préparaient les salons pour la réception des clients, tapaient les poufs, remettaient les coussins en ordre sur les sofas, disposaient çà et là des fleurs et des bougies. Tout ce petit monde s'agitait comme des abeilles industrieuses dans une ruche proprette, sinon que les abeilles attendaient le lever du jour, alors que ces demoiselles guettaient au contraire la tombée de la nuit pour se livrer à leur ballet nuptial avec les éventuels bourdons en goguette.

– Je vois que Votre Excellence prend goût à ses visites parmi nous, dit la tenancière, avec une satisfaction non dissimulée, tandis qu'on leur servait le thé.

Le meilleur moment vint lorsque des clients, qui arrivaient en ordre dispersé, commencèrent à s'installer aux quatre coins du salon. Certains s'enquéraient de telle ou telle jeune femme, qu'on les envoyait rejoindre dans un boudoir. Une fois réuni, le couple éphémère repartait vers la chambre assignée à la pensionnaire. Le plus souvent, ces messieurs glissaient un œil entre les pans d'un rideau qui masquait une porte. Ti finit par comprendre que les demoiselles qui étaient prêtes et disponibles se tenaient de l'autre côté, dans un second salon, où les clients avaient la possibilité de les guetter sans être vus. Une fois leur choix arrêté, ils demandaient à Mme Yu « la fille en mauve » ou « la fille en vert », et la tenancière leur arrangeait une rencontre avec l'élue de leur cœur dans l'une des alcôves attenantes. À quel moment l'argent changeait-il de mains, Ti n'eut pas l'occasion de s'en rendre compte. Il savait déjà que les filles ne percevaient pas directement les sommes, un impératif de la décence selon l'idée que s'en faisait la patronne. Cette partie du rituel était si bien au point qu'on aurait pu croire que les hommes quittaient l'établissement sans avoir versé une seule sapèque, ce qui paraissait bien illusoire.

Chaque fois qu'elle le pouvait, son hôtesse venait se rasseoir en face de lui pour siroter quelques gorgées de thé aux arômes de fleurs, avant d'être de nouveau sollicitée ici ou là.

– Je vous prie de m'excuser, dit-elle. Comme vous le voyez, ma profession n'est pas de tout repos, même si je ne donne que rarement de ma propre personne...

Le regard qu'elle lui glissa en prononçant ces derniers mots alluma une sorte d'alarme dans l'esprit du magistrat.

– Je vous en prie, répondit-il. Tout cela est instructif et distrayant. Je suis très bien comme ça, conclut-il en insistant sur les mots avec un sourire forcé.

– Comme vous le voyez, tout ici se passe avec tact, dans l'harmonie la plus respectueuse des convenances, reprit la dame. Mes pensionnaires sont aussi heureuses qu'il est possible de l'être dans ce genre de métier. Au reste, l'acte en lui-même n'est pas beaucoup plus désagréable que celui qui a lieu ordinairement dans les liens du mariage. Elles changent de mari plusieurs fois par jour, voilà tout.

Les plus demandées peuvent même se permettre de choisir leurs partenaires, ce qui n'est pas du tout le cas dans le mariage, comme vous savez. Combien de femmes sont-elles tenues de supporter toute leur vie un être rude et déplaisant, alors qu'ici la pire des corvées n'a jamais qu'un temps ? Et puis, voyez-vous, ajouta-t-elle en se penchant vers lui comme si elle lui confiait le grand secret de leur état, nous n'avons pas à préparer leurs repas ni à laver leurs culottes ! Quelle est l'épouse qui ne nous envierait ?

Le juge Ti fut intéressé d'apprendre que la prostitution pouvait se révéler aussi morale et en tout cas plus confortable qu'une union légale réputée conforme aux bonnes mœurs. Il lui semblait que les dames de tous bords en prenaient décidément à leur aise avec l'institution fondamentale du mariage, ces derniers temps. Le fait qu'une impératrice tînt officieusement les rênes du pays avait peut-être un lien avec cette situation.

Mme Yu, avec discrétion, lui glissait à l'occasion de petites confidences sur les hommes qui traversaient le salon en adressant un léger signe de tête à ce monsieur curieusement attablé avec la patronne.

– Ah ! M. Tan est notre préféré, chuchota-t-elle. Un client fidèle ! D'une fidélité exemplaire ! Il a renvoyé toutes ses concubines pour n'avoir plus de rapports qu'avec nous. Il dit que nous lui coûtons beaucoup moins cher. Et nous n'avons jamais la migraine !

Elle émit un petit rire de satisfaction. Ti se demanda ce que serait le monde si chacun en usait comme cet individu : il se diviserait entre consommateurs lubriques et prostituées soumises. Puis il tâcha de cerner les différences avec l'état actuel de la société chinoise.

– Mais je parle, je parle... Peut-être Votre Excellence désire-t-elle s'isoler quelques instants en compagnie d'une de mes filles... pour un interrogatoire plus confortable, je veux dire ?

Ti devina qu'elle ne parlait pas du tout d'interrogatoire.

– Voyons... reprit-elle. Vous connaissez déjà Délicate-Violette, avec qui vous étiez lorsque... Et Fleur-de-Pêcher, la pauvre enfant... Rouge-Pivoine, notre plus brillante recrue, a été retenue pour la soirée par l'un de ses nombreux habitués. Camélia vous aurait bien convenu, mais la malheureuse est indisposée... de manière permanente... un malheureux accident qui arrive de temps en temps dans notre profession.

Ti comprit que la malchanceuse attendait un enfant qu'elle n'avait pas réussi à faire passer lorsqu'il en était temps.

– Je vous recommanderai donc Lotus-Pâle. J'ignore si elle a quelque chose à vous révéler sur l'affaire qui vous préoccupe, mais du moins sa conversation vous sera-t-elle agréable, c'est l'une de mes filles les plus intelligentes et les mieux éduquées. Pas comme ces rustaudes de la campagne, qu'on rencontre un peu partout dans le quartier des saules. Vous verrez : elle est très intéressante. Même quand on se contente des plaisirs subtils de la conversation...

Elle avait dit cela en chargeant ses mots de sous-entendus. Ti soupçonna Délicate-Violette d'avoir eu l'indiscrétion de révéler qu'il ne s'était rien passé entre elle et lui, ni avant ni après l'événement funeste qui avait interrompu leur tête-à-tête.

Parce qu'il ne savait que faire d'autre et ne souhaitait pas rentrer si tôt au yamen, où il lui plaisait de laisser ses épouses enrager. Ti accepta de rencontrer cette Lotus-Pâle et se laissa mener dans sa chambre, où Mme Yu les laissa après lui avoir adressé un clin d'œil complice.

VIII

Ti converse avec une fleur ; il croise une reine.

Lotus-Pâle était frêle, chétive, et sans doute d'une nature maladive. Les voiles dont elle s'enveloppait avec grâce renforçaient l'impression de fragilité qui se dégageait d'elle. Les noms de fleurs attribués aux nouvelles venues lorsqu'elles entraient dans la profession devaient avoir trait à leur apparence ou à leur principal trait de caractère. Autant Délicate-Violette lui avait paru infiniment plus déterminée que son pseudonyme ne le laissait deviner, autant le nom de Lotus-Pâle exprimait à la perfection cette peau diaphane et cette souplesse de roseau toujours sur le point de plier sous le moindre zéphyr. Une fois qu'ils furent assis chacun à un bout du lit, Ti la pria de lui parler un peu des autres filles qui peuplaient la maison.

– J'ai plus de chance que certaines, dit-elle en lissant machinalement de ses doigts fins les plis des draps. Camélia, par exemple, Elle attend un enfant, en ce moment. Que peut-il nous arriver de pire ? Un mal de gorge ne dure que quelques jours. Les femmes enceintes n'attirent pas les hommes. Six mois sans gagner d'argent ! Cela signifie qu'elle mange moins bien, qu'elle peut être chassée de sa chambre si on en a besoin. Elle est la dernière roue de la charrette, c'est sa punition pour n'avoir pas pris suffisamment de précautions. Pourtant, elle en a avalé, des potions fournies par les sages-femmes ! Son bébé, elle aura juste le temps de le mettre au monde et de l'allaiter les premiers jours. Nous ne pouvons guère élever de gamins, ici. Mme Yu ira le vendre, peut-être à ces comédiens ambulants que nous sommes allées applaudir tout à l'heure, si c'est un garçon : ils ont l'habitude d'acheter des enfants mâles pour les former à leur art. Ils ne se reproduisent pas, puisque leur troupe ne comprend pas de femmes. Si c'est une fille, Camélia aura plus de chances de la garder : Mme Yu pourra toujours négocier sa virginité à prix fort, d'ici une petite quinzaine d'années.

Lotus-Pâle laissa échapper un soupir à l'évocation d'une situation qui devait lui rappeler quelques souvenirs personnels.

– Mais ce n'est pas le plus grand malheur dans la vie de ma pauvre camarade. Elle a été mariée, savez-vous. Elle avait une famille, un foyer, des amies, une vie normale. Elle aimait son mari, ou du moins le respectait, et se croyait aimée de lui. Ce qu'elle n'avait pas bien saisi, c'est qu'il l'avait épousée uniquement pour le soutien que son père, son père à elle, pouvait apporter à sa propre activité commerciale. Le père de Camélia était un riche marchand doublé d'un habile financier, il avait bâti une grosse fortune dans les échanges avec les régions du sud, facilités par le canal. C'était un armateur. Il possédait une flotte importante. Or, son père mourut prématurément, au grand dam de toute la maisonnée, dont il était adoré. On s'aperçut au jour de sa mort que sa fortune, sans qu'on s'expliquât pourquoi, était grevée de lourdes hypothèques : il ne restait plus rien ! Lorsqu'il apprit cela, l'époux comprit que non seulement il avait perdu le soutien financier et commercial dont il avait bénéficié jusqu'alors, mais que sa femme n'apporterait plus aucun argent dans leur ménage. Une autre épouse, en revanche, jeune et fraîche qui plus est, choisie dans un autre clan de riches marchands, aurait mieux servi sa carrière. Mais comment conclure un mariage avantageux s'il ne pouvait offrir à sa promise qu'une place d'épouse secondaire ? Cet abominable personnage n'hésita donc pas à divorcer de Camélia – je devrais dire, à la répudier. Il la jeta à la rue du jour au lendemain, peu de temps après qu'elle eut perdu son père chéri, et reprit femme quelques semaines plus tard, comme si sa première union n'avait été qu'un intermède passager, une parenthèse à présent refermée. La pauvre Camélia, qui ne s'appelait pas encore ainsi, bien entendu, se trouva à la fois orpheline et sans ressources. De fil en aiguille, elle en arriva à proposer ses services à Mme Yu, qui ne fit en quelque sorte que la recueillir. C'était il y a plusieurs années déjà. Normalement, les filles qui se vendent économisent autant d'argent qu'elles peuvent et finissent par retourner chez leurs parents, à la campagne, pour s'y marier. Il existe bon nombre de célibataires pas trop regardants sur le passé de leur future, pourvu qu'elle leur apporte de quoi se mettre à l'aise. Mais Camélia est dégoûtée du mariage. Par ailleurs, que pourrait-elle faire ? Offrir à son mari une échoppe de légumes marinés ou une barque de pêche ? Comment s'habituerait-elle à cette existence sans éclat, sans confort, avec un rustaud pour seigneur et maître, elle qui a vécu dans le luxe tout le temps qu'a duré sa première existence ? Alors elle reste ici. Elle rêve de garder son enfant – cet enfant qui n'aura jamais de père. Je doute qu'on l'y autorise. Le mieux serait qu'elle le mette en pension quelque part. Rares sont celles qui y parviennent. Mais ce n'est pas la même chose que de fonder une nouvelle famille, n'est-ce pas ?

Ti songeait que le récit de la jeune femme valait un mélodrame au théâtre des Amandiers-Fleuris. Les aventures de Camélia faisaient d'elle une digne émule de « la courageuse Ho-lan ». Sinon que Lotus-Pâle avait mis dans son discours un accent de vérité qui pouvait presque laisser croire qu'elle avait elle-même vécu les tristes vicissitudes de son amie.

Comme Ti ne répondait rien, la demoiselle poursuivit son monologue, le dos calé contre les oreillers, les yeux perdus dans le vague.

– Souvent, le matin – nous dormons le matin –, je rêve d'une belle demeure en ville, gouvernée par un patriarche bon et sage, qui laisse à chacune de ses compagnes la liberté de vivre comme elle l'entend. Il a deux épouses principales et deux concubines. Chacune d'elles lui a donné plusieurs enfants d'âges variés, dont les cris et les jeux animent joyeusement la maison. Il possède de nombreux domestiques, sous les ordres d'un majordome zélé, qui le servent avec abnégation. La vie s'écoule avec douceur. Et je prie pour que ce bonheur dure toujours, toujours, pour que nul orage ne vienne abattre la maison et disperser ses habitants aux quatre coins d'une terre hostile ! Il arrive que je me réveille en larmes.

Elle avait l'air véritablement émue. Ti devina que cette image d'un bonheur parfait revêtait à ses yeux plus d'importance qu'un simple songe, c'était un idéal, une raison de continuer à vivre.

– Je suis sûr que ce doux rêve se réalisera un jour, dit aimablement le juge. Chacun reçoit ce que sa vertu lui vaut, le monde est ainsi fait.

Elle lui jeta un curieux regard, comme s'il était évident que ce bonheur devait rester à jamais inaccessible, comme s'il n'avait pas compris ce qu'elle avait voulu dire : la maison finissait inévitablement en flammes et toute harmonie était détruite, en dépit de ses prières les plus ferventes. C'était ainsi que s'achevait l'histoire, chaque fois que le songe venait hanter son sommeil. Ti vit bien là le désir secret de toute prostituée : entrer enfin dans l'opulence, la dignité restaurée et la sécurité d'une vie bourgeoise. Seul le rachat de sa condition par un homme riche, résolu à faire d'elle sa concubine, pouvait donner corps à cette ambition. Pour combien d'entre elles cette aspiration allait-elle se réaliser ? Il songea que Lotus-Pâle, avec son air maladif, quelle que soit l'ampleur de son intelligence ou de sa séduction particulière, avait très peu de chances de terminer ses jours dans des draps de soie, entourée des soins attentifs, prodigués par ses petits-enfants.

Lorsqu'il émergea des pensées où l'avait plongé le discours de la courtisane, il lui demanda si elle savait quelque chose sur le meurtre qui s'était commis dans la chambre voisine. Pensait-elle que quelqu'un ait voulu s'en prendre à sa jeune compagne ? Elle fit un geste de dénégation :

– Oh, Fleur-de-Pêcher est trop pure et trop innocente pour avoir des ennemis, noble juge.

Il suggéra que la jeune fille avait pu avoir un amoureux, du temps où elle vivait avec ses parents, ou bien après. L'homme aurait pu la poursuivre jusqu'ici et être pris d'une crise de fureur en découvrant le métier qu'elle faisait. Lotus-Pâle en doutait fortement :

– Fleur-de-Pêcher a tout juste vingt ans, c'est la dernière recrue de Mme Yu. Si Votre Excellence promet de ne pas répéter ce que je vais lui dire...

Ti hocha la tête. Ils n'étaient pas en audience officielle, il pouvait se permettre des concessions.

– Mme Yu l'a repérée dans l'un de ces lupanars de bas étage qui sont la propriété du gouvernement. Votre Excellence est bien placée pour savoir que certaines femmes peuvent être condamnées à un esclavage sexuel au profit de l'État. C'est ce qui est arrivé à Fleur-de-Pêcher. Elle avait été surprise en train de voler pour se nourrir, et le magistrat qui a précédé Votre Excellence l'a condamnée à la prostitution, un jugement assez logique puisqu'il présentait l'avantage de lui procurer le gîte et le couvert. Votre corporation semble trouver que c'est un moyen commode de retirer de la rue et de la délinquance les jeunes femmes démunies. La véritable chance de Fleur-de-Pêcher fut que Mme Yu ait des informateurs un peu partout, qui l'avertissent quand ils repèrent une fine susceptible de lui convenir. Vous avouerez qu'elle est mieux à sa place ici que dans une gargote à soldats !

Ti remarqua contre le mur une armoire exactement semblable à celles qu'il avait vues chez Délicate-Violette et sur le lieu du meurtre. Lotus-Pâle lui expliqua que ces gros meubles symbolisaient leur espoir dans la fin prochaine de leur sacerdoce. Chacune d'elles en possédait une, strictement du même modèle. Les filles de la campagne, qui constituaient le cheptel ordinaire de ces maisons, exerçaient cette profession pendant quelques années, tant qu'elles étaient fraîches et tendres, puis rentraient chez elles avec leur petit pécule, afin de se marier. Il était alors de coutume que l'établissement où elles s'étaient vendues leur offre l'armoire en cadeau de mariage, pour y ranger leur trousseau. C'était devenu une coutume, même lorsqu'elles ne venaient pas de la campagne et n'avaient nulle intention de prendre époux.

De fait, Ti avait noté que certaines filles de la maison arboraient des traits plus lourds, une grâce sans commune mesure avec celle de son interlocutrice. C'étaient ces fameuses « filles des rizières », que des rabatteurs allaient chercher dans les villages, où ils les achetaient à leurs parents pour une bouchée de pain. Ils les ramenaient en ville, et revendaient les plus belles aux établissements de plaisir, en une sorte de mise aux enchères sordide. Les moins gâtées par la nature devenaient servantes chez les habitants de Pou-yang, c'est-à-dire plus ou moins esclaves, ce qui ne rendait pas leur sort beaucoup plus enviable. « Que notre monde est-il donc dur ! se dit le juge. Pourquoi chacun n'est-il pas sur terre pour être heureux et se reposer ? » Il chercha dans sa mémoire ce que Confucius avait dit à ce sujet ; mais le Maître parlait surtout de l'honnêteté dans le travail et des devoirs dus à la société. Il parlait d'équité et de justice dans un univers où ces mots trouvaient rarement d'application. Il parlait beaucoup d'obéissance, ce qui expliquait qu'on eût fait de sa pensée le socle de la civilisation impériale. Ti se demanda s'il n'aurait pas été utile qu'un nouveau sage de son ampleur vienne à présent leur parler du bonheur et de la liberté individuelle. Certes, l'enseignement confucéen, qui prônait une sage résignation, lui permettait au moins de supporter la petite part de liberté, déjà si déplaisante, que ses épouses s'arrogeaient depuis quelque temps, La générosité du magistrat envers l'humanité, et particulièrement la partie féminine de cette humanité, avait du mal à s'exprimer à l'intérieur de son foyer.

Comme il n'avait toujours pas envie de céder aux attraits des ébats rémunérés, qu'il n'était pas pressé de rentrer au yamen retrouver son divan, et qu'il avait tout de même une enquête à mener, il pria Lotus-Pâle de lui faire visiter le palais de fleurs.

Lui montrer les chambres des autres demoiselles ne présentait guère d'intérêt et eût été problématique, la plupart d'entre elles étant utilisées à ce moment. Lotus-Pâle se contenta de lui ouvrir la plus belle, actuellement vide parce que sa locataire avait un engagement au-dehors, Elle lui expliqua que la patronne tenait un carnet de ce que gagnaient ses filles. La plus demandée, celle qui louait le plus cher ses services et avait rapporté le plus de taëls le mois précédent, héritait du logement le plus vaste, la chambre d'honneur. C'était une nommée Rouge-Pivoine qui l'occupait depuis le début de la saison. La pièce mesurait au moins douze nattes et était meublée avec un soin plus délicat que les autres. De jolies peintures florales ornaient les murs, au lieu des habituels portraits de femmes dénudées, saisies dans des postures suggestives.

– Votre Excellence aura sans doute le plaisir de rencontrer Rouge-Pivoine à l'une de ses prochaines visites. C'est non seulement la plus ravissante d'entre nous, je le dis en toute équité, mais surtout celle qui possède le plus de talent dans les arts d'agrément que l'on enseigne aux courtisanes de premier rang. Elle est douée et a profité au mieux de l'enseignement des meilleurs maître de Pou-yang. Un investissement des plus rentables, dans son cas. Si gros soit le diamant, il n'étincelle vraiment qu'après avoir été taillé avec le plus grand soin.

Elle le mena ensuite dans les communs, où étaient préparés les mets onéreux et les petits en-cas que les clients se faisaient servir pour les déguster en compagnie de leurs conquêtes. Ti entendit un ronronnement insistant.

– On fait tourner une meule, à cette heure-ci ? s'étonna-t-il. Tout le monde n'est donc pas au service ?

Lotus-Pâle soupira.

– Je vous ai dit que Camélia n'avait pas de chance. Celle qui est enceinte est punie parce qu'elle ne rapporte plus rien. Pour compenser le coût de son entretien, on l'emploie à broyer du thé dans un réduit, à l'arrière de la maison. Cinq ou six mois à faire tourner cette maudite meule, rendez-vous compte ! Dans son état, qui plus est ! C'est une véritable corvée : il faut que les feuilles soient réduites à la bonne taille, en fragments ni trop gros ni trop fins, et ça prend un temps fou. Je crois que Mme Yu lui impose cette tâche pour dissuader les autres de suivre le même chemin.

Comme la visite touchait à sa fin, Ti annonça à Lotus-Pâle qu'il souhaitait la dédommager pour le temps qu'elle lui avait consacré. Elle acquiesça, comme si elle avait eu l'habitude d'être payée pour servir de guide ou pour abreuver ses clients de ses confidences nostalgiques.

– J'espère ne pas vous avoir vexée en ne profitant pas davantage de vos charmes, qui sont réels, s'excusa-t-il, gêné.

Lotus-Pâle eut un léger sourire.

– Votre Excellence n'imagine pas combien d'hommes viennent ici pour le plaisir de la conversation. Soit qu'ils ne trouvent nulle part ailleurs une oreille attentive, comme seules les femmes savent l'être, soit qu'ils souhaitent être vus en galante compagnie sans pour autant sacrifier à une activité qui n'est plus de leur âge, de leur goût ou de leurs possibilités, Quoi qu'il en soit, les amateurs de parlote ne sont pas rares. Mme Yu me les envoie, en général.

Ti se sentit manipulé. La propriétaire l'avait adressé à cette charmante personne en toute connaissance de cause. Avait-elle eu besoin du rapport de Délicate-Violette pour prendre sa décision ? Il était certain qu'elle s'entendait parfaitement à juger les hommes et à deviner le sens de leurs préoccupations. « C'est un causeur », s'était-elle dit, et elle l'avait fourré dans les pattes de la spécialiste de cette activité, tout comme ses compagnes devaient avoir chacune leurs points forts dans un domaine ou un autre.

Il ne lui restait plus qu'à rentrer au yamen, si faible son envie fût-elle de retrouver son foyer dévasté par l'acrimonie. Un équipage somptueux s'arrêta devant le portail comme Ti venait de le franchir à pied, salué au passage avec obséquiosité par le portier. Une femme magnifiquement parée sortit de l'élégant palanquin en morigénant les porteurs, qui avaient du mal à l'en extraire sans abîmer les multiples étages de sa coiffure d'apparat. À la lumière des lampions, Ti vit que le véhicule était aux armes d'une grande famille de Pou-yang. Il devina que cette superbe créature, au port majestueux, devait être la fameuse Rouge-Pivoine, la courtisane aux mille talents, de retour de son engagement à l'extérieur. Sans doute un riche seigneur avait-il loué ses services pour animer le banquet qu'il offrait à des amis ou à des relations de travail. La présence d'une belle jeune femme douée pour le chant, le luth et la poésie était l'agrément indispensable à la réussite de ce genre de soirée, dont l'importance pour la réputation de celui qui la donnait n'était pas à négliger.

Rouge-Pivoine lança quelques admonestations aux valets maladroits et leur jeta d'un geste dédaigneux un modeste pourboire, qu'ils durent ramasser dans la poussière du chemin en s'aidant des lanternes. S'étant détournée pour entrer dans le palais de fleurs, elle se figea soudain.

Une femme voûtée, échevelée, vêtue de haillons, se tenait près du mur, à demi dissimulée par l'obscurité nocturne. Ti ne l'avait pas remarquée non plus jusqu'à cet instant. Rouge-Pivoine s'approcha d'elle et la salua avec déférence. Ti la vit tirer quelques pièces d'une bourse que ses admirateurs du soir avaient dû se mettre en devoir de remplir. Elle prit la main de la mendiante et lui remit les taëls en prononçant quelques mots que Ti n'entendit pas. Il avait déjà vu cette miséreuse, dont l'allure lui rappelait quelqu'un. Il reconnut subitement la clocharde alcoolique du terrain vague, celle-là même avec qui il s'était entretenu la veille. Rouge-Pivoine, qui venait de se montrer hautaine et odieuse avec les porteurs, avait visiblement pour la pauvresse des paroles d'une grande douceur. « Que ces femmes sont donc compliquées ! » songea le juge. Il se demanda si elles n'avaient pas tendance à développer une sorte de solidarité féminine, par réaction au rôle dans lequel les cantonnait le pouvoir masculin auquel elles étaient soumises – en apparence du moins.

Ayant souhaité la bonne nuit à la mendiante comme s'il s'était agi d'une duchesse en promenade, la courtisane passa devant le magistrat sans lui adresser un regard et s'engagea sous la futaie d'un pas résolu.

Ti décida de marcher jusqu'au yamen, ultime façon de retarder le moment décisif. Sa promenade lui donna l'occasion de réfléchir aux renseignements qu'il avait glanés. Tout cela était bien beau, mais son enquête avait-elle avancé pour autant ? Il avait toujours d'un côté un meurtre perpétré dans la chambre d'une petite demoiselle inoffensive, de l'autre une veuve qui racontait à qui voulait l'entendre que son mari était un bienheureux en instance de sanctification par le clergé bouddhique. Dans quel sens fallait-il presser ce fruit pourri pour qu'en sorte enfin la vérité ?

Il commençait à trouver la nuit un peu fraîche lorsqu'il parvint à la porte de sa demeure. Le planton de service lui ouvrit avec une évidente surprise de le voir dehors aussi tard.

– Tout le monde est couché, je suppose ? dit le juge en pénétrant dans la cour.

– Je... je ne crois pas, bredouilla le soldat, mal à l'aise.

En effet, malgré l'heure avancée, il y avait de la

lumière et du bruit dans l'appartement de ses épouses. La porte était ouverte en grand. Il les trouva attablées autour de quelques cruches et d'un assortiment de petits gâteaux aux amandes et au miel. Elles étaient en train d'achever un tournoi de dominos en compagnie de l'inévitable Mme Sui, la nouvelle compagne de toutes leurs débauches. Elles restèrent assises et se détournèrent à peine de leur jeu à son entrée.

– J'ai entendu dire que Votre Excellence avait en ce moment sur les bras une affaire compliquée, avec un meurtre, dit la visiteuse avant de porter à ses lèvres une coupe où le magistrat devina que l'on avait versé son meilleur vin. C'est sans doute ce qui vous gâte l'humeur. Êtes-vous satisfait des derniers retournements ?

« Voilà bien autre chose ! » songea-t-il. Elle se permettait de l'interroger, à présent ! On avait tout vu ! N'allait-elle pas se bombarder « inspecteur du ministère », tant qu'elle y était ?

– Mon enquête se déroule admirablement, je vous remercie, marmonna-t-il en tâchant tant bien que mal de masquer sa contrariété. Et vous ? Comment vont les amours ?

Sans se laisser démonter un seul instant par une question d'une impolitesse rare, s'adressant à une femme mariée, Mme Sui répondit que les « amours » se portaient à merveille lorsqu'elle avait le plaisir de le voir, ce qui fit glousser de contentement ses trois épouses à l'unisson.

Puisque personne ne se gênait plus, Ti demanda de but en blanc laquelle d'entre elles aurait la bonté de l'accueillir cette nuit-là.

– J'ai mes embarras, annonça la Première sur un ton péremptoire.

– Moi aussi, dit la Deuxième, suivie aussitôt de la Troisième, qui rougit à peine à ce mensonge.

Devait-il s'attendre à ce qu'elles aient leurs « embarras » plusieurs fois par mois ? La mort dans l'âme, il laissa ses femmes à leurs agapes, en se demandant s'il aurait bientôt le courage de renvoyer tout ce monde vers ses devoirs à coups de balai. Il se dit que c'étaient elles qui auraient dû aller visiter la maison close, afin d'y prendre des leçons sur l'obéissance due aux mâles. Son majordome avait prévu sa déconvenue, car son lit avait été préparé sur le divan de la bibliothèque. S'y étant installé dans un confort à peine moins relatif que la nuit précédente, il s'endormit en songeant que les mâles en question avaient perdu à ses yeux beaucoup de leur superbe depuis qu'il se heurtait à la réalité du pouvoir féminin.

IX

*Un corps supplie le juge Ti de lui rendre justice ;
il découvre l'étonnant milieu des armateurs.*

Ti était plongé dans un rêve où il fouettait les
fesses de ses épouses et de Mme Sui avec un marti-
net garni de dominos en fer, lorsqu'il sentit qu'on
lui touchait l'épaule.

– Seigneur juge ! dit à mi-voix son majordome.
Il s'est produit un nouveau drame !

Ti s'assit en grognant sur le bord du divan. Les
couvertures avaient glissé au sol et il avait mal
partout.

– Dis-moi que c'est une femme qu'on a assassi-
née, grogna-t-il.

– Euh, je l'ignore... fit le serviteur. On m'a simplement annoncé qu'un meurtre odieux avait été
commis. Le nouveau chef des sbires attend dans
l'antichambre pour faire son rapport à Votre Excellence. On est venu le chercher aux premières lueurs
de l'aube. Il a constaté les faits. Il ne manque plus
que les ordres que Votre Excellence voudra bien
donner.

Comme d'habitude, « Son Excellence » décida

d'aller se rendre compte par elle-même, après toutefois qu'une rapide toilette et qu'une tasse de thé bien fort l'auraient mise en état d'opérer ses constatations.

Cela fait, Ti enfila la robe verte que lui tendait son domestique, noua son chignon et posa dessus son bonnet noir aux oreilles empesées. Pendant ce temps, son capitaine lui exposa ce qu'il avait vu. Le corps d'un notable de bonne réputation avait été découvert dans une demeure honorable de la ville. Les circonstances de cette trouvaille étaient extrêmement curieuses. Ti interrompit d'un geste l'exposé : il préférait ne pas avoir d'*a priori* lorsqu'il contemplerait la scène du meurtre, si meurtre il y avait. Il se fiait davantage à son propre jugement qu'à celui de son subordonné, et craignait de voir sa première impression polluée par un discours préalable, forcément subjectif. Rien ne valait un contact direct : c'était un lien avec l'assassin. Il considérait que chaque cadavre contenait un message plus ou moins conscient, laissé par l'auteur du crime. Le meurtre était un art de la communication comme un autre, il suffisait à l'investigateur d'ouvrir ses sens de manière à s'y rendre réceptif. Il se contenta donc de demander au sbire à quelle adresse avait eu lieu cette macabre découverte :

— Ce ne serait pas chez les Sui, par hasard ? demanda-t-il avec un espoir un peu vain.

Il monta dans une chaise à porteurs, et son homme de main le mena au solide portail d'une vaste propriété des beaux quartiers. Le soldat fit résonner le heurtoir de bronze qui y était suspendu. Des yeux scrutateurs apparurent bientôt dans la lunette.

– Ouvrez à Son Excellence le juge Ti ! ordonna le militaire.

Puis il s'effaça pour laisser passer l'équipage du magistrat, tandis que l'on ouvrait respectueusement la porte à deux battants. Un majordome stylé s'inclina au passage du palanquin avant d'aller prévenir le maître de maison.

Ti se trouvait dans une cour élégante, dont on devinait cependant qu'elle avait dû connaître de meilleurs jours : la peinture des colonnes soutenant le toit du bâtiment principal aurait eu besoin d'être rafraîchie, les fleurs manquaient dans les bacs en céramique disposés de part et d'autre du perron, et le dallage n'avait pas été balayé de quelque temps, signe que le nombre des serviteurs avait été réduit. Des restes de lampions incendiés par leur chandelle pendaient aux poutres de la promenade couverte.

– Où sommes-nous ? demanda Ti.

– Chez les frères Wang, de riches armateurs, noble juge, répondit le sbire.

– Ils ont subi des revers de fortune, non ? dit le magistrat en jetant un coup d'œil autour de lui.

– Le clan des Wang présidait traditionnellement la guilde des transporteurs fluviaux, comme l'indique la taille et l'emplacement privilégié de cette maison, reprit le soldat, qui habitait cette ville depuis sa naissance, contrairement à son employeur. Ce n'est plus le cas depuis une dizaine d'années. Je crois qu'ils subsistent sur les restes de leur splendeur passée, si vous me permettez ce jugement discourtois.

Un homme grand et sec, revêtu d'une confortable robe d'intérieur, se hâta de venir accueillir le visiteur, suivi du majordome qui leur avait ouvert.

– Que Votre Excellence soit la bienvenue dans

113

notre modeste demeure, dit son hôte en multipliant les courbettes. Je me nomme Wang Gu-li, je suis le propriétaire des lieux. Recevoir la visite de Votre Excellence est pour nous un immense honneur, même en ces circonstances dramatiques.

Un petit gros les rejoignit bientôt par une autre porte et s'inclina à plusieurs reprises avec empressement.

– Voici mon frère cadet, Wang To-ma, dit l'aîné. Nous sommes associés dans l'affaire familiale que nous a léguée notre auguste père voici maintenant dix ans.

Wang le jeune s'inclina de nouveau avec un sourire béat.

– Il y avait longtemps que notre maison n'avait reçu un tel honneur ! dit-il, comme si le meurtre n'avait été commis que pour leur procurer la joie de rencontrer le premier magistrat du district. Vraiment, si nous avions pu prévoir, nous nous serions mis en frais...

En effet, comment auraient-ils pu prévoir qu'on allait assassiner quelqu'un sous leur nez ? La remarque sembla particulièrement stupide au juge Ti. Le frère aîné dut avoir la même impression, car il coupa la parole à son cadet et entraîna le haut fonctionnaire à l'intérieur du bâtiment.

Les deux Wang portaient le même surtout d'intérieur doublé, comme s'ils avaient été revêtus d'une sorte d'uniforme. Ti se demanda s'ils avaient chaussé les pantoufles de leur défunt père au point d'utiliser encore ses robes de chambre dix ans après sa mort.

Au fond d'une cour intérieure, près du mur d'enceinte, un homme gisait pieds et poings liés. Il était couché sur le côté. Ses mains étaient bloquées dans une posture qui lui donnait l'air d'implorer un invisible agresseur. On aurait dit un suppliant. Cela faisait comme une statue renversée par un tremblement de terre. Le détail le plus curieux était son ventre énorme. En s'approchant davantage, Ti vit qu'on avait dessiné des larmes sombres sur ses joues. Ses yeux avaient été soulignés de noir et ses pommettes portaient des traces de rouge comme en utilisaient les femmes. Ti souleva la tunique : on l'avait rembourrée à l'aide de paille, au niveau de l'abdomen. Il y avait là un souci de mise en scène qui lui rappelait un autre spectacle sinistre : l'exhibition de la tête du capitaine des sbires au sommet d'un épouvantail, près de chez la clocharde. Ti eut l'intuition que les deux meurtres avaient été commis par la même main. Peut-être pour l'édification des témoins appelés à les découvrir ?

Il demanda si les membres de la maisonnée avaient entendu quelque chose.

– Cet abominable forfait n'a pas été commis chez nous, noble juge ! s'écria Wang l'aîné. Les serviteurs sont tombés dessus en prenant leur service, il y a deux heures à peine.

Il assura que le corps avait dû être balancé par-dessus le mur d'enceinte, ce qui paraissait plausible. Ti demanda si l'on connaissait cette personne. Les Wang firent grise mine.

– C'est Cheng Mi-tsung, notre voisin, dit l'aîné. Il possède une jolie maison, de l'autre côté de la rue. C'est lui aussi un armateur, quoique de plus modeste envergure. Nous avons été en affaires avec lui, dans le temps. Il a une jeune épouse et deux enfants en bas âge. Quelle tristesse ! Quelle honte, vraiment !

– Oui, un homme chargé de famille, c'est lamentable, approuva Ti.

Wang Gu-li parut gêné.

– Je voulais dire : quelle honte d'avoir osé souiller notre demeure de ce cadavre immonde ! Les chiens galeux qui se sont permis cette odieuse plaisanterie ont voulu porter atteinte à notre honorabilité dans le domaine des transports fluviaux, c'est certain. Nous jouissons, si je puis me permettre, d'une position en vue dans la meilleure société de Pou-yang. C'est toute la corporation des armateurs que l'on attaque à travers nous ! J'espère que Votre Excellence ne tardera pas à punir ces misérables comme ils le méritent. Seule une exécution publique précédée de toutes les tortures prévues par le code pourra laver l'affront qui nous a été fait.

Son gros cadet approuvait chacune des phrases d'un vigoureux hochement de tête qui lui donnait l'air d'un toutou aussi abruti qu'obéissant. Ti se dit que ces deux-là faisaient un beau duo. Le grand était d'un égoïsme effarant, le gros était bête à manger du foin. Et sans doute n'avait-il pas encore fait le tour de leurs principaux défauts !

– Votre Excellence nous fera-t-elle l'honneur d'accepter une tasse de thé, en cette heure matinale ? demanda Wang l'aîné, comme si le magistrat avait été en visite de courtoisie.

Ti accepta sans savoir lui-même pour quelle raison il sacrifiait à ces mondanités déplacées. Les salles de réception qu'on lui fit traverser étaient vastes et meublées avec goût, quoique dépourvues d'arrangements floraux ou de toute imagination en matière de décoration. Il manquait à cet intérieur l'empreinte d'une présence féminine. C'était typique

116

des maisons où les femmes restaient cantonnées dans leurs appartements privés. Ils prirent place autour d'une table sur laquelle le majordome disposa bientôt un joli service à thé en laque rouge et noire.

– Il fut un temps où tout ce que le district comptait de notabilités défilait chez nous, dit Wang Gu-li avec nostalgie. Aujourd'hui, tout va de travers, les gens n'ont plus le sens des hiérarchies, le respect des vieilles familles s'en est allé, emporté par le vent.

Ti songea que c'était le respect pour leur famille à eux, qui s'en était allé ; la sienne allait très bien, pour peu que Mme Sui ne se mêlât pas de la régenter.

– Je me souviens d'une époque pas si éloignée, où tous les propriétaires de navires de Pou-yang venaient présenter leurs vœux à notre père, qui était le président de la guilde, reprit M. Wang. Nous avons renoncé à ce poste : le monde comme il va ne nous satisfait plus. Nous avons préféré nous retirer dans notre tour d'ivoire.

Ti se dit qu'ils avaient « renoncé » à cette présidence parce qu'ils n'y avaient pas été élus en remplacement de leur géniteur, d'où leur amertume.

– Ce temps reviendra, cher frère, dit le cadet en souriant entre ses bajoues. Votre politique éclairée sera un jour reconnue à la hauteur de ses mérites. Il y a un complot contre nous, voyez-vous, noble juge. Les gens sont jaloux de notre réussite. Quand on saura que Votre Excellence est venue nous rendre visite, cela changera bien des choses ! Bien des choses, vraiment !

Il se mit à hocher du menton à ses propres

paroles. Se pouvait-il qu'il n'eût pas compris que Ti était là pour des raisons d'enquête et n'avait nulle intention de jamais y remettre les pieds ?

– Que voulez-vous, noble juge, reprit l'aîné d'une voix tranchante, il est si difficile de maintenir l'éclat d'un clan comme le nôtre contre les assauts des envieux de tous poils ! Mais nous faisons aussi bien que possible, et nos efforts seront bientôt récompensés.

Ti répondit qu'il n'en doutait pas et formait des vœux en ce sens, suscitant chez ses hôtes un regain de courbettes pleines de gratitude. « Les dieux me gardent de devoir fréquenter des gens pareils ! » songeait-il par-devers lui.

Il exprima le désir de faire le tour de « cette magnifique propriété » par l'extérieur. Les Wang le recommandèrent aux bons soins du majordome et le raccompagnèrent jusqu'au perron. Il leur promit de prendre rapidement des dispositions pour les débarrasser du corps et prit congé avec un certain soulagement. L'air de la rue lui parut léger et agréablement parfumé, par comparaison avec l'atmosphère décadente et poussiéreuse de cette maison en déliquescence.

Ti traversa plusieurs ruelles, conduit par le majordome, personnage aussi peu plaisant que ses patrons, en plus taiseux. De l'autre côté du mur qui fermait la courette où gisait le cadavre, un amas de tuiles avait d'évidence permis à deux hommes déterminés de hisser leur victime pour la faire retomber à l'intérieur de la propriété.

Le majordome lui désigna la demeure du mort, qui s'élevait à l'autre bout de la rue. Ti décida d'aller présenter ses condoléances à la veuve, ce qui lui permettrait de recueillir quelques éléments précieux quant à la personnalité et à l'emploi du temps de l'armateur défunt.

Mme Cheng avait déjà appris la catastrophe par les domestiques des deux maisons. Des clameurs attristées s'élevaient à travers les corridors. Ti fut bientôt reçu par la maîtresse en personne, qui avait pris le deuil blanc et pleurait son époux avec ostentation. On devinait en elle l'héritière de vieille souche à l'éducation parfaite, fidèle au poste malgré son malheur, et capable de s'acquitter en toute occasion de ses devoirs envers un visiteur de marque.

Comme à son habitude, expliqua-t-elle, son mari était sorti dès l'aube pour aller inspecter ses bateaux. Elle n'attendait pas son retour avant le soir. Apparemment, il n'était pas allé bien loin. Son meurtre avait dû avoir lieu au sortir de chez eux, aux premières lueurs du jour, juste avant sa découverte par les serviteurs des Wang.

Lorsqu'il aborda la question des gens chez qui avait été retrouvé le corps de son époux, le vernis de bienséance de Mme Cheng craqua un peu. Elle lui fit un triste portrait des deux frères : c'étaient selon elle des incapables, tout juste parvenus à vivre du capital de leur père depuis dix ans qu'il était mort. Elle était bien placée pour le savoir, étant elle-même issue d'une antique famille d'armateurs. Les relations professionnelles des Wang avec son mari s'étaient éteintes il y a bien longtemps, lorsque leur père, qui était d'une autre trempe, était brutalement décédé. Ils étaient la risée de la confrérie et ne faisaient que dilapider la fortune paternelle en multipliant les mauvaises affaires. L'aîné était trop prétentieux, trop méprisant, trop imbu de son rang pour avoir du nez ; le gros n'était qu'un benêt impulsif et violent qui passait son temps à suivre l'aîné, la seule attitude à sa portée. Les deux ensemble se faisaient continûment voler comme au coin d'un bois par leurs employés et leurs débiteurs.

– Que faisait donc mon mari chez ces deux-là, je me le demande ! Il n'y a rien à gagner à leur fréquentation, pour peu qu'on pratique la vertu d'honnêteté !

Ti répondit que Cheng ne s'y était pas rendu de son plein gré : son corps avait été retrouvé là par accident. Il lui demanda si le défunt possédait des ennemis capables d'un tel forfait. Elle lui assura qu'il était honorablement réputé dans toute la profession. Sa carrière avait connu une trajectoire exactement inverse de celle des Wang :

– Il pouvait sembler dur et froid, mais c'était uniquement parce qu'il tendait tout entier vers l'unique but de sa vie : faire de son entreprise la première de la ville. On ne peut lui reprocher de s'être donné les moyens de ses ambitions, n'est-ce pas ? Les dieux étendent leur bénédiction sur les travailleurs opiniâtres.

Cheng n'avait cessé de monter en influence et en fortune, ces dix dernières années, en partie grâce au soutien de la famille de sa femme. Il avait bon espoir de se voir élire président de la guilde d'ici un délai raisonnable. Et voilà que tous ces rêves s'en allaient en fumée !

Elle se remit à pleurer dans ses manches. Ti jugea qu'il avait assez abusé et mit un terme à l'entretien, non sans lui réitérer l'assurance que les assassins seraient bientôt identifiés, condamnés et punis, ce qui s'annonçait néanmoins problématique.

– Une dernière question, dit-il, sur le point de prendre congé. Votre mari fréquentait-il le capitaine de mes sbires, un nommé Hsueh Xan ?

La veuve lui jeta un regard étonné.

– Nullement, noble juge. Mon mari n'avait d'autre lien avec le tribunal que lorsqu'un différend l'opposait à l'un de ses fournisseurs, ce qui était fort rare. En général, on s'arrange à l'amiable, pour n'avoir pas à ennuyer Votre Excellence avec des problèmes sans intérêt pour l'administration.

Ti comprit ce qu'elle voulait dire : faire appel à la justice induisait des frais de toutes sortes, et des retards de règlement en attendant que tous les aspects de l'affaire aient été examinés, pesés, et le verdict rendu. Un arrangement, même médiocre, était toujours préférable à ce parcours du combattant, parce que plus rapide et moins coûteux.

En quittant la demeure endeuillée des Cheng pour rejoindre son palanquin, il se dit qu'il y avait dans cette ville une épidémie de meurtres de petits saints qui n'avaient jamais causé de torts à leurs prochains. Si son capitaine des sbires était une réincarnation du Bouddha, ce Cheng ne lui cédait en rien dans l'exercice des vertus civiques et familiales. C'était un bon commerçant, certes un peu ambitieux, mais aimé, respecté et vivement défendu par son épouse... Ces derniers mots lui donnaient une impression de déjà-vu, mais il fut incapable de se souvenir où il avait récemment entendu un discours similaire.

Une heure plus tard, il recevait sur son bureau le rapport du contrôleur des décès. La victime, Cheng Mi-tsung, âgée de trente-sept ans, avait été tuée d'un coup de sabre assené dans le dos, assez peu de temps avant la découverte de son corps. La lame lui avait traversé le cœur, causant une mort immédiate. Ce n'est qu'ensuite que M. Cheng avait été lié dans la position où on l'avait trouvé, ainsi qu'en témoignait l'absence d'hématomes aux poignets et aux chevilles. Ces liens n'avaient eu pour but que de bloquer son cadavre dans cette posture de suppliant. On avait rempli sa tunique de paille et on l'avait enfin précipité de l'autre côté du mur comme un vulgaire ballot.

Qu'on ait voulu tuer un armateur dont l'étoile montante pouvait commencer à gêner des concurrents aussi ambitieux que lui, Ti le comprenait à la rigueur. Mais pourquoi s'être donné la peine de le balancer par-dessus le mur ? Cela ne pouvait retarder en rien sa découverte, bien au contraire ! Était-ce un message à l'attention des Wang, eux aussi entrepreneurs en transports fluviaux ? Un crime corporatiste, commis par un maître batelier déterminé à mettre la main sur de juteux marchés ? Ce meurtre était-il lié à eux personnellement ? Et quel rapport entre cet assassinat et celui du capitaine des sbires ? La veuve avait raison, les deux victimes n'avaient guère pu entretenir de rapports étroits, elles évoluaient dans des univers différents, l'une dans la riche bourgeoisie portuaire, l'autre chez les petits factotums du tribunal. Ils ne devaient même pas aller boire dans les mêmes auberges, ni s'encanailler dans les mêmes maisons de plaisir – encore ce détail restait-il à vérifier. Fallait-il chercher dans leur passé un point commun, qui les avait réunis l'espace d'un instant et venait de causer leur mort ? Quelque méfait brusquement ressurgi, pour lequel les victimes criaient vengeance ? Ti interrompit ses cogitations lorsqu'il sentit poindre le mal de tête. Ce qu'il y avait de certain, c'est que ce dernier crime ne pouvait guère être le fait de son fou solitaire à la hache, ou bien ce dernier était un portefaix d'une stature qui l'empêchait de passer inaperçu : il avait bien fallu deux personnes pour hisser à bout de bras le corps de l'armateur et le faire basculer par-dessus le mur d'enceinte. Il y avait donc complicité. De nouvelles possibilités de tirer cette affaire par le bon fil s'ouvraient à lui.

Ses femmes rentrèrent bientôt de la maison de bains, toujours en compagnie de l'indéracinable Mme Sui. Il leur demanda si l'expérience les avait au moins amusées.

– Nous vous remercions particulièrement d'avoir pris la peine de faire garder l'établissement par vos sbires, répondit Madame Première.

Il avait ordonné à ses hommes de se poster devant la porte de ce commerce, pour décourager quiconque aurait eu le mauvais goût de prétendre y entrer pendant que ses épouses se baignaient.

– Nous avons eu les baignoires pour nous toutes seules, c'était très agréable, quoiqu'un peu calme, peut-être, dit Madame Deuxième.

Elles avaient profité de leur tranquillité pour concevoir d'autres projets du même acabit. « Encore l'influence de cette Sui, à n'en pas douter ! » songea Ti. Il lui demanda si son mari n'avait pas l'intention de se lancer dans les transports fluviaux : il nourrissait le vilain espoir de la voir un jour pieds et poings liés, statufiée en position de suppliante et aussi morte que possible. Curieusement, cette question provoqua chez la dame une réaction inattendue.

Son visage se figea, elle le dévisagea comme s'il avait été un voyant qui venait de lui révéler une vérité première sur son passé :

– Mes ancêtres étaient armateurs, répondit-elle. Mais mon mari n'est pas du tout dans cette branche. Puis-je demander à Votre Excellence comment elle a deviné cela ?

Il n'avait rien deviné du tout et se contrefichait des origines sociales de cette bonne femme qui l'accablait de ses visites. En revanche, il ne s'expliquait pas le regard scrutateur qu'elle s'obstinait à poser sur lui. Il n'y avait pas grand secret à avoir eu des parents armateurs, c'était plutôt commun, dans cette ville portuaire. Pourquoi le fixait-elle ainsi ? On aurait dit qu'elle cherchait à fouiller ses pensées pour y traquer le cheminement de ses réflexions intimes. Il articula la première réponse qui lui traversa l'esprit :

– J'enquête sur la mort tragique d'un entrepreneur en navigation commerciale. Peut-être le connaissiez-vous ? Il s'agit de Cheng Mi-tsung. Vous qui passez votre temps chez les autres...

L'impassibilité de Mme Sui évoquait l'adolescente rebelle qui vient de recevoir une gifle en pleine figure et décide de n'en marquer aucune émotion pour braver ses parents.

– Non. Je ne le connaissais pas, répondit-elle d'une voix blanche.

Comme elle se retira sans s'attarder, pour une fois, Ti se félicita d'avoir trouvé moyen de lui river son clou : il suffisait de lui parler de ses origines familiales, qui lui avaient apparemment laissé des séquelles douloureuses. À bien y repenser, il était étrange que le nom de Cheng ne lui dise rien.

N'était-il pas sur le point d'être élu président de sa guilde ? Ti avait la désagréable impression qu'elle lui avait lancé la première réponse venue, faute de temps pour inventer un mensonge crédible, comme si, pour une raison inconnue, elle avait voulu à tout prix éviter de lui parler du défunt. Cheng Mi-tsung avait-il finalement été autre chose que ce saint décrit par sa veuve ? La Sui avait-elle une autre opinion à son sujet ? Il se promit de lui en reparler à leur prochaine rencontre, ne fût-ce que parce que le sujet semblait lui donner prise sur elle.

Quel bonheur si cette Sui pouvait être mêlée en quelque façon à cette affaire ! Il la voyait fort bien commettre des meurtres odieux, l'épée à la main, façon guerrier en jupon. N'était-elle pas capable du pire, elle qui avait détourné du droit chemin ses chères et innocentes épouses ? La pensée d'une Mme Sui condamnée par lui, chargée du carcan d'infamie, un écriteau proclamant au-dessus de sa tête « Je suis une ordure putride », lui réchauffa le cœur.

X

Ti interroge une veuve ; il couronne une fleur.

Ti, cet après-midi-là, examina l'affaire Cheng Mi-tsung avec son premier scribe, chargé de prendre en notes les résumés des différents entretiens que le juge lui dictait pour constituer le dossier. Soucieux de donner une logique à ce crime, Ti exprima tout haut l'idée selon laquelle le meurtrier avait voulu proclamer, en remplissant de paille la tunique de Cheng, sa haine contre les nantis jouisseurs et ventripotents. Souen Tsi avait l'air pensif.

— Pardonnez-moi, noble juge, mais il me semble qu'il existe une autre manière d'envisager les choses.

Selon lui, en fardant les yeux et les pommettes du mort, on avait voulu lui ôter sa virilité : on avait fait de lui une femme, et plus précisément une femme enceinte. Ti resta un instant interloqué devant l'évidence.

— Je vois que vous mettez en pratique mes principes de déduction, dit-il. Cela semble tout à fait cohérent, en effet. Je vous félicite d'avoir rassemblé la quintessence de ma pensée. Je vous ai si bien exposé le problème que vous n'avez pas eu besoin de voir la scène de vos propres yeux pour la décortiquer.

Le secrétaire songea qu'il n'aurait pas longtemps à attendre pour que son maître s'arroge la paternité de sa brillante conclusion. Une ombre passa tout à coup sur son visage. Une femme éplorée et suppliante chez les Wang, cela lui rappelait quelque chose, un épisode ancien qui lui avait laissé un goût amer.

– Il est à espérer que Votre Excellence arrêtera bientôt les responsables de ces crimes atroces, dit-il. Vraiment très bientôt...

Souen Tsi semblait redouter que d'autres meurtres soient commis. Nul ne serait à l'abri tant qu'on n'aurait pas mis sous les verrous le responsable de ces horreurs. D'ici là, n'importe qui pouvait être frappé, y compris dans les entours du tribunal. Ti considéra quelques instants son secrétaire, dont le regard se perdait dans le vague. Puis ils reprirent leurs travaux, qui durèrent jusqu'à l'audience du soir.

Dès l'ouverture, Mme Cheng s'approcha de l'estrade. Elle portait une tenue de deuil intégrale d'un blanc de lait, de la coiffe aux souliers, dépourvue de bijoux, hormis un collier de perles d'ivoire du plus bel effet. Son visage, vierge de tout maquillage, était orné de pendeloques en perles de verre transparentes, suspendues à la coiffe horizontale qui surmontait son chignon. Soutenue par deux servantes encore larmoyantes, elle vint s'agenouiller péniblement devant la table de justice. D'une voix presque inaudible, elle exigea officiellement l'arrestation du ou des meurtriers de son mari qui venaient d'outrager leur honorable lignée.

Après lui avoir réaffirmé sur un ton protocolaire que la justice impériale ne saurait faillir à son devoir envers tout sujet de l'empire, Ti en profita pour lui poser quelques questions opportunes. Il désirait savoir si son mari avait eu une concubine, qu'il aurait renvoyée alors qu'elle était enceinte. La veuve répondit que cela n'aurait en aucun cas pu se produire. Jamais ses parents n'auraient accepté qu'il prenne une épouse secondaire : il avait bien été spécifié dès les fiançailles qu'elle resterait sa seule compagne, l'unique maîtresse de sa maison, sauf en cas de stérilité ; or, elle lui avait donné deux enfants, dont un héritier, un petit garçon sain et vigoureux.

– Je ne crains pas de dire que je suis issue d'une famille quelque peu supérieure à celle de mon mari en termes de richesse et de renom, exposa-t-elle de sa voix faible mais déterminée. Mes parents ont pu dicter leurs exigences lorsque notre union a été arrangée. Il n'y a jamais eu de concubine sous notre toit, je ne l'aurais pas toléré ; mon cher époux ne s'est d'ailleurs pas aventuré à m'en demander la permission.

Il y avait dans ces dénégations quelque chose d'un peu trop catégorique. Le juge sentit qu'elle ne lui disait pas tout. Il n'avait cependant aucune idée de ce qu'elle pouvait cacher, aussi rangea-t-il ses impressions dans un coin de sa mémoire et la remercia-t-il de ses précisions. Les deux servantes aidèrent leur maîtresse à se relever et à rejoindre son banc avec une lenteur de procession funèbre.

Ti vit que Mme Yu était là, elle aussi. Assise près de la porte, elle suivait les débats avec un intérêt passionné. Il décida de la faire comparaître et glissa un mot à l'un des sbires, qui lui ordonna d'approcher.

Une fois qu'elle se fut agenouillée dans les froufrous de sa robe rouge vif, Ti lui demanda si sa « maison » – inutile de préciser de quel genre de maison il s'agissait – avait déjà reçu la visite de l'armateur Cheng Mi-tsung. La veuve, qui ne pouvait s'illusionner sur le type de commerce pratiqué par une femme si outrageusement pomponnée, haussa les sourcils sous ses pendeloques en verre. Après avoir réfléchi un instant, la tenancière dit qu'à sa connaissance la réponse était négative. Bien sûr, ce Cheng aurait pu s'y rendre sous un faux nom, cela se faisait couramment. Mais tous les armateurs se connaissaient, l'un d'eux aurait fatalement éventé son incognito : la volonté de discrétion des uns n'avait d'égal que le babillage et l'ironie des autres.

Ti était contrarié. C'était comme si tout le monde s'évertuait à couper les ponts entre les différents défunts. Cela l'irritait. Les victimes ne se connaissaient pas, ne fréquentaient pas les mêmes lieux, n'avaient rien à voir les unes avec les autres ; et pourtant leurs meurtres avaient peu l'air d'avoir été commis au hasard. On était allé chercher le capitaine dans la chambre de Fleur-de-Pêcher, tout comme on avait cueilli l'armateur à la sortie de chez lui.

Mme Yu, toujours agenouillée, toussota pour attirer l'attention du magistrat.

– Votre Excellence viendra-t-elle nous admirer et nous soutenir lors de la fête des Fleurs ? demanda-t-elle de sa voix flûtée.

La fête des Fleurs, contrairement à ce que son

nom indiquait, n'était pas une compétition d'arrangements floraux. Il s'agissait d'un concours annuel entre les différentes maisons closes de la ville. Les courtisanes étaient soumises à une sorte d'examen de beauté et de talents appelé « épreuve des fleurs », au terme duquel on désignait la reine des fleurs de l'année en cours. On y parodiait le vocabulaire des concours littéraires imposés aux futurs fonctionnaires : les belles « passaient leur examen » pour avoir la chance de devenir « licenciées » ou « première lauréate ». Les patronnes encourageaient leurs plus belles filles à décrocher le titre, dont l'honneur rejaillissait sur leurs établissements, jamais ennemis d'un peu de bonne réclame. La reine des fleurs devenait en outre la courtisane la plus recherchée du moment, partant la mieux rétribuée.

– Nous serions honorées de vous compter parmi les experts de notre petite compétition, ajouta la matrone.

Ti avait entendu dire que chaque établissement désignait un juré, dont le collège était chargé de rendre le verdict. Après un instant de réflexion, il répondit qu'il était charmé qu'on eût pensé à lui et acceptait avec joie. Mme Yu arbora dès lors un sourire ravi. Elle venait d'agréger à leur jury le premier magistrat de la ville, dont l'opinion pèserait sûrement dans le choix final. Elle comptait bien que les chances de sa candidate s'en verraient renforcées.

Dès qu'il fut libéré de ses obligations administratives, Ti se hâta vers les appartements de ses épouses. Il prit un malin plaisir à leur annoncer la part qu'il allait prendre à cette joyeuse compétition de charmes – ce qui était l'unique motif de son acceptation. Le détachement apparent avec lequel elles accueillirent la nouvelle ne put le tromper : elles étaient furieuses.

– Notre maître va certainement passer une agréable soirée au milieu de toutes ces demoiselles de bonne tenue, dit Madame Première.

Il acquiesça du menton. La voix de son épouse changea tout à coup.

– Avez-vous bien conscience de dépasser les bornes ? s'écria-t-elle en renversant d'un geste rageur la théière et les tasses posées devant elle.

S'ensuivit une scène de ménage tout à fait réjouissante pour l'esprit du magistrat. Il jubilait intérieurement, heureux de voir qu'il était encore capable d'influencer l'humeur de ses compagnes, fût-ce dans le mauvais sens. Il préférait provoquer leur furie que de les voir lui échapper totalement.

Le soir venu, il revêtit ses plus beaux atours pour faire honneur à l'aréopage de maquereaux et de putains parmi lesquels il allait passer les prochaines heures. La joute devait avoir lieu en territoire neutre, dans la plus grande salle du quartier des plaisirs, au théâtre des Amandiers-Fleuris. Sa façade avait été parée de banderoles célébrant l'événement en termes flatteurs. Des lampions rouges, peints aux noms et emblèmes des diverses maisons de rendez-vous, avaient été suspendus de part et d'autre de l'entrée. « Ne se croirait-on pas dans le palais de quelque seigneur recevant toutes les notabilités locales », songea le juge en franchissant le porche brillamment éclairé du petit théâtre.

La dizaine de jurés qu'on avait recrutée fut installée au premier rang du parterre, sur de gros coussins en cuir craquelé par les ans. Les servantes des différents établissements se pressaient pour leur proposer des boissons ou pour les éventer, soucieuses de s'assurer qu'ils étaient en condition d'estimer en toute sérénité les mérites des compétitrices. Ti n'avait jamais éprouvé davantage le sentiment de son importance, ni la satisfaction que cette importance lui procurait.

La salle était pleine à craquer de prostituées, de leurs invités en tous genres et de leurs protecteurs – de riches citadins qui entretenaient officiellement les plus courues d'entre elles. En se retournant pour examiner cette élégante assistance, Ti aperçut vers le fond son propre secrétaire, qui regardait devant lui d'un air de sérieux compassé un peu ridicule. Le juge avait ignoré jusqu'alors que ce cachottier de Souen Tsi fût un habitué du quartier des saules, et se promit de ne pas manquer de l'en taquiner à l'occasion.

Les concurrentes se présentèrent pour saluer le jury. C'était un florilège de beautés hiératiques, fières et satisfaites d'elles-mêmes. Il y avait là les plus belles filles légères de Pou-yang, et les plus distinguées du quartier réservé. Rouge-Pivoine défendait les intérêts et la gloire de la maison Yu. Dans son ample robe couleur sang de bœuf, dont le col empesé montait jusqu'à ses oreilles finement ourlées, elle avait tout d'une dame de la Cour, voire d'une concubine de l'Empereur. L'art sublime des courtisanes de haut vol était précisément d'avoir l'air très au-dessus de leur condition. Cela impressionnait la majeure partie de la clientèle, flattée de recevoir, à l'occasion de ses banquets, ces femmes non seulement belles, mais hautaines, quasiment inaccessibles. Dans leurs somptueux brocarts, on aurait dit

133

les orchidées d'un fin collectionneur. Par comparaison, les filles un peu rustres venues des rizières ou des montagnes avaient l'air de coquelicots ou de pissenlits, un type de fleurs qui avait aussi ses amateurs, mais dans un autre genre, nettement moins prestigieux. Ti, pour sa part, avait toujours trouvé que le trait commun aux orchidées était de manquer de parfum.

Mme Yu avait pris soin de lui présenter sa favorite avant l'arrivée du public. Rouge-Pivoine s'était inclinée sans se départir un seul instant de son port de duchesse. Ti avait eu l'impression que l'honneur était tout entier pour lui et non pour elle. Il n'était plus le premier magistrat de sa ville, mais un petit fonctionnaire comme il y en avait tant à travers l'empire, qui recevait l'immense privilège de rencontrer l'une des plus gracieuses artistes de la contrée.

Tenanciers et tenancières, qui s'y entendaient en matière de mise en scène, avaient engagé un bouffon, chargé de détendre l'atmosphère entre les numéros, et un maître de cérémonie, personnage un peu raide, qui annonçait avec gravité le nom de chaque candidate et le titre du morceau qu'elle allait interpréter. Le fond de scène était occupé par un ensemble musical qui assurait l'accompagnement des chants et danses traditionnels.

La réputation de ces joutes avait dépassé les limites du quartier des saules pour gagner la société des gens respectables. Ti aperçut des femmes venues là sous des déguisements, le visage caché par des voilettes. Sans doute des bourgeoises désireuses de s'encanailler, peut-être même de nobles dames curieuses de voir de quoi les filles de mauvaise vie étaient capables. Les portes restaient ouvertes, chacun pouvait entrer à tout moment. On proposait des collations et des rafraîchissements au bénéfice des maisons organisatrices, qui profitaient de l'occasion pour assurer activement leur réclame.

Ti constata qu'on avait réuni un jury prestigieux. Il put voir autour de lui l'actuel président de la guilde des propriétaires de bateaux de commerce, quelques autres gros négociants, et un membre de la haute aristocratie locale, un homme âgé, au chignon blanc, qui ne cessait d'adresser des sourires concupiscents aux demoiselles virevoltant autour de lui.

Le programme mêlait des épreuves instrumentales – de luth, principalement, l'instrument de prédilection de l'élite cultivée –, de chant, de déclamation, d'improvisation poétique sur des thèmes imposés, et de danse. L'allure des participantes, coupe de la robe, choix des bijoux, subtilité du maquillage, était aussi prise en compte.

Ces jeunes femmes avaient mieux profité de leurs leçons que celles qui composaient le tout-venant des lieux de plaisir. Ce que vit Ti était bien supérieur aux démonstrations ridicules auxquelles s'étaient livrées les pensionnaires de Mme Yu, au cours de la soirée qu'il avait passée chez elle en compagnie du juge Lo. On atteignait là à un niveau de perfection qui n'aurait pas détonné dans les meilleurs établissements de Chang-an, la capitale impériale – et Ti savait de quoi il parlait, y ayant passé sa « tumultueuse jeunesse », c'est-à-dire qu'il lui était arrivé de s'y rendre quatre ou cinq fois pour fêter la promotion d'un ami.

Rouge-Pivoine se sortit très honorablement de l'épreuve. Elle avait certes du mal à quitter la raideur qui faisait une partie de son charme. Mais on voyait qu'elle avait côtoyé les meilleurs maîtres, notamment dans les matières littéraires. Ses dons en composition poétique montraient clairement son intelligence souple et aiguisée. Elle exhalait une telle confiance en elle, une telle conscience de sa supériorité sur le commun des filles de joie, qu'il était difficile de croire qu'elle n'avait pas été élevée dans l'une des premières demeures de cette métropole provinciale.

Les prestations terminées, les jurés allèrent s'isoler au foyer du théâtre pour des délibérations qui s'annonçaient enflammées. Chacun avait sa favorite. Le vieil aristocrate tenait *mordicus* pour une jeune femme qui devait être sa protégée officielle, à qui il n'avait cessé d'envoyer des encouragements effrénés durant ses numéros. Le président de la guilde des navigateurs poussait le pion d'une demoiselle qui avait eu l'habileté d'interpréter un vieux chant de bateliers exaltant des qualités de courage qui faisaient pratiquement d'eux des héros de légendes. Ti, de son côté, vota pour Rouge-Pivoine, afin de préserver la qualité de ses rapports avec la maison Yu, dont il avait encore besoin pour son enquête. Il lui était de toute façon impossible de choisir entre les grâces des candidates. Au troisième tour de scrutin, un nom finit par se détacher du groupe. Les commerçants s'étant entendus pour se rendre de petits services qui n'avaient aucun rapport avec la compétition en cours, ils accordèrent leurs votes et désignèrent la maîtresse du plus intrigant d'entre eux, une beauté par ailleurs tout aussi digne de remporter le titre que la plupart de ses compagnes.

– Je regrette de n'avoir pas eu autant d'influence que vous avez dû le souhaiter, s'excusa Ti auprès de Mme Yu, tandis qu'on couronnait la nouvelle reine.

La maquerelle répondit avec son détachement habituel que ce n'était là qu'un concours frivole, dénué de la moindre importance. En elle-même, elle espérait néanmoins que son prochain juré serait plus habile à imposer son point de vue et à vanter les qualités de sa maison. Elle regrettait de n'avoir pas songé à jeter Rouge-Pivoine dans le lit du magistrat, un numéro à l'horizontale qui ne figurait pas au programme, mais qui avait dû peser lourd dans la désignation de la lauréate.

Son devoir accompli, le juge ne vit aucune raison de s'attarder parmi cette compagnie, tout de même très en dessous de ses fréquentations habituelles. Alors qu'il s'apprêtait à remonter en palanquin, son attention fut attirée par une vive conversation entre deux hommes, de l'autre côté de la rue. L'un d'eux était son premier scribe. Lorsque le second, en proie à une grande agitation, se tourna vers lui, Ti reconnut le majordome des Wang. « Que fait-il ici, celui-là ? » se demanda-t-il. Il n'aurait pas cru qu'un cul coincé comme ce sinistre individu fût avide des plaisirs et divertissements prodigués dans cette partie de la ville. Il y avait décidément un problème avec ces Wang. Il se promit de s'intéresser de plus près à leur cas dès qu'il en aurait l'occasion.

De retour chez lui, Ti aperçut sur une chaise une tenue similaire à celles que portaient les dames masquées au fond du théâtre. Cette découverte, peut-être pas si fortuite qu'elle le paraissait, le frappa comme la foudre. Il n'était pas douteux que ses épouses s'étaient rendues en cachette aux

Amandiers-Fleuris, sans doute entraînées par cette fichue Mme Sui. Jamais il n'aurait imaginé que son enquête pouvait avoir de telles répercutions sur sa vie domestique. Il aurait préféré que ces deux mondes opposés restent imperméables l'un à l'autre. Apparemment, ils ne l'étaient plus du tout. Ses épouses étaient allées assister à une exhibition de créatures de petite vertu ; combien de temps mettrait-il à s'apercevoir que des courtisanes étaient reçues dans leurs appartements, ou que ses trois moitiés avaient recours à des entremetteuses pour entretenir de crapuleux commerces avec des gode-lureaux sans moralité ?

Rougissant de honte, il souhaita de tout son cœur que nul ne se soit aperçu de cette excentricité de mauvais aloi. Que penserait-on d'un magistrat dupé par ses propres épouses, pas même capable de faire régner l'ordre chez lui ?

Comme il n'était toujours pas le bienvenu dans son propre intérieur, il décida de poursuivre son enquête durant la nuit, par les méthodes qui avaient fait sa renommée à travers le district. Il saisit une lampe et se dirigea vers son cabinet privé, plongé dans une désespérante obscurité.

XI

Le juge Ti poursuit son enquête dans la ville endormie ; il fait d'étranges rencontres.

Une fois dans ses appartements personnels désertés, Ti posa sa lanterne sur un meuble et ôta sa belle robe de cérémonie, qu'il abandonna sur le dossier d'un siège. Il ouvrit une armoire à vêtements et étudia les différentes tenues qui s'y trouvaient. Pour l'expédition qu'il avait en tête, il convenait d'endosser un habit passe-partout, le plus discret possible. Son choix s'arrêta sur une tunique marron sombre, accompagnée d'un bonnet de couleur indéfinie, qui ne le différencieraient pas du commun de ses concitoyens. Sa superbe barbe mandarinale lui donnait encore bel air, mais on pouvait espérer que personne n'y prendrait garde, à travers des rues tout juste éclairées par la clarté de la lune. « Moi aussi, je sais me déguiser », se dit-il en songeant à l'audace dont avaient fait preuve ses chères et tendres. Si tout le monde se mettait à en user comme lui, dans cette maison, devait-il s'attendre à voir ses fils se grimer en moinillons pour extorquer aux passants de quoi s'acheter des sucreries ?

Ainsi paré, il se dirigea vers l'arrière du yamen et quitta sa résidence par une petite porte dont il possédait la clé. Il marcha d'un bon pas vers la demeure des frères Wang. Son instinct d'enquêteur lui répétait obstinément que là se situait le noyau de l'intrigue. La découverte d'un corps dans leur cour intérieure n'était qu'un début, et sans doute un signal ; il devait se trouver quelqu'un dans ce bâtiment, qui réagirait à cet événement ; or, la pénombre nocturne était propice aux actes délictueux. Il suivit le mur d'enceinte, atteignit le portail monumental et se rencogna sous le porche d'une maison voisine, pour guetter d'éventuelles allées et venues suspectes.

La nuit n'était pas trop fraîche. Le vêtement de peau qu'il portait sous sa robe brune lui tenait assez chaud pour patienter aussi longtemps qu'il serait capable de résister au sommeil. De toute façon, toute situation, si inconfortable fût-elle, le satisfaisait si elle lui évitait d'avoir à se retourner sur son sofa de célibataire malgré lui. Au bout d'un temps qui lui parut assez court, un léger crissement de gonds le conforta dans son idée. Il discerna une silhouette fort semblable à celle du majordome, qui jetait un coup d'œil dans la rue. Ti se tapit dans son recoin jusqu'à disparaître tout à fait dans l'ombre de la muraille. S'étant assuré que la voie était libre, l'homme se risqua à l'extérieur sans emporter de lumière, ce qui était fort incongru. Qu'allait-il faire dehors à cette heure tardive ? Ti se dit que la chance lui souriait et prit immédiatement la décision de le suivre à travers la ville endormie. Ayant vu que le majordome ne portait pas de glaive à sa ceinture, il fut soulagé tant pour la sûreté de ses administrés que pour la sienne.

Il lui fallut déployer une grande habileté pour n'être pas repéré, tant le serviteur prenait soin d'observer autour de lui, allant jusqu'à se retourner à intervalles réguliers, comme un homme qui craint d'être suivi. Sa tenue ne le cédait en rien à celle du magistrat pour ce qui était de la discrétion. Seuls ses souliers à bouts ferrés le signalaient en claquant sur les pavés de bois. Encore ce détail disparut-il lorsqu'ils parvinrent dans les quartiers pauvres, dont les ruelles sinueuses étaient en terre battue. La cible devint dès lors plus difficile à suivre. Ti crut l'avoir perdue, lorsque le bruit d'une altercation parvint à ses oreilles. Il s'approcha à pas feutrés. Dans l'ombre, deux formes s'agrippaient et se secouaient mutuellement avec rage.

– J'en étais sûr ! rugit Zhao Ding.

– Ne me touchez pas, rétorqua une voix rauque et étouffée que le juge ne connaissait pas.

– Comment espérez-vous m'en empêcher ?

– Avec ceci !

Le serviteur poussa un cri perçant. Ti entendit qu'on se précipitait vers lui. Il n'eut que le temps de se jeter dans une encoignure. Il vit passer le majordome, qui s'enfuyait en se tenant le bras, poursuivi par une silhouette armée d'une longue épée qu'elle brandissait à deux mains.

« Qu'est-ce que c'est que cette pantomime ? » se demanda le magistrat. Une pensée le frappa tout à coup. « C'est l'épée ! L'épée du crime ! » Il se lança aux trousses des deux individus, sans prendre le temps de se demander comment il allait bien pouvoir interpeller un meurtrier armé et résolu, alors que lui-même n'avait que ses paumes nues pour se défendre. Les deux combattants avaient filé comme le vent, l'un emporté par la peur, l'autre par la fureur.

Après avoir tourné plusieurs coins de rue, Ti aboutit a une impasse déserte. Les fuyards lui avaient échappé, probablement sans même s'être rendu compte qu'il était à leurs trousses. Il se dit qu'il allait devoir envoyer des patrouilles dans cette partie de la ville, la nuit prochaine, pour tenter de remettre la main sur l'ombre au glaive, qui y avait apparemment affaire.

L'endroit ne lui était pas inconnu. La lune réapparut, et sa clarté lui permit de constater qu'il se trouvait tout près de chez cette clocharde, là où l'on avait découvert la tête de son capitaine des sbires fichée sur un épouvantail. Se pouvait-il que la voix rocailleuse qu'il avait entendue fût la sienne ? Cela lui semblait difficile, il ne voyait pas cette pocharde courir à toutes jambes à travers le quartier, l'arme au poing. À cette heure-là, elle devait à peine tenir debout.

Il s'apprêtait à s'en aller, quand il entendit des hurlements. Une voix avinée clamait des injures, de toute la force de ses poumons :

– Scélérat ! Assassin ! J'aurai ta peau !

Il comprit qu'un attentat contre la miséreuse était en train d'avoir lieu, à moins qu'elle ne fût en pleine crise de démence alcoolique. Il tâcha de se diriger dans la direction d'où provenaient les cris. La boue du terrain vague rendait sa progression difficile, d'autant que le sol était inégal et qu'il butait à chaque pas contre des ordures, dont certaines collaient désagréablement à ses souliers.

Il venait d'atteindre la masure quand un phénomène étrange se produisit. La cabane, déjà bien délabrée, se mit à osciller comme si une main géante avait pesé sur elle. Elle oscilla de droite à gauche. Ses cloisons commencèrent à plier. Son toit se gondola. Les volets sautèrent de leurs attaches et tombèrent au sol. « Un tremblement de terre ? » se demanda le juge. Mais, autour de lui, tout était paisible et immobile. Seul le taudis frémissait comme un animal sur le point de succomber aux fièvres des marais. La porte se détacha et s'écroula avec fracas. À l'intérieur, les cris avaient laissé la place à des bruits de lutte. « On assassine quelqu'un, là-dedans », se dit-il. Son devoir de magistrat lui commandant d'intervenir, il se dirigea vers l'ouverture béante, en se tenant aux murs vacillants pour ne pas glisser sur quelque détritus. Il n'eut cependant bientôt plus d'autre choix que de s'écarter, le tremblement du fragile édifice devenant plus que menaçant. Il eut à peine le temps de faire quelques pas en arrière que la tanière parut imploser. Les cloisons s'effondrèrent sur elles-mêmes, tandis que le toit tombait à plat sur les meubles et les personnes qui se trouvaient dessous. Ti se protégea le visage de ses manches : un impressionnant nuage de poussière soulevé par le souffle de la chute l'enveloppait. On n'y voyait plus rien. Il n'était presque plus possible de respirer. Cela n'aurait pas été pire si une bourrasque avait soufflé de la poudre de riz déposée dans un entrepôt grand ouvert. Ti se mit à tousser, les bronches irritées, les poumons pratiquement remplis de crasse en suspension.

– Il y a quelqu'un ? demanda-t-il en essayant de voir si quelque chose bougeait dans le tas de planches disjointes,

– Bougre de vaurien ! clama une voix à demi étouffée par les débris.

Il avança sur les décombres. Une main sortait de l'amoncellement. Il parvint à repousser quelques fragments de la masure et découvrit le corps de la miséreuse. Elle était recouverte de poussière grise, mais ne semblait pas gravement blessée, hormis une trace rouge et poisseuse dans ses cheveux en broussaille. Sa cabane, en s'effondrant sur son agresseur, lui avait probablement sauvé la vie. Elle émergea des décombres, furieuse, son précieux coffret à la main. Ti voulut l'aider à s'en extraire.

– Lâchez-moi ! clama-t-elle. Voyou !

– Je suis votre magistrat, dit-il, celui qui est venu vous voir l'autre jour. Souvenez-vous !

– Jamais vu de magistrat ! rugit-elle. Allez-vous-en !

Comme elle chancelait et paraissait incapable de s'en sortir sans lui, il lui saisit le bras d'un geste volontaire et l'entraîna hors du champ de ruines, où il l'aida à s'asseoir sur le talus.

– Les voleurs sont de plus en plus audacieux ! grogna-t-elle. Je vais me plaindre au juge !

Ti faillit répéter que l'homme auquel elle faisait allusion se trouvait précisément devant elle, mais renonça. Lorsque la poussière fut un peu retombée et qu'il eut cessé de tousser, il alla inspecter les débris à la recherche de l'agresseur. Tandis qu'il fouillait d'un côté, des planches se soulevèrent à l'autre bout. Il aperçut une ombre grisâtre qui s'enfuyait à travers le terrain vague et se lança à sa poursuite, bien décidé, cette fois, à ne pas le laisser filer entre ses doigts, d'autant que le fuyard paraissait boiter.

Au détour d'une ruelle, une forme recouverte d'un long manteau et d'une capuche lui tomba pratiquement dans les bras.

– Je te tiens, sacripant ! s'écria-t-il en ceinturant l'inconnu de toutes ses forces.

– Noble juge ! Votre Excellence me fait mal ! protesta la personne encapuchonnée.

Cette voix-là ne lui était pas inconnue. Il repoussa le couvre-chef et découvrit avec stupéfaction un visage qu'il ne s'attendait pas du tout à croiser, en pleine nuit, dans les faubourgs mal famés de Pou-yang : celui de Mme Sui, qui le fixait d'un œil outragé.

– Que faites-vous ici, vous ? lui lança-t-il tout en se demandant si cette femme avait juré de lui pourrir la vie jusque dans son travail.

– J'ai mes bonnes œuvres, seigneur juge, répondit-elle en se massant les bras, que l'étreinte du magistrat avait endoloris. Je suis venue rendre visite à une parente éloignée, tombée dans le dénuement. Je lui apporte des secours de temps à autre.

– À cette heure-ci ? répliqua le juge, qui soupçonnait plutôt quelque liaison illégitime, quoiqu'il vît mal quel homme pouvait avoir envie de disputer cette harpie à son infortuné mari.

La promeneuse eut l'air embarrassée.

– Il me faut vous confier un petit secret, noble juge. Je profite du sommeil de mon époux et de l'obscurité. La chère âme ne tient guère à ce qu'on sache qu'il y a une nécessiteuse dans notre parentèle. Je dois reconnaître qu'il n'approuve guère mon dévouement.

Ti fut surpris d'apprendre qu'il y avait des choses que cet individu à la patience d'ange réprouvait chez sa femme. Il lui aurait volontiers fourni une liste d'actions à lui interdire, comme par exemple de dévergonder les épouses de son magistrat. Quant à ces ruelles obscures, elles étaient décidément le dernier lieu à la mode : on s'y bousculait quelle que fût l'heure.

– Et vous vous promenez comme ça, dans le noir, sans escorte ni éclairage ? s'étonna-t-il. Pour accomplir vos visites de charité ? Vous me prenez pour un demeuré ?

– J'avais une lanterne, expliqua Mme Sui en désignant un lampion tout écrasé qui gisait par terre. Un malotru a surgi et m'a heurtée, il y a un instant. Elle s'est éteinte en tombant.

Elle se pencha pour récupérer les lambeaux de papier qui jonchaient le sol. La fragile armature de bambou était toute disloquée, l'agresseur avait dû la piétiner dans sa fuite.

– Je vais vous accompagner pour vous éviter une mauvaise rencontre, dit le juge. De quel côté votre parente habite-t-elle ?

Mme Sui lui indiqua le chemin. Il sembla au magistrat qu'il revenait sur ses pas. Une fois en vue de la masure détruite, ils trouvèrent la pauvresse en train de fourrager dans les ruines à la recherche de ses flacons d'alcool.

– Tante Lia ? s'écria Mme Sui en se précipitant vers elle à travers les débris. Que s'est-il passé ?

La miséreuse lui répondit sans cesser de scruter les décombres à la faveur du clair de lune :

– On a frappé, j'ai cru que c'était toi, j'ai ouvert. Qui d'autre viendrait me voir ? Le scélérat m'a sauté dessus. Mais j'ai du répondant ! Seulement, c'est ma maison qui a trinqué ! Maudit soit-il ! Et puis il y a celui-là qui m'est tombé sur le dos, lui aussi ! ajouta-t-elle avec un geste en direction du magistrat. Se sont tous donné rendez-vous pour me voler, cette nuit !

Elle tenait fermement sous son bras l'inévitable vaisselier rescapé de la catastrophe, à demi enveloppé dans un linge crasseux.

– Ma tante ! dit Mme Sui en se tordant les mains d'inquiétude. Combien de fois vous ai-je dit de venir vous installer dans notre foyer ! Vous y seriez au chaud et bien soignée !

La tante Lia haussa les épaules tout en repêchant une flasque parmi les morceaux de bois fendu.

– Ton mari est un benêt, je te l'accorde, mais ce n'est pas une raison suffisante pour que je me l'appuie toute la journée ! Il est capable d'exiger que je ne boive plus que de l'eau, cette mauviette ! Ici, au moins, je fais ce que je veux, je suis libre.

Considérant les gravats d'un œil perplexe, Ti entrevit avec peine les circonstances futures de cette liberté.

– Il vous faut un toit pour la nuit, déclara-t-il. Vous ne pouvez pas rester sur ce terrain vague, d'autant que votre visiteur risque de revenir. Que vous voulait-il ?

La poivrote lui jeta un coup d'œil soupçonneux.

– Du diable si je le sais ! Il y a de plus en plus de voleurs dans les rues, depuis quelque temps ! Que fait la justice ?

– Je vais m'occuper d'elle, dit Mme Sui, gênée. Il y a une communauté de nonnes, à deux pas d'ici. Elles accueillent les femmes en détresse. Tante Lia y trouvera au moins un abri sûr pour quelques jours. Le temps que vous attrapiez les malfrats qui s'en prennent aux pauvres femmes sans défense, ajouta-t-elle dans un sursaut d'esprit critique qui faisait d'elle la digne nièce de l'horrible souillon en train de le dévisager d'un air mauvais.

Soucieux d'accomplir son devoir contre vents et marées, Ti accompagna les deux dames jusqu'à la porte du couvent. Après avoir battu le marteau de la cloche en bois suspendue au chambranle, il les recommanda aux bons soins de la bonzesse au crâne rasé venue leur ouvrir.

Cette tâche accomplie, il s'en alla refaire un tour dans les beaux quartiers, pour voir ce qui se passait chez les Wang. La course-poursuite avec l'ombre au glaive le troublait. Il était convaincu à présent que la voix rauque qu'il avait entendue était celle d'une femme. Il lui fallait considérer l'éventualité que son tueur soit du sexe féminin. Une femme inconnue de lui. Inconnue, vraiment ? L'idée d'une Mme Sui agenouillée, tremblante devant sa table de justice, prête à recevoir sur la plante des pieds les coups de bambou destinés à la faire avouer son ignominie, lui réjouit l'esprit.

Lorsque le jour commença à poindre par-dessus les toits de Pou-yang, il se rendit compte qu'il s'était perdu. Un chaudronnier traversa la rue en poussant une charrette pleine d'ustensiles. Il lui demanda s'il connaissait le chemin de la maison des Wang.

La maison Wang ? Vous êtes devant, mon bon monsieur, répondit l'artisan.

Ti considéra la façade modeste devant laquelle il se trouvait. Cela n'avait rien à voir avec le portail majestueux par lequel le majordome s'était glissé au-dehors quelques heures plus tôt.

– Cette maison appartient aux frères Wang ? s'étonna-t-il.

– Les armateurs ? Ah, non, pas du tout. Vous êtes chez leur demi-frère, Wang Ji. Il habite là avec sa mère. Ses frères, c'est plus loin, au bout de la rue.

Il y avait donc un troisième Wang ! Ti se demanda s'il était aussi grotesque que les deux qu'il connaissait déjà. Il resta un moment à guetter ces fenêtres. Une lumière s'alluma à l'étage. Les servantes devaient être sur le point d'allumer le feu pour le riz du matin. Il songea que chez lui aussi, la maisonnée devait être en train de s'éveiller. Il décida de rentrer. Pour une raison inconnue, la découverte de ce frère continuait de trotter dans son esprit. Pouvait-il s'agir d'un règlement de compte familial ? Si le meurtre de M. Cheng avait un lien avec le clan des Wang, il lui faudrait revenir enquêter de ce côté. La fatigue commençait à se faire sentir. Il n'avait pas dormi et n'avait cessé de courir les rues à la poursuite des malandrins et de leurs victimes. Il se hâta de rentrer pour se reposer un peu avant que son serviteur ne lui apporte la tasse de thé bien fort qui, espérait-il, lui permettrait d'entamer du bon pied une nouvelle journée riche en brillantes investigations.

XII

L'audience du matin fait bâiller le juge Ti ; le juge provoque un accouchement.

Ti parvint à dormir un petit nombre d'heures avant que le sergent Hong, plus combatif que ses autres domestiques, ne réussisse à le tirer du lit en le privant de couvertures. Il s'assit à son bureau et entreprit de siroter son thé avec l'espoir de chasser les brumes qui envahissaient son esprit ensommeillé. Pendant ce temps, Souen Tsi s'obstina à lui faire part de l'ordre du jour. Ils avaient toujours sur les bras ce désespérant litige cadastral entre deux paysans, qui n'en finissait pas, de vérifications en contestations. Il lui faudrait faire aussi le point sur les enquêtes en cours : on pouvait s'attendre à ce que les familles des victimes soient présentes à l'audience, attendant de pied ferme la résolution des crimes, comme s'il allait faire jaillir la solution de son bonnet à ailettes, à la manière d'un manipulateur de foire.

Le juge releva tout à coup une paupière jusque-là avachie sur un œil morne. Il venait de remarquer que son premier scribe traînait la jambe.

151

– Vous boitez, Souen ? demanda-t-il.

Souen se figea.

– Je me suis foulé la cheville en faisant un faux pas, répondit-il.

Ti le considéra d'un œil soupçonneux.

– Je crois que nous allons avoir un petit entretien, vous et moi, dès que j'aurai un moment, dit-il.

Quand il plaira à Votre Excellence, répondit son premier scribe, mal à l'aise.

Puis il s'inclina et quitta la pièce en faisant de visibles efforts pour atténuer sa claudication. Ti avait la certitude que celui-là aussi lui cachait quelque chose. Il s'abandonna aux mains de son valet, qui fit de son mieux pour l'équiper de ses oripeaux officiels et lui donner un air présentable, en vue de sa parution devant l'assemblée de ses administrés.

Quelques instants plus tard, Ti jetait sur l'assistance un œil que le manque de sommeil rendait fort vague. Lorsque son regard croisa celui des frères Wang, les deux hommes s'inclinèrent comme s'il n'avait été là que pour eux. Il se garda bien de leur rendre leur salut. Il vit, de l'autre côté de l'allée, le groupe des veuves, Mme Hsueh et Mme Cheng, raides, les yeux rougis par les larmes, comme pour lui rappeler qu'il n'avait pas encore rempli les devoirs de sa tâche en leur apportant les meurtriers de leurs maris, pieds et poings liés, pour qu'elles leur arrachent le cœur à mains nues sur l'autel de l'amour conjugal. Assise près de la porte, Mme Yu, toujours souriante et pomponnée, lui fit un petit signe discret qui ressemblait à un encouragement. Cela composait un mélange composite de quémandeurs et d'admirateurs, tous attentifs à ses moindres gestes. Ce petit monde-là s'ignorait avec soin, campé de part et d'autre de la salle. Ti avait la conviction qu'ils étaient reliés par les meurtres, mais d'une façon invisible, qu'aucun d'eux ne souhaitait voir révéler, et qu'il aurait bien du mal à découvrir par lui-même. Le plus commode aurait été de les soumettre en groupe à la torture, ou de les enfermer tous ensemble jusqu'à ce qu'ils s'entretuent ou se décident à dire la vérité, mais ces méthodes ne figuraient pas dans le traité des us et coutumes judiciaires du Céleste Empire. Il allait devoir se débrouiller avec ses petits moyens personnels, comme d'habitude. L'imagination, ce matin-là, lui faisait défaut. Il était difficile d'être un enquêteur efficace le jour suivant une nuit blanche.

L'exposé du litige cadastral manqua lui arracher des bâillements qu'il eut la plus grande peine à refréner. La plainte d'un commerçant contre son fournisseur d'osier, qui l'avait trompé de quelques misérables taëls, ne suscita chez lui qu'un intérêt très limité. Après avoir renversé d'un geste maladroit les divers accessoires disposés devant lui, pinceaux, marteau et pot à fiches de condamnation, il annonça que son enquête sur les meurtres récents allait bon train – aux familles de se contenter de ce discours – et déclara la séance close. Il quitta la pièce par le rideau situé derrière l'estrade et se dirigea vers ses appartements, en se demandant s'il avait le temps de faire un petit somme avant le déjeuner.

Après le riz de midi, Ti s'étendit sur son sofa avec l'intention de s'abandonner à une courte pause réparatrice, sans toutefois s'endormir tout à fait. Il ne convenait pas de ronfler tandis que les assassins s'ébattaient librement à travers sa ville. Il ferma les yeux, laissant ses pensées s'évader vers les contrées qu'aucun meurtrier indélicat ne se permettrait d'ensanglanter.

« Aïe aie aïe ! », pensa-t-il en ouvrant l'œil, quelque temps plus tard. Le soleil n'était plus si haut sur l'horizon. Il avait bien dormi deux heures. Il frappa le gong posé sur sa table de travail et pria le serviteur qui apparut de lui envoyer son premier scribe. Le domestique répondit que ce dernier était allé enquêter du côté de chez Mme Yu.

– Pourquoi donc ? s'étonna le juge. Il se passe quelque chose, chez cette dame, à une heure si matinale pour elle ?

Non seulement il lui fallait surveiller les délinquants, mais il avait aussi à garder en vue ses subordonnés, dont les actions lui semblaient de moins en moins cohérentes. Il enfila une robe d'extérieur, chaussa ses bottines, posa un bonnet sur ses cheveux noués, et quitta le yamen à pied, résolu à aller voir en personne ce qui intéressait tant Souen Tsi dans le quartier des saules.

Passant devant le temple bouddhiste dédié à la Vertu, il remarqua une foule de gens qui se pressaient sur les marches de l'entrée et le long de la promenade couverte cernant le bâtiment. Il s'adressa au badaud le plus proche pour connaître la raison d'une telle affluence.

– C'est jour de sortie, chez Mme Yu, répondit l'homme avec un sourire complice.

Il lui expliqua que les pensionnaires des maisons closes quittaient à jours fixes leurs demeures pour assister aux offices religieux dans les temples du voisinage. Le plus proche de l'établissement Yu était celui de la Vertu, au nom prédestiné pour un édifice judicieusement situé à la périphérie du quartier des plaisirs.

Ti se fraya un passage vers l'intérieur pour voir ce qui excitait à ce point l'intérêt de tous ces hommes. Le lieu de prière était à ce moment le théâtre d'un curieux spectacle. D'un côté les bonzes officiaient avec le plus grand sérieux, au milieu des fumées d'encens. De l'autre se tenaient les demoiselles en prière, tout aussi sérieuses, mais dont la mise chargée de fanfreluches tranchait singulièrement avec le dépouillement des religieux. Elles avaient beau affecter la dévotion la plus sage, leur présence évoquait irrésistiblement l'insouciance et la débauche. Ces demoiselles ne faisaient pas seulement montre d'un respect scrupuleux des lois impériales, elles tenaient à faire savoir qu'elles étaient d'excellentes bouddhistes, en parfait accord avec les dieux, dans le cadre le plus rigoureux imposé par les préceptes de l'Éveillé, bombardé protecteur de leur activité.

Cette excursion rituelle au temple de la Vertu était aussi l'occasion de se mettre en valeur et de parader. Les pensionnaires de Mme Yu s'étaient parées de leurs plus belles robes, c'est-à-dire des plus voyantes, et se déplaçaient en grand appareil, avec coiffes rehaussées de pierres brillantes et éventails chamarrés, dont le battement faisait comme des ailes d'oiseaux multicolores.

Vint le moment de l'offrande des fidèles. Ti comprit pourquoi les bonzes les accueillaient si volontiers entre leurs murs, en dépit de l'aspect déroutant de cette réunion de filles publiques. Les aumônes qui se déversèrent dans leurs sébiles furent plus que généreuses. Il existait certainement de gros péchés que l'on espérait contrebalancer en donnant sans compter. Aucune d'entre elles n'avait envie de se réincarner en ver de terre pendant un siècle ou deux pour s'être adonnée au stupre. Elles bichonnaient leurs moines, qui en retour leur prodiguaient les signes de la plus aimable considération. Après tout, maints bourgeois n'avaient pas moins de mauvaises actions à se faire pardonner, sans pour autant se montrer si prodigues de leurs sapèques les jours d'office. La religion et le vice faisaient bon ménage, ils se complétaient harmonieusement. Lorsque la sébile vint à lui, le juge Ti, qui ne pensait pas avoir de si gros péchés sur la conscience, laissa tomber quelques piécettes de cuivre qui ne risquaient pas de procurer à cette congrégation une rente à vie.

La sortie du temple fut un autre grand moment. Aucune de ces demoiselles ne passait inaperçue ; le jeu consistait au contraire à se faire remarquer de toutes les façons possibles. Les courtisanes les plus cotées étaient accompagnées de leur servante, qui tenait leur ombrelle. Rouge-Pivoine paradait, comme à son habitude, sans honorer d'un regard aucun des jeunes gens postés sur son passage, la bouche ouverte et l'œil égrillard. Elle misait sur son attitude hautaine et méprisante pour éveiller l'intérêt des amateurs, et cela fonctionnait à merveille.

La jeunesse dorée de Pou-yang, fidèle à un rendez-vous qui n'avait dans son esprit qu'un rapport lointain avec la piété, affluait sur leur parcours pour admirer cette procession féminine aux habits chatoyants. C'était pour les unes et pour les autres une excellente occasion de faire de nouvelles connaissances susceptibles de déboucher sur de fructueuses aventures galantes.

Hormis Rouge-Pivoine, aussi imbue de son rang que si elle avait remporté la compétition des fleurs, ces demoiselles étaient fort occupées à lancer des œillades ici et là et à répondre par de petits gloussements, ou par des mines de vierges effarouchées, qui ne trompaient personne, aux avances et compliments plus ou moins appuyés dont les gratifiaient leurs soupirants. « Nous sommes dans une basse-cour pleine de poulettes et de jeunes coqs campés sur leurs ergots », se dit le juge Ti en contemplant d'un air désabusé l'empressement des damoiseaux affriolés.

Il remarqua particulièrement l'une des jeunes femmes, qui marchait plus lentement que les autres, embarrassée par son embonpoint. C'était probablement cette Camélia qui avait eu la malchance de tomber enceinte. Un homme s'approcha d'elle et se mit à la tirer par la manche de son habit pour essayer de la faire sortir du groupe. Ti reconnut son premier scribe, censé être en train d'enquêter pour le compte du tribunal. Il paraissait très nerveux, presque affolé. La prostituée n'avait pas du tout l'air de vouloir céder à ses sollicitations. Elle finit par s'accrocher à ses compagnes les plus proches, et ce fut à tout un pan de la procession que s'affronta Souen Tsi. Lorsque l'agacement de ces dames eut atteint son comble, les éventails s'abattirent sur lui comme un vol d'hirondelles sur un champ fraîchement ensemencé. Il dut battre en retraite sous l'œil réprobateur de la mère maquerelle. Mme Yu semblait penser que ces jeunes gens devenaient de plus en plus audacieux et qu'il leur faudrait bientôt une escorte armée pour accomplir leurs devoirs pieux.

Ti n'était pas sûr que la concupiscence fût la motivation de Souen Tsi. Décidément, celui-là lui cachait quelque chose. D'abord son chef des sbires, à présent son secrétaire... Devait-il supposer que le cuisinier du yamen, ou le balayeur de sa cour, partageaient eux aussi quelque mystère avec les pensionnaires de cet établissement ? Il emboîta le pas aux prostituées et marcha sur la maison close, bien décidé à se faire expliquer certaines choses.

Parvenu au domaine, il se présenta à la tenancière sans s'embarrasser de formules de politesse :

– Que vous voulait-il, mon premier scribe ? demanda-t-il à brûle-pourpoint.

Mme Yu lui lança son sourire de commerçante ravie :

– Que voulez-vous ! Notre maison est le rendez-vous de tous les hommes de goût, noble juge. Je constate d'ailleurs que Votre Excellence en a fait son but de promenade favori.

Ayant demandé à voir Camélia, qu'il n'avait pas encore eu l'occasion d'interroger, Ti apprit qu'elle recevait un client, contre toute attente. On l'installa dans le salon principal, où du thé lui fut servi pour le faire patienter. Au bout d'une demi-heure, levant les yeux vers le corridor menant au vestibule, il eut la surprise de voir passer le majordome des Wang, qui se hâtait vers la sortie, la mine sombre. Il n'avait pas la tête d'un homme qui vient de s'amuser, mais plutôt celle d'un malotru qui sort d'une explication orageuse.

Ti fit signe à une servante et la pria de s'informer si Mlle Camélia était enfin visible. Quelques instants plus tard, la jeune femme lui apporta la réponse : la demoiselle en question était souffrante, mais on se faisait fort de lui fournir une autre jeune fille plus en mesure de répondre à ses désirs.

– Ah, non ! s'écria le juge.

Il se leva et parcourut le corridor à la recherche de la pensionnaire. Toutes les portes étaient closes. Parvenu au fond du bâtiment, il entendit le roulement régulier de la meule qu'il avait déjà remarqué lors de sa première visite en compagnie de Lotus-Pâle. Il traversa les communs sous les regards étonnés des cuisinières, et écarta un rideau qui donnait sur une alcôve mal éclairée.

C'était une remise. Un grand nombre de sacs en toile étaient entassés contre un mur. Au milieu de la pièce, on avait installé une petite meule à thé. Une vasque contenait les feuilles. La jeune femme, assise en tailleur, les engouffrait par poignées dans l'appareil, d'où elles tombaient dans un pot évasé. Elle se livrait à cette activité fastidieuse à la lumière blafarde d'une unique lucarne. L'atmosphère de cet endroit confiné était étouffante. De la poussière de thé voletait dans l'air. C'était bien là la punition dont Lotus-Pâle avait parlé, aucune des filles de la maison ne devait avoir envie de s'y voir condamner. La malheureuse avait du mal à se pencher à cause de son ventre proéminent. L'effort la faisait transpirer abondamment, de grosses gouttes de sueur mouillaient son front et ruisselaient sur sa poitrine. Son visage exprimait par ailleurs une grande tristesse, dont Ti supposa que cette tâche ingrate n'était pas la raison principale. L'entrevue avec le majordome avait dû être désagréable.

– Pardonnez cette intrusion, mademoiselle, dit-il

en laissant retomber le rideau derrière lui. Je tenais absolument à vous rencontrer.

Camélia leva les yeux vers lui. Elle avait dû être fort belle. Mais la double déchéance de sa vie dans cette maison et du traitement qu'on lui faisait subir ces derniers mois marquait ses traits. Par ailleurs, la grossesse, vécue de manière aussi pénible qu'il était possible, l'avait changée en une sorte d'hippopotame fatigué, au visage épaissi et ramolli. Il ne restait plus rien de la pieuse bouddhiste qu'il avait vue sortir du temple de la Vertu. Une fois ôté ses fards et ses habits de fête, dénoué ses cheveux, qui à présent s'éparpillaient sur ses épaules, elle n'était plus qu'une esclave enchaînée à une corvée exténuante.

– Que puis-je pour vous, noble juge ? demandat-elle d'une voix lasse en reprenant ses éternels tours de meule.

Il s'assit en face d'elle sur un petit tabouret à trois pieds qui branlait.

– Tout d'abord, dit-il, j'aimerais savoir ce que vous voulait l'homme qui vient de sortir d'ici.

Camélia haussa les épaules.

– Un client... murmura-t-elle sans conviction.

Ti n'était pas venu dans cette arrière-salle pour se faire réciter des mensonges d'enfant de cinq ans.

– Je vous prie de me dire la vérité, répondit-il. Sachez que je n'hésiterai pas à vous faire comparaître devant mon tribunal, en dépit de votre état. Mes sbires n'ont pas ma patience, il pourrait bien vous en cuire si vous vous obstiniez à me mentir. Ils ont le coup de bambou facile.

Il n'était pas fier de s'adresser ainsi à une femme enceinte, mais c'était la seule solution pour aller droit au but. Camélia, qui n'avait pas vraiment cru à l'efficacité de son mensonge, poussa un soupir de lassitude.

– Je reconnais qu'il ne s'agissait pas d'une entrevue comme les autres, reprit-elle. Plutôt d'une visite de famille, d'une certaine façon. Zhao Ding est employé comme majordome dans une maison que j'ai bien connue, autrefois. Il est venu me visiter à l'occasion de la naissance prochaine de mon enfant.

Ti constata qu'ils progressaient, fût-ce par demi-vérités.

– Et mon secrétaire, Souen Tsi, qui vous a abordée tout à l'heure ? rétorqua-t-il. Il venait aussi prendre des nouvelles du futur bébé ? Il m'a bien semblé qu'il voulait vous attirer à l'écart pour vous dire quelque chose de grave.

– Si nous devions nous poser des questions chaque fois qu'un homme dépasse les bornes de la bienséance, répondit la jeune femme, nous ne cesserions jamais de nous interroger. Ce Souen est juste un malotru qui ne pouvait attendre pour m'entretenir de ses désirs déplacés. Votre Excellence n'a pas à s'étonner de ça.

– « Mon Excellence » s'étonne de ce qu'elle veut ! s'insurgea Ti. Je vous somme de me répéter ce que vous a dit le majordome ! Parlez immédiatement !

Camélia donna quelques tours de meule avant de répondre.

– Il se trouve que j'ai appartenu à la maison des Wang, il y a longtemps... comme servante. Zhao en était déjà le majordome. Il s'inquiète pour moi. Je lui ai dit de ne pas s'en faire.

Elle continuait d'actionner sa meule, dont le roulement lancinant résonnait dans le cagibi. Une goutte tomba sur la vasque aux feuilles de thé. Ti crut d'abord qu'il s'agissait de transpiration. Il s'aperçut que Camélia pleurait sans bruit.

– Veuillez me pardonner, dit-elle en essuyant ses yeux du revers de la main. Dans mon état, j'ai du mal à contrôler mes changements d'humeur.

Elle avait l'air toute remuée, en dépit de ses efforts pour paraître impassible. Ti se demanda si c'était la visite du majordome ou l'évocation de son passé chez les Wang qui provoquait ce trouble.

– Quelles sont vos relations avec la famille Wang ? demanda-t-il.

– Je n'en ai plus aucune, comme Votre Excellence peut s'en douter, dit-elle en épongeant de sa manche son visage humide de sueur et de larmes.

Ti se dit qu'elle cherchait à l'apitoyer pour ne pas répondre à ses questions.

– Allons ! gronda-t-il. Cessez de poser à la victime ! Je vous intime l'ordre de me révéler le véritable motif qui a poussé ces deux hommes à vous rencontrer aujourd'hui !

Au lieu de répondre, la jeune femme fit une grimace. Elle porta la main à son ventre.

– Je crains que Votre Excellence ne doive attendre, dit-elle. J'ai là une personne qui entend passer avant elle.

Elle se laissa tomber sur le côté, la face crispée par la souffrance, les poings pressés sur son abdomen douloureux. Interloqué, Ti se leva de son tabouret, indécis quant à l'attitude à adopter. Un instant, la pensée lui vint qu'il pouvait s'agir d'une manœuvre dilatoire. Il lui était cependant impossible de rester impassible devant cette femme, dont le travail avait peut-être commencé. Il repoussa le rideau et ordonna aux cuisinières de prévenir Mme Yu que sa pensionnaire se trouvait mal. Comme il ne savait quelle contenance adopter, il quitta la remise sans trop savoir que faire. Dans le corridor, il croisa la tenancière et plusieurs filles, l'air affolées, qui se pressaient vers les communs. L'ambiance de la maison changea d'un coup. On se hélait, on réclamait des linges, il vit deux employés emporter la parturiente vers l'une des chambres. Il était évident qu'aucun entretien n'aurait plus lieu ce jour-là. Ti renonça à apprendre s'il s'agissait d'une fille ou d'un garçon. Il quitta l'établissement sans que personne lui prêtât la moindre attention.

XIII

Une livraison atterre tout le monde ; une vieille dame évoque les méfaits d'un spectre.

Cette conversation entre la prostituée et le major-dome ne pouvait être innocente. Puisque l'un des protagonistes lui faisait défaut, Ti décida de s'attaquer à l'autre. Il héla des porteurs de chaise et se fit conduire d'un bon pas à la résidence des Wang.

Il tambourina contre la porte jusqu'à ce qu'un serviteur vienne lui ouvrir. L'homme lui ayant répondu que le chef du personnel était absent depuis l'heure de midi, le juge réclama de parler à ses maîtres. Le domestique se hâta d'obéir, laissant la porte grande ouverte. Quelques instants plus tard, Ti vit paraître Wang l'aîné, bientôt rejoint par son cadet.

– Je souhaite m'entretenir dès que possible avec Zhao Ding. Savez-vous où il se trouve à l'heure actuelle ?

Les deux hommes, fort troublés par cette requête inattendue, répondirent qu'ils n'en avaient aucune idée, ce qui conforta le juge dans le sentiment que cette maison allait à vau-l'eau. Suivi des Wang, il traversa la rue pour aller frapper chez les Cheng, où une servante lui fit la même réponse : on n'avait pas vu le majordome et l'on ignorait à quel endroit il pouvait être.

— Où est-il allé ? dit le magistrat, très contrarié.

— Je ne vois pas... répondit l'aîné des Wang, tandis que son cadet se grattait la tête sans comprendre l'intérêt que le juge portait subitement à leur employé.

— Chez votre demi-frère Wang Ji, peut-être ? suggéra Ti. Il semble qu'il avait entrepris une tournée de ses vieilles relations. Je sais qu'il vient de rendre visite à une prostituée qui a autrefois travaillé chez vous comme servante.

Les Wang se regardèrent, interloqués.

— Une prostituée ? répéta Wang Gu-li. Qui viendrait de notre maison ? J'en doute infiniment, noble juge. Nos servantes sont chez nous depuis longtemps, et aucune n'est en âge ou en état de travailler dans un palais de fleurs. Il doit y avoir une confusion.

— C'est encore une médisance de nos ennemis ! renchérit le gros Wang To-ma. Votre Excellence ne doit pas croire que notre honorable maison ait quoi que ce soit à voir avec ces femmes déchues ! Le monde est si méchant !

Ti constata qu'une fois encore on lui avait menti. Si Camélia n'était pas une ancienne employée des Wang, pourquoi leur majordome était-il allé la voir ? Et pourquoi lui avait-elle raconté des histoires ? Il lui fallait décidément remettre la main au plus tôt sur le bonhomme pour connaître le fin mot de l'affaire.

— Quelles sont vos relations avec votre demi-frère Wang Ji ? demanda-t-il.

Les Wang firent la grimace comme s'ils avaient mordu à pleines dents dans de l'écorce d'orange amère.

– Courtoises et fraternelles, noble juge, répondit l'aîné, on ne peut plus pincé.

Ti remonta dans sa chaise de louage, tandis que les deux Wang suivaient à pied, l'air de se demander quelle calamité s'abattait encore sur leurs têtes.

Ils arrivèrent devant chez Wang Ji en même temps que deux hommes qui transportaient un gros panier fermé par une corde. Sous le nez du magistrat, les livreurs frappèrent à la porte. Au vieux serviteur qui leur ouvrit, ils expliquèrent qu'on leur avait demandé de livrer le panier à cette adresse. Le portier répondit qu'il n'était pas au courant.

– Appelez votre maître ! ordonna le juge, qui commençait à craindre un nouveau retournement de situation dommageable à son enquête.

Un homme encore jeune, d'allure très flegmatique, franchit bientôt le porche. Apercevant les deux Wang, il les salua du menton.

– Que Votre Excellence nous permette de lui présenter notre demi-frère, Wang Ji, fils de la deuxième épouse de notre défunt père, annonça Wang l'aîné.

Wang Ji s'inclina respectueusement devant son magistrat.

– Vous avez une livraison, dit celui-ci en désignant le panier en osier.

– C'est bien étonnant, je n'ai rien commandé, répondit Wang Ji. De chez quel commerçant venez-vous ?

Les porteurs répondirent qu'on les avait juste recrutés pour lui apporter le colis, ils n'en savaient pas plus, sinon qu'il n'y avait rien à payer. Ils attendaient visiblement qu'on leur glissât une pièce pour s'en aller.

– Eh bien, ouvrez-le ! Qu'attendez-vous ? ordonna le magistrat, de plus en plus inquiet.

À contrecœur, les deux hommes entreprirent de dénouer la corde qui fermait le couvercle, puis ils s'écartèrent pour laisser le juge regarder à l'intérieur.

– Ce sont de vieux tissus, constata Wang Gu-li, qui avait jeté un coup d'œil par-dessus l'épaule de Ti.

Celui-ci saisit l'étoffe et la sortit du panier. C'était un morceau de chiffon. La couche du dessous ressemblait à une masse de poils.

– Emportez tout ça à l'intérieur de la maison ! ordonna-t-il d'une voix blanche aux porteurs.

Il avait une idée de ce qu'on allait y trouver et ne tenait pas à ce que cette découverte ait lieu dans la rue. Les deux hommes reprirent le panier par ses anses et pénétrèrent dans la demeure. Ils le déposèrent dans la petite cour sur laquelle ouvrait le porche. Ti les suivit, les trois Wang toujours sur ses talons.

– Renversez-le ! leur intima-t-il. Videz son contenu sur le sol !

Les porteurs se mirent en devoir de retourner le fardeau, qui était assez pesant. Une tête apparut d'abord, puis des bras, et enfin un corps tout entier, qui s'affala sur le dallage telle une poupée désarticulée. Ti se pencha et tâta le pouls. L'homme était mort. Le visage avait été maquillé de façon à lui donner un air furieux. On lui avait dessiné de gros sourcils froncés, à la manière des démons de théâtre. Sa bouche avait été élargie d'un trait de rouge à lèvres, et ses yeux soulignés de noir pour en accentuer la férocité. L'une de ses mains était crispée sur un rouleau de parchemin. L'autre retenait une ligature de sapèques enroulée à son poignet. On aurait dit un acteur en train de jouer un rôle d'avare dans une farce burlesque. La poitrine était tachée de sang.

– Il a probablement reçu un coup d'épée en travers du corps, commenta Ti en écartant les pans déchirés de la tunique.

Les porteurs contemplaient d'un air consterné la dépouille qu'on leur avait fait transporter. Le magistrat se tourna vers eux, la mine sombre.

– Qu'avez-vous à dire ? demanda-t-il.

Les deux hommes tombèrent à genoux en tremblant.

– Nous ne savions rien, noble juge ! s'écrièrent-ils.

– Dites-moi simplement qui vous a chargés de cette commission morbide.

– Nous travaillons en ce moment comme peintres en bâtiment dans le quartier des saules. Tout à l'heure, alors que nous avions fini notre journée, une femme nous a proposé un peu d'argent pour livrer ce colis. Pourquoi aurions-nous refusé ? Nous ne pouvions pas nous douter...

– Sauriez-vous reconnaître cette femme ? les interrompit le juge. À quoi ressemblait-elle ?

– Elle avait le visage à demi dissimulé par un foulard qui couvrait ses cheveux. Elle nous a semblé plutôt jeune. Elle était vêtue de façon ordinaire. Nous l'avons prise pour l'épouse d'un blanchisseur qui renvoyait du linge à l'un de ses clients. Il y a beaucoup de lingères, au bord de la rivière.

Le demi-frère des Wang se pencha sur le cadavre maquillé.

– Mais c'est Zhao Ding, le majordome de mon père ! s'écria-t-il.

Ses deux frères jetèrent à leur tour un coup d'œil à la dépouille. Ils opinèrent du chef d'un air contrit, sans prononcer un mot.

– Voilà ce qui arrive quand on veut régler ses différends soi-même, au lieu de s'adresser aux autorités compétentes ! clama le juge. Si cet imbécile s'était adressé à moi, il n'en serait pas là à cette heure-ci ! Que cela serve de leçon à toutes les personnes présentes !

Il renvoya les porteurs, avec l'ordre de se présenter au tribunal le lendemain pour l'enregistrement de leurs dépositions.

– M. Wang Ji, reprit-il. Envoyez quelqu'un au yamen de ma part. Il me faut quelques bras pour emporter ce corps dans mes locaux.

Son interlocuteur regardait ailleurs :

– Mère ! s'écria-t-il. Vous ne devriez pas rester ici ! Ce n'est pas un spectacle pour vous !

Une forme blanche se tenait sur le seuil de la demeure. Une dame âgée, coiffée d'un épais chignon blanc, gardait les yeux rivés sur le cadavre.

– La malédiction continue ! dit-elle. Je le savais ! Cela ne s'arrêtera jamais ! Qu'avons-nous fait, pauvres de nous !

Son fils la prit par le coude et la fit rentrer à l'intérieur.

– Pardonnez à ma mère, dit-il en revenant vers le petit groupe qui entourait le corps. Elle connaissait bien le majordome Zhao, il a longtemps travaillé chez notre père. Cette affreuse vision lui a rappelé les temps anciens.

Ti se tourna vers les deux autres Wang,

– Avez-vous une explication à me fournir pour ce nouveau meurtre ? demanda-t-il. On découvre d'abord votre voisin Cheng, sans vie, dans l'une de vos cours, puis votre majordome se fait assassiner. Quel est le motif de tout cela ? J'attends de vous la vérité !

Les deux hommes étaient consternés.

– La vérité, c'est que nous n'y comprenons rien, noble juge ! répondit l'aîné.

– Zhao devait avoir de mauvaises fréquentations ! ajouta le cadet, en considérant le cadavre avec réprobation.

– De mauvaises fréquentations ? explosa le magistrat. M. Cheng aussi, je suppose ? Et mon capitaine des sbires ? Chacun d'entre eux cultivait des liaisons dangereuses ?

L'évocation du capitaine sembla éveiller quelque chose dans l'esprit de Wang Gu-li. Son expression se figea soudain comme sous l'effet d'une vision atroce. Puis une grimace se peignit sur ses traits émaciés. On aurait dit qu'on venait de lui marcher sur le pied avec des semelles de plomb.

– Parlez, je vous l'ordonne ! lui lança le juge, convaincu de tenir le bon bout.

– Je... je ne sais rien, bredouilla Wang-le-Sec.

Ti eut la conviction que l'idée surgie dans l'esprit de l'armateur était trop horrible ou trop compromettante pour qu'il osât l'exprimer. La présence de son majordome assassiné n'était pas un choc suffisant pour le faire parler. Fallait-il qu'on étripe toute sa maisonnée ? Quel pouvait être ce secret par lequel il préférait se laisser ronger plutôt que d'en prononcer un seul mot ?

– Je vous attends tous demain à l'audience du

171

matin, conclut Ti. À présent, vous pouvez disposer.
M. Wang Ji, j'aimerais beaucoup avoir un entretien
avec votre mère, si vous le voulez bien.

Le ton du magistrat n'admettait pas de réplique.

— Très bien, noble juge, répondit le jeune homme
en s'inclinant. Je vais la prévenir, afin qu'elle se
prépare à vous rencontrer. Je supplie seulement
Votre Excellence de considérer qu'il s'agit d'une
dame fatiguée, dont les nerfs ont été fort éprouvés
ces derniers temps.

Ti se demanda ce qui avait pu éprouver particulièrement les nerfs de Mme Wang mère « ces derniers temps ». Il se promit de l'interroger à ce propos. En attendant le retour de son hôte, il saisit
délicatement la feuille de parchemin que le mort
serrait entre ses doigts. Elle était vierge.

Un instant plus tard, Wang Ji l'introduisait dans
les appartements de sa mère. La vieille dame était
installée dans un large fauteuil garni de coussins.
Un garçon de dix ans apporta une petite théière en
bronze ouvragé.

— Votre Excellence me fera-t-elle l'honneur de
partager ce thé au jasmin ? demanda la dame en
faisant signe au gamin de remplir une deuxième
tasse.

Ti prit place en face d'elle. Wang Ji fit mine de se
poster près de sa mère, mais celle-ci le renvoya de
la main, et il se résigna à les laisser en tête à tête.

— Je me pose tant de questions, dit Ti. J'espère
que vous y apporterez quelques éclaircissements.
Je songe notamment à une affaire qui remonte à
une dizaine d'années environ, mais dont les conséquences sont encore très vives aujourd'hui.

Mme Wang fit signe au petit garçon de les laisser,

lui aussi. Elle attendit qu'il eût quitté la pièce pour ouvrir la bouche.

– J'aiderai Votre Excellence autant qu'il me sera possible, bien sûr, dit-elle d'une voix éraillée par l'émotion. Pardonnez mon trouble. Je connaissais bien cet homme, Zhao Ding. Qui peut avoir eu l'idée affreuse de nous adresser son cadavre ?

Ti était persuadé qu'elle avait une certaine idée de la réponse, il espérait vivement que l'entretien lui permettrait d'élucider ce point.

– Permettez-moi de poser à nouveau ma question, reprit-il : que s'est-il passé, il y a dix ans, lors de la disparition de votre cher époux ?

Les yeux de la vieille dame se perdirent dans les peintures florales qui décoraient les murs de son petit salon.

– Votre Excellence a bien raison de l'appeler « mon cher époux ». Mon défunt mari était un homme remarquable, aimé de tous ceux qui l'entouraient. Il était la bonté incarnée. Son seul défaut fut... comment dirai-je ? Un excès de confiance dans sa progéniture. Dans ses fils, je veux dire. Il imaginait que tout un chacun appliquait ses principes de piété filiale, ce que nous appelons généralement les vertus domestiques, qui consistent à respecter les membres de la famille, quels qu'ils soient. Je n'étais que sa deuxième épouse, pourtant ma liberté était totale. Il m'a toujours traitée avec le plus profond respect, et nous vivions tous en bonne intelligence. Ses femmes l'adoraient.

– Toutes ses femmes ? répéta le juge. Possédait-il de nombreuses épouses secondaires ?

Mme Wang repoussa une mèche de cheveux gris, qu'elle coinça dans son chignon.

— Sa Première était décédée depuis quelque temps déjà. Elle lui avait donné deux fils, ceux-là mêmes qui se trouvaient avec vous dans la cour, tout à l'heure, Gu-li et son cadet, To-ma. La mort de mon mari a fait de Gu-li le chef de notre clan.

Elle poussa un soupir.

— Ce ne sont pas les deux représentants les plus exemplaires de l'humanité, je dois bien l'admettre, reprit-elle. Ils nous ont beaucoup déçu. Leur capacité à reprendre les affaires de mon défunt n'a d'ailleurs pas été merveilleuse, me suis-je laissée dire. Leurs qualités de cœur ne compensent hélas nullement leurs faiblesses en matière commerciale.

— Votre fils Wang Ji est d'un genre tout différent, je suppose ?

Mme Wang eut un geste évasif.

— Mon Ji est un gentil garçon. Mais il ne faut pas lui demander beaucoup plus que d'être bon mari, bon père, bon fils, ce qui est déjà beaucoup en comparaison de sa fratrie. Il n'a hérité que cet aspect du caractère de mon époux, et non sa bosse du commerce, qui a longtemps fait notre fortune. Nous vivons agréablement, grâce à notre part de l'héritage, et savons nous en contenter, avec l'aide du Ciel.

— Ce sont les deux fils de la Première, Gu-li et To-ma, qui ont hérité la plus grosse part, n'est-ce pas ? Ils ont eu l'entreprise de navigation fluviale...

— En effet. Nous ne sommes passés qu'en second. Encore cela aurait-il pu être pire. Nous aurions pu ne rien avoir du tout.

Cette idée intrigua le juge.

— Pourquoi dites-vous que vous auriez pu obtenir encore moins ? Quelqu'un a-t-il renoncé à l'héritage de votre époux en votre faveur ?

Mme Wang avait l'air désolée. Un lourd poids semblait peser sur sa conscience.

– Je vois que Votre Excellence devine mes pensées à demi-mots, dit-elle. Il ne s'agit pas exactement de renoncement. Certaines personnes ont été écartées de la succession... de manière autoritaire et peut-être contestable. Mais que pouvais-je y faire ? Je n'étais qu'une femme, épouse secondaire qui plus est. Qui étais-je pour me dresser devant les deux fils principaux de la maison ? Je devais protéger les intérêts de mon enfant !

Elle revivait visiblement ces événements vieux de dix ans comme s'ils s'étaient produits la veille. Ti devina qu'ils n'avaient jamais cessé de l'obséder jusqu'à la souffrance. Elle pleurait son paradis perdu.

– Qui a été écarté de cet héritage ? demanda-t-il.

– Les concubines, noble juge, les deux pauvres concubines de mon mari. Elles n'avaient pas droit à grand-chose, c'est un fait, leur statut ne leur garantissait rien de précis. Mais la façon dont on les a traitées ! Que Votre Excellence me dispense d'entrer dans les détails. En un mot, on les a jetées à la rue du jour au lendemain. Les deux aînés les détestaient pour d'obscures raisons. Je n'ai rien pu faire pour les sauver. Elles ont dû quitter la région pour tenter leur chance ailleurs. Leur chance ! Les malheureuses ! Sans un sou, où ont-elles pu aller ? Leur fantôme continue de me tourmenter sans relâche, chaque jour que le Ciel m'octroie !

L'effroi et le remords se peignaient dans les yeux de la deuxième Mme Wang. Les légendes chinoises étaient pleines de spectres qui revenaient réclamer justice auprès des mortels responsables de leur perte. Les croyances populaires assuraient que rien n'était jamais fini tant que la justice n'avait pas apporté la paix aux mânes des victimes.

– Vous dites que leur fantôme se montre à vous ? demanda-t-il à mi-voix, comme si un bataillon de morts-vivants avait risqué de surprendre ses paroles.

– Oh, oui ! dit-elle, les yeux élargis par l'horreur de cette vision. La forme blafarde d'une défunte met parfois le nez au carreau de ma chambre. Il m'arrive aussi de la voir quand je laisse la fenêtre ouverte, certains soirs. Son âme sans refuge guette notre demeure. Elle ne me laisse pas oublier la faute que nous avons commise. Ce visage blanchâtre, émacié, tout droit sorti de la tombe ! Ces cheveux filasse, emmêlés, qui brillent dans la nuit ! Cette tête de mort édentée ! Ces yeux exorbités, injectés de sang ! C'est la face détruite d'une des compagnes de feu mon mari, revenue d'entre les ombres. J'ai beau prier au temple et supplier l'esprit de mon époux d'intercéder pour nous dans son immense bonté, cela n'y change rien. Le fantôme rôde toujours. Il me sourit de sa bouche horriblement tordue. Un jour, j'étais si proche de la fenêtre qu'il m'a craché son souffle méphitique à la figure. Cette odeur me poursuit depuis lors, en dépit de tous les encens que je fais brûler autour de moi.

Elle prit les mains du juge dans les siennes. Ti constata qu'elles étaient glacées et tremblantes.

– Je connais l'assassin du majordome, murmura-t-elle.

L'entretien devenait bigrement intéressant.

– C'est lui, c'est ce spectre ! Voilà pourquoi il nous a envoyé le cadavre de Zhao Ding ! Pour nous punir ! Il nous fait comprendre qu'il ne nous laissera jamais en repos. Ce sera bientôt notre tour, les uns après les autres. Il n'y a pas d'échappatoire. C'est notre malédiction.

– Ce fantôme avait-il des raisons particulières d'en vouloir au majordome ? demanda le magistrat, qui souhaitait s'en tenir aux éléments tangibles pouvant servir ses investigations.

Mme Wang fronça ses fins sourcils peints.

– Zhao était un homme dur. Il a tout fait pour accabler les concubines. Il est allé jusqu'à me faire comprendre que je ne devais pas m'opposer à la façon dont mes beaux-fils et lui menaient les choses. Il était tout dévoué aux rejetons de la Première, ses nouveaux maîtres. Leurs intérêts étaient indissociables. C'est pour cela qu'ils l'ont gardé à leur service, malgré leurs revers de fortune. Ils ne pouvaient rêver serviteur plus semblable à eux.

Les larmes lui vinrent aux yeux. Ti estima qu'il n'en apprendrait pas davantage ce soir-là. Il se leva, salua la vieille dame et la laissa à ses spectres.

XIV

Une audience tourne à la comédie ; de vieilles rancœurs remontent à la surface.

Le juge Ti se réveilla plein d'entrain, après une bonne nuit de sommeil. Il commençait à s'habituer à la rudesse du canapé. Mieux encore, il avait le sentiment d'avancer enfin dans son enquête. Sa tête était pleine de projets pour cette journée, dont il avait la certitude qu'elle serait décisive. Lorsqu'il eut achevé son déjeuner et sa toilette, le premier scribe vint lui exposer les affaires du jour. Ti l'arrêta d'un geste :

– Nous devrons tout d'abord ouvrir officiellement l'enquête concernant l'assassinat du majordome des Wang, annonça t il. Prenez-en bonne note.

Le secrétaire laissa tomber le pinceau qu'il tenait en main.

– Par tous les dieux ! s'écria-t-il. Zhao Ding est mort ?

Ti tourna vers lui des yeux suspicieux :

– Vous, je vais vous faire arrêter pour... je trouverai bien pour quel motif, une fois que vous serez derrière les barreaux. Le mieux serait d'ailleurs que vous me le disiez vous-même dès maintenant.

179

Souen Tsi se jeta à genoux avec autant de célérité que sa jambe douloureuse le lui permettait.

– Je jure à Votre Excellence qu'elle n'a aucune raison de s'en prendre à moi ! Je n'ai contrevenu à la loi en aucune façon ! Tous mes actes, ces derniers jours, n'ont visé qu'à élucider un problème qui m'inquiète.

Ti décida de se pencher plus tard sur cette question. Il lui restait un peu de temps avant l'audience ; il souhaitait consulter les archives du tribunal, pour voir s'il s'y était produit avant son arrivée des faits qu'il lui fallait connaître.

– Vous qui êtes en poste ici depuis longtemps, dit-il au premier scribe, qu'avons-nous d'intéressant au nom de Wang ?

Comme s'il s'était attendu à cette requête, Souen Tsi alla tout droit vers l'étagère rassemblant les archives de la décennie précédente.

– Voici, noble juge, dit-il en posant sur le bureau une boîte couverte de poussière.

Il avait la mine d'un contribuable ayant espéré échapper à l'impôt avant que son percepteur ne se rappelle inévitablement à son bon souvenir. Ti dénoua le ruban qui fermait le coffret, en sortit les documents qu'il contenait et commença à les compulser par ordre chronologique. Ils contenaient une plainte sordide déposée devant le tribunal par les deux frères Gu-li et To-ma à la mort de leur père. Le magistrat d'alors avait procédé à plusieurs auditions avant de rendre un verdict qui avait dû profondément modifier la vie de cette famille endeuillée.

– Je vois, murmura-t-il dans sa barbe. Eh bien ! Si tout cela veut bien dire ce que je crois, j'en apprends de belles sur ces Wang !

Ce qu'il venait de lire changeait la donne. Il sentait la nécessité d'orienter son enquête dans un sens nouveau. L'audience matinale tombait bien : il allait pouvoir donner un bon coup de pied dans la fourmilière. Ce fut la mine songeuse et l'esprit ailleurs qu'il parcourut les corridors en direction du prétoire.

Dès qu'il fut entré, le gong résonna pour signaler l'ouverture de la première audience. Son scribe s'assit au bureau latéral pour prendre en notes les déclarations des uns et des autres, ainsi qu'il l'avait fait dix ans plus tôt des minutes consultées par le juge au cabinet des archives.

Une fois expédiées les affaires courantes, Ti put se concentrer sur l'interrogatoire des protagonistes du meurtre du majordome – ceux du moins sur qui il avait pu mettre la main. Il aurait aimé interroger Camélia. Mais le sbire qu'il avait envoyé chez Mme Yu s'était entendu dire que la jeune femme avait accouché durant la nuit et n'était pas en mesure de se déplacer. Ti avait de toute façon dorénavant sa petite idée sur la teneur de la discussion qu'elle avait eue avec le majordome. Elle n'avait pu porter que sur un seul sujet, et il se doutait qu'il s'était agi de cclui-là même qui occupait plusieurs pages dans la boîte d'archives consacrée aux Wang.

Tout le monde était réuni comme pour une réunion de famille : les divers Wang des deux branches, les veuves, et même la tenancière, au fond de la salle, dans son habituelle robe rouge. Les liens unissant toutes ces personnes commençaient à apparaître. Il demeurait encore des lacunes, que le magistrat espérait combler bientôt.

Il commença par faire enregistrer les témoignages des deux porteurs qui avaient livré le panier où reposait le corps de Zhao Ding. L'inquiétude semblait poindre chez les Wang. Ils paraissaient nerveux. On avait d'abord trucidé leur voisin Cheng, ensuite leur majordome... Les meurtres se rapprochaient singulièrement de leurs personnes. Il y avait aussi ces étranges questions du juge, qui ranimaient de vieux souvenirs peu plaisants... Ils étaient cuits à point. Ti songea que le moment était venu de les faire craquer. Il les appela à sa table de justice :

– On vient d'assassiner deux personnages de votre connaissance, dont l'un était à votre service. Cela ne vous inquiète-il pas un peu ?

Les deux frères hochèrent la tête en manière de dénégation, comme si de tels faits arrivaient tous les mois.

– Nous sommes confiants en la justice de Votre Excellence, dit Gu-Ji. Le tribunal de cette ville a toujours rendu des jugements clairvoyants.

Clairvoyants et favorables à leurs intérêts, Ti n'en doutait pas. Il leur demanda s'ils connaissaient feu son chef des sbires, Hsueh Xan. Gu-li répondit sans se démonter qu'ils ne l'avaient fréquenté que dans le cadre de sa profession.

– Pouvez-vous préciser ?

– Il a eu à venir chez nous pour faire exécuter un commandement du tribunal, voici quelques années.

Il y eut une réaction dans le public. Les gens se souvenaient tout à coup. Certains exprimèrent de la colère à l'encontre des deux frères. Le gros To-ma se retourna pour jeter derrière lui des regards étonnés. Son aîné renifla avec mépris.

– Donc vous connaissiez mon capitaine, reprit

Ti. Je me demande si vos liens avec le second défunt n'étaient pas eux aussi plus étroits qu'il n'y paraît à première vue. M. Cheng était davantage qu'un voisin, davantage qu'un homme avec qui vous aviez été en affaires, n'est-ce pas ?

Les Wang restèrent muets. Le gros To-ma posait ses yeux ronds alternativement sur le juge et sur son frère, qui s'efforçait de demeurer impassible. Ti décida de tenter un coup de bluff.

— Est-il vrai qu'une de vos sœurs ait été mariée en premières noces au défunt Cheng, ce qui a fait de lui votre beau-frère durant quelque temps ?

Cette question parut les troubler affreusement.

— C'est exact, concéda Gu-li d'une voix mal assurée. Mais elle est morte en couches, et notre beau-frère s'est remarié.

— Il s'agissait donc bien de votre sœur ?

— Demi-sœur, seulement, noble juge, précisa Gu-li comme si cela renvoyait cette personne aux abîmes d'un lointain cousinage. Mon frère et moi sommes seuls à être issus de l'épouse principale de notre père. Ses autres enfants sont nés de ses diverses concubines...

Quelqu'un poussa un cri :

— Ça y est, je me souviens ! entendit-on dans le parterre.

Il y eut des murmures. Gu-li reprit son discours interrompu :

— ... des concubines qui ont depuis longtemps quitté notre maison et notre vie, je tiens à le préciser. Nous n'avons plus rien à voir avec ces femmes, ni avec leur descendance. Mon père mort, il n'existe plus aucun lien entre elles et nous.

Ti avait le sentiment que ces liens étaient au

contraire en train de se rappeler à eux avec une grande violence. Wang l'aîné tergiversait pour ne pas avoir à évoquer le honteux procès qu'il avait intenté à ses belles-mères. Un habitant de Pou-yang prit la parole dans l'assistance :

– Pardonnez-moi, noble juge, mais chacun ici connaît cette affaire. Elle a fait assez de bruit. C'était bien avant l'arrivée de Votre Excellence. Les Wang se sont acharnés sur les épouses secondaires de feu leur père. Profitant du décès de ce dernier, ils les ont chassées sans rien leur donner, comme s'il s'était agi de simples prostituées. Elles et leurs pauvres enfants !

Wang Gu-li bondit sur ses pieds comme un pantin animé par un ressort :

– Calomnie ! s'écria-t-il en levant les bras au ciel. Nous avons agi en conformité avec les exigences de notre honneur familial souillé !

– On veut nous abattre par les moyens les plus déloyaux ! renchérit To-ma, dont les chairs molles étaient animées d'un frisson d'indignation. On veut nous empêcher de présider la guilde des armateurs, un siège qui nous revient de droit ! C'est un complot ! Votre Excellence doit punir les médisants !

Il y eut plusieurs éclats de rire dans l'assistance. Leur demi-frère Wang Ji avait l'air accablé.

– Nous savons tous ce que vous avez fait, les Wang ! leur lança quelqu'un.

– J'en appelle à l'équité de Votre Excellence ! cria Wang Gu-li. Qu'on fasse taire ces malotrus ! Nous ne sommes coupables de rien ! Nous avons fait ce qu'il convenait pour venger les mânes de notre cher père, que ses concubines avaient gravement insultées !

Le scandale renaissait de ses cendres mal éteintes. Il n'avait pas été nécessaire de beaucoup souffler dessus. C'était exactement ce qu'attendait le juge. Il frappa plusieurs coups de son martelet pour faire taire les protestataires. D'une voix forte, il annonça que, à la demande de la famille Wang, l'enquête d'il y a dix ans serait rouverte afin de laver définitivement leur honneur de la diffamation.

Les deux frères lui jetèrent des regards effarés. Ils n'avaient aucunement réclamé ni souhaité qu'une enquête fût diligentée. Le magistrat dépassait de beaucoup la portée de leurs récriminations. Ils avaient simplement désiré qu'on fit taire les quolibets dont les tourmentaient leurs accusateurs goguenards. Les conséquences de leurs hauts cris les entraînaient beaucoup plus loin qu'ils n'auraient voulu aller. Ils se sentirent piégés, non sans raison.

La majeure partie de l'assistance jubilait. Ti nota combien ces armateurs avaient su se faire détester, tant par l'ostentation de leur fortune héritée que par leur bêtise et, sans doute, leur méchanceté crasse.

Ti revit en pensée les archives de son tribunal qu'il venait de consulter. M. Wang père avait deux épouses principales et deux concubines. Sa Première était déjà décédée lorsqu'il était subitement mort, laissant une entreprise florissante et un certain nombre d'enfants. C'est alors que le scandale avait éclaté. À peine leur père enterré, les deux fils de sa Première s'étaient adressés au tribunal : ils avaient accusé la troisième compagne de s'être livrée à l'adultère avec la complicité de la quatrième. Un étranger à la ville, qui se présentait comme colporteur itinérant, avait prétendu devant le magistrat que la Troisième s'était donnée à lui, qu'il avait couché

185

avec elle après que la quatrième l'eut introduit dans le gynécée. Ce témoin majeur avait disparu sitôt sa déposition faite, sans qu'aucune confrontation eût été ordonnée. La liberté d'action que leur avait laissée le cher disparu, l'esprit de tolérance qui régnait dans la maison, avaient servi aux frères Wang pour accréditer cette affirmation. Ces deux dames avaient tenté de se défendre, mais, faute d'expérience et de soutiens, leur recours n'avait pas abouti. Le magistrat d'alors, apparemment très à cheval sur les bonnes mœurs, s'était montré sans pitié. Elles avaient été convaincues de conduite déshonorante à l'égard du défunt, ce qui était un motif de répudiation en soi, et condamnées à vider les lieux sans pouvoir exiger aucun dédommagement de la part des héritiers. Comment se faisait-il que l'affaire n'eût pas traîné plus longtemps ? Ti jugeait le verdict et son exécution un peu rapides : une affaire d'une telle conséquence aurait dû se traiter sur plusieurs mois, donner lieu à des recherches contradictoires. Les Wang avaient dû disposer au sein du tribunal de protections qui avaient joué contre leurs belles-mères. Le lendemain du jugement, le chef des sbires avait été diligenté pour appliquer la décision judiciaire. Cela avait dû être une belle scène, que ces femmes jetées hors de chez elles avec enfants et bagages ! C'était la misère qui les attendait. La Troisième et la Quatrième ne possédaient plus rien, étaient déchues de tous leurs droits, leur réputation irrémédiablement souillée. Où pouvaient-elles aller ? Sans doute avaient-elles rejoint quelques parents vivant dans d'autres provinces, si elles en avaient, qui avaient dû faire d'elles des sortes de domestiques corvéables à merci.

Lorsque la salle se fut calmée, Ti appela la deuxième Mme Wang, qui s'avança, appuyée sur le bras de son fils. À la lumière du jour, elle avait l'air encore plus fatiguée que la veille. Ti était convaincu qu'elle paraissait davantage que son âge. C'étaient le regret et la nostalgie qui l'avaient usée, ces dix dernières années. Il attendit patiemment qu'elle se fût agenouillée pour lui poser sa question :

— Pouvez-vous me dire quelle a été l'attitude du majordome Zhao Ding, à l'époque du décès de votre mari ?

Mme Wang parut hésiter.

— C'est un peu délicat, répondit-elle. Nul ne doit attaquer la mémoire d'un mort dont la dépouille ne repose même pas encore en terre. Son esprit erre parmi nous, il serait malséant de l'affliger par de méchants propos.

Ti reconnaissait bien là la superstition dont la vieille dame avait fait preuve lors de leur entretien.

— Parlez sans crainte, dit-il. Il n'y a pas d'outrage quand on se borne à dire la vérité, et le respect dû aux morts s'efface devant les impératifs de la justice impériale.

Mme Wang se résigna à parler. Elle se tourna vers le parterre et foudroya un instant ses beaux-fils du regard. Puis elle s'adressa au magistrat :

— Notre majordome a touché une forte somme prélevée sur l'héritage pour aider à jeter dehors les concubines. Il a gâché les derniers instants de son maître, feu mon mari, en acceptant de relayer les mensonges inventés par ses deux aînés afin de leur nuire. Il a essayé de lui extorquer sur son lit de mort un acte de répudiation qui, s'il l'avait signé, aurait permis de les renvoyer en évitant le procès.

L'assistance, qui ignorait ce détail, poussa des cris d'indignation.

– Mensonge ! cria Wang Gu-li. Cette femme est folle ! Elle était complice des deux autres ! Elle devrait nous baiser les pieds de ne pas lui avoir fait connaître le même sort ! Voilà comment on nous remercie de nos bienfaits !

Wang Ji faillit lâcher sa mère pour se jeter sur son demi-frère. Mais Mme Wang agrippait fermement son bras et n'entendait pas le lâcher. Elle veillait aux intérêts de son enfant comme elle l'avait toujours fait.

– Taisez-vous ! intima le juge tandis que l'un des sbires levait son fouet pour en menacer l'impertinent qui avait osé élever la voix.

Les contours d'un crime commençaient à se dessiner, même si ce n'était pas ce crime-là que Ti avait souhaité résoudre. Renonçant à ramener le calme dans une assistance fortement échauffée, il déclara l'audience close. Dès que le gong eut sonné, il se rendit dans son cabinet pour y méditer en paix.

Le compte rendu du procès donnait des détails sur ces dames. À l'époque des faits, les deux concubines incriminées étaient âgées d'une petite quarantaine d'années. Elles avaient cinq filles. Seule l'aînée d'entre elles était mariée. Les quatre plus jeunes avaient de dix à vingt ans environ. Qu'avaient-elles pu devenir ? Ti se demanda à qui il pourrait bien poser cette question. Mme Wang n'en avait apparemment aucune idée. Cela faisait sept femmes disparues corps et âmes dans le naufrage de leur existence. Sept femmes rayées de la bonne société de Pou-yang, d'un trait de plume, sur décret du yamen. Ti savait combien la loi en vigueur dans l'Empire fleuri pouvait être cruelle. On ne plaisantait pas avec l'adultère ; c'était, après le meurtre, le crime le plus grave dont une femme pouvait se rendre coupable, surtout si elle appartenait à la bourgeoisie.

Ti se leva soudain et jeta un coup d'œil aux boîtes qui entouraient celle du procès Wang. Elles contenaient les affaires traitées par le tribunal à la même période. Il en choisit quelques-unes et parcourut rapidement les listes figurant sur les couvercles. Un nom retint son attention : « Affaire Cheng Mi-tsung ». Il y trouva, au milieu d'autres notes, un acte de répudiation en bonne et due forme, rédigé peu de mois après le jugement Wang.

Le juge entendit la porte s'ouvrir derrière lui. Il savait pertinemment qui venait d'entrer et n'avait nul besoin de se retourner.

– L'épouse de M. Cheng est décédée en couches ! s'écria-t-il. Voilà ce que ces satanés Wang ont osé m'affirmer tout à l'heure. Je crois que je vais les faire bastonner en public pour outrage au tribunal. Quant à vous, j'espère que vous venez enfin me révéler ce que vous savez ! J'en ai plus qu'assez d'entendre tout un chacun me mentir, dans cette enquête. Cela nous a déjà conduits à enterrer trois hommes. Vous et moi savons que ce n'est qu'un début, n'est-ce pas ?

– Votre Excellence a parfaitement raison, répondit le visiteur, qui s'exprimait d'une voix émue.

– Dans ce cas, reprit le magistrat en refermant la boîte, asseyez-vous et expliquez-moi tout ça. Je brûle d'apprendre de votre bouche le fin mot de ce sordide imbroglio. D'autant que, si je ne me trompe, vous avez tout intérêt à ce que j'attrape cet assassin au plus vite... avant qu'il ne s'en prenne à votre fluette petite personne.

Ti prit place dans son fauteuil. Souen Tsi s'installa lentement sur le siège en face de lui, comme un homme qui se sait déjà condamné à mort.

XV

Un boiteux révèle de tristes vérités ; une partie de cache-cache tourne au désastre.

Le premier scribe avait posé ses mains sur ses genoux et regardait le sol avec tristesse. Ti résolut de ne pas se laisser apitoyer par sa mine de chien battu.

— Vous étiez en poste, dit-il. Vous vous êtes donc trouvé aux premières loges. Racontez-moi un peu votre point de vue sur ces sinistres événements. Les dames Wang auraient dû présenter des recours pour faire reconsidérer cette affaire plus à leur avantage. Il me semble qu'on s'est fort pressé de les condamner.

Souen Tsi leva les yeux, mais les baissa aussitôt sur le plancher.

— Leurs démarches n'avaient que peu de chances d'aboutir, de toute façon, murmura-t-il. Je... Je n'ai fait qu'accélérer leur déception.

— Et comment cela, j'aimerais le savoir, demanda le juge en caressant sa barbe.

C'était l'occasion de voir un peu ce qui se passait dans les coulisses de son tribunal. Il soupçonnait le pire. Souen était extrêmement embarrassé.

– Eh bien... Votre Excellence n'est pas sans savoir que les magistrats ne sont rien sans les relais qui permettent aux dossiers de leur parvenir, sans leurs clercs, qui conseillent les plaignants, qui aiguillent les affaires dans la bonne direction... Nous, les scribes, ne sommes pas de simples gratte-papier, nous sommes la cheville ouvrière de la machine judiciaire.

Ti fit signe qu'il savait cela :

– Oui, oui. En un mot, vous avez jeté à la corbeille le placet que les dames Wang ont souhaité remettre à votre magistrat, conclut-il d'une voix calme. Je me trompe ?

Le secrétaire se jeta à genoux, les yeux rivés au tapis.

– Je jure à Votre Excellence que je ne mesurais pas la portée de mes actes ! Votre prédécesseur était surchargé de travail, à ce moment. C'était la saison des foires et il devait assumer le recensement trisannuel.

– Rasseyez-vous et racontez-moi comment cela s'est passé.

Souen Tsi boitilla jusqu'à son siège et débuta son récit d'une voix éteinte.

– Les deux concubines incriminées n'osaient pas paraître au tribunal, à cause des horreurs que les frères Wang avaient répandues sur leur compte. Elles restaient cloîtrées dans leur gynécée, d'où elles ont néanmoins réussi à me faire parvenir un plaidoyer pour leur défense. Je me trouvais dans la grand-rue de Pou-yang lorsque l'une de leurs filles m'a abordé. C'était une enfant charmante, d'une quinzaine d'années, tout à fait comme il faut, bien éduquée. Elle m'a attendri. Sur le moment, je me

192

suis laissé fléchir. J'ai accepté de recevoir le placet et promis de le transmettre au plus tôt à qui de droit.

Le juge Ti leva la main pour l'interrompre.

– Il y avait bien une pièce ou un lingot d'argent qui allait avec le document ? Pour votre peine...

Souen Tsi regarda ses pantoufles.

– Deux, seigneur juge. Mais je jure que seule la compassion a guidé mon geste.

– Et quel est le sentiment qui a guidé votre geste suivant ?

– La raison, noble juge ! À froid, j'ai reconsidéré la situation. Les frères Wang étaient alors des hommes puissants. Ils étaient en passe d'hériter la totalité de l'entreprise familiale, et l'on pouvait penser qu'ils allaient prendre la suite de leur père à la présidence de la guilde. Et moi, je n'étais rien ! Juste un petit clerc qui ne pouvait se permettre de se faire de tels ennemis !

– Un petit clerc qui avait des fins de mois difficiles... reprit le juge Ti. Combien de temps vous a-t-il fallu pour prendre votre décision ?

– J'ai longtemps hésité, je vous l'assure. Les concubines étaient perdues, de toute façon. Il m'a semblé opportun de tirer mon épingle du jeu tant que je le pouvais.

– Vous avez donc contacté les Wang plutôt que mon confrère, conclut le magistrat d'une voix sombre.

Souen Tsi fit un geste d'impuissance résignée.

– Leur majordome se rendait chaque matin sur le marché pour les besoins de son office. Il m'a été facile de lui toucher un mot, Les frères Wang se sont très bien comportés. Ils m'ont tout de suite reçu.

Ti imaginait fort bien leur empressement à rencontrer ce petit fonctionnaire compréhensif qui leur servait la tête de leurs ennemies sur un plateau.

– Et maintenant, vous tremblez parce que vous vous dites que la petite fille « charmante et bien éduquée » qui avait remis son destin entre vos mains vous a peut-être vu chez ses demi-frères ; qu'elle a peut-être répandu dans le gynécée la nouvelle de votre forfaiture ; et que si quelqu'un s'en prend aujourd'hui à ceux qui ont causé la perte de ces dames voici dix ans, il est fort probable que vous figuriez sur sa liste. Pour quelques pièces, cela fait cher ! Combien cela vous a-t-il rapporté, au fait ?

– Juste un lingot d'or, répondit Souen Tsi.

– Cela fait un bon prix, au poids du papier. Voilà donc ce que vaut votre vie, à présent : un lingot d'or. Quel effet cela fait-il, dites-moi ?

– Je souhaiterais n'avoir jamais touché cet or maudit ! clama le premier scribe avec effroi.

Ti soupira. Il hocha la tête de gauche à droite avec réprobation :

– Oui, mais voilà : c'est trop tard, et je suis désormais le seul rempart entre le tueur et vous. Je suis un peu comme vous, Souen : pour quelque étrange raison, je suis parfois tenté de renoncer à accomplir le devoir qui m'incombe. Et si je vous laissais vous débrouiller avec les conséquences de vos actes ? Après tout, je ne suis pas chargé de protéger les fonctionnaires véreux. Vous devriez être radié de l'administration pour ce que vous venez de me confesser. À défaut, je crois que quelqu'un va s'employer à vous radier de ce bas monde.

Souen Tsi baissa les yeux, l'air contrit, Ti eut presque pitié de lui.

– Expliquez-moi maintenant ce que vous faisiez devant le temple de la Vertu, lorsque je vous ai vu agresser cette prostituée enceinte, la nommée Camélia. Ou bien devrais-je dire Mme Cheng ? Ou Mlle Wang ? Ou simplement : votre victime ?

Souen Tsi était penaud. Ses efforts maladroits pour conjurer le sort n'avaient rien qui pût le rendre fier.

– Je dois avouer à Votre Excellence qu'il m'est arrivé, comme tout le monde, de fréquenter certaines maisons du quartier des saules, au nombre desquelles celle de Mme Yu. Quelle ne fut pas ma surprise, un soir, d'y croiser un visage connu. Il m'a fallu un moment pour mettre un nom sur ces traits, que j'avais entrevus dans des conditions toutes différentes. Force m'a été de reconnaître en cette fille déchue, cette Camélia, la demi-sœur des Wang, l'épouse répudiée de M. Cheng. J'avais moi-même copié les termes de l'acte selon lequel cet armateur déclarait se séparer de sa femme, dont il n'avait pas d'enfant. C'était peu après la mort de M. Wang et le procès qui s'en était suivi. M. Cheng avait épousé l'aînée des filles Wang deux ans plus tôt. Cette alliance avec le président de la guilde des armateurs servait ses intérêts dans la profession. Mais une fois son beau-père mort, sa belle-mère chassée et ruinée, il ne pouvait plus tirer aucun bénéfice de cette alliance. Comme vous le savez, il s'est remarié peu de temps après, de manière très avantageuse.

– Elle est belle, ma ville de Pou-yang ! dit Ti après un nouveau soupir. Nos navigateurs fluviaux sont des êtres pleins d'altruisme et de compassion ! Ils auraient besoin de quelques conférences sur l'éthique de Confucius. J'ai rarement vu l'enseignement du Maître aussi bafoué que dans cette cité.

Un silence pesant tomba sur le cabinet de travail.

– Je vais tout faire pour vous sauver, reprit le juge, mais je ne vous garantis rien. Pour commencer, vous allez résider au yamen. Vous ne quitterez ces locaux sous aucun prétexte. Finies, les promenades dans le quartier des saules. Si vous tenez à la vie, vous ferez ce que je vous ordonne.

Souen Tsi s'inclina avec reconnaissance et s'apprêta à sortir.

– Un instant, le retint le magistrat. Je vois que vous boitez toujours. Je suis un peu médecin. Levez donc votre robe, que j'examine cette jambe.

Comme le scribe hésitait à s'exécuter, Ti insista avec impatience :

– Notre coopération réclame la plus grande franchise. Allez ! Retroussez-moi ça !

Souen obéit. Il portait une longue marque de coup du mollet à la cuisse, dans les tons marron violacé.

– Vous vous trompez, dit le juge en posant son doigt sur la jambe meurtrie. Ce n'est pas du tout une foulure. J'ai d'ailleurs une idée de l'endroit où vous vous êtes fait ceci. Voilà qui ressemble à un coup reçu la nuit, sur un terrain vague, il y a deux jours... Une maison vous est tombée dessus !

Souen Tsi n'avait plus de raison de cacher quoi que ce soit. Il avoua être allé trouver la pocharde dans sa cabane, la nuit où Ti les avait surpris en pleine bagarre. Mme Lia, de son nom de jeune fille, était en réalité l'une des veuves Wang :

– Il s'agit de la quatrième épouse, celle qui fut accusée d'avoir couvert l'adultère de la Troisième. Je la connais, car elle est venue autrefois solliciter

196

des secours auprès du tribunal, au début de son malheur. Quel triste spectacle !

Souen avait pu assister à sa rapide déchéance. Chassée du gynécée, elle s'était mise à boire et à vivre d'expédients. Quand il avait commencé à soupçonner que les meurtres avaient un lien avec le procès Wang, il était allé la trouver pour lui demander des explications.

– Mais la pauvre femme n'a plus tout à fait sa tête. Elle a cru que je venais la voler, elle s'est débattue, et la masure n'a pas résisté à notre bousculade.

« Parfait, songea Ti. On commence par tromper les petites filles, on ruine les mères de famille, et on finit par molester les vieilles dames ! » Souen conclut avec embarras que, sur le coup, il avait préféré s'enfuir du terrain vague, plutôt que devoir rendre des comptes à son supérieur.

« Eh bien voilà, tout s'éclaire, se dit le juge. Il suffit que les rats prennent peur pour qu'ils vous déballent toute leur histoire. » Il libéra enfin son secrétaire, qui le dégoûtait de plus en plus.

Force lui était de reconnaître que, grâce à cette confession révoltante, il avait quelque peu progressé dans son enquête. Le meurtrier était certainement lié aux dames Wang et s'occupait de les venger. Une femme ? Possible. Mais aidée d'un complice. Le meurtre de Cheng n'avait pu être commis que par deux personnes au moins, qui s'étaient entraidées pour soulever le corps au-dessus du mur d'enceinte et le jeter dans la cour intérieure des Wang. Il pouvait déjà exclure Camélia, bien que tout conduisît à elle. Elle avait de bonnes raisons d'en vouloir au capitaine des sbires et au majordome, qui avaient humilié sa mère, ainsi qu'à Cheng, qui l'avait répudiée pour de honteux motifs. Mais il la voyait mal s'en prendre à des hommes dans la force de l'âge, handicapée par son gros ventre, même armée d'une épée.

Ti était ennuyé. Les trois défunts n'étaient pas exactement des innocents, mais tout de même, cela faisait du désordre. Et puis cela risquait de se reproduire. Son serviteur personnel, le sergent Hong, entra dans le cabinet de travail, un plateau à la main. Un petit billet y était posé. L'ayant déplié, Ti constata qu'il s'agissait d'une invitation à une soirée à la résidence des frères Wang. Son premier mouvement fut de renvoyer ces médiocres personnages à l'obscurité dont ils prétendaient sortir en recevant au vu de tous le premier magistrat de leur cité. Il s'apprêta à déchirer le billet, mais arrêta son geste. Après un instant de réflexion, il saisit son pinceau et rédigea au dos du feuillet quelques caractères polis, par lesquels il acceptait « avec joie » cette charmante invitation. Après tout, la famille Wang était au centre de l'intrigue, il serait intéressant d'aller faire un tour sur les lieux où s'était joué le destin des trois victimes. Peut-être restait-il dans l'air quelque fantôme assoiffé de vengeance, quelque effluve du mystère, quelque reliquat des faits terribles qui s'y étaient produits, dont se nourrirait son intuition, cet allié indispensable de tout bon enquêteur. On lui servait cette visite sur un plateau, c'était le cas de le dire, il aurait été présomptueux de sa part de dédaigner l'occasion, quel que fût son dégoût à l'égard des deux affreux qui avaient l'audace d'utiliser son prestige pour rehausser le leur.

Pour l'instant, d'autres lieux occupaient son esprit. Il revêtit une belle robe bleue au bonnet assorti et quitta le yamen à pied en direction du quartier des saules.

Au détour de l'avenue, il rencontra ses trois épouses et leur inévitable amie, qui revenaient de quelque magasin, toujours suivies d'un petit détachement de sbires. On se salua avec raideur, comme des gens fâchés de se surprendre les uns les autres dans leurs occupations intimes.

Une fois dans la rue de la maison close, il eut la surprise de voir un essaim de jeunes femmes occupées à ramasser les saletés qui trainaient çà et là, qu'elles entassaient dans de grands sacs en toile. Elles avaient posé sur leurs cheveux des chapeaux coniques de jonc tressé à larges bords, qui protégeaient du soleil leur teint de lait. Ti reconnut les pensionnaires de Mme Yu. Il se souvint que les prostituées, cantonnées au bas de l'échelle sociale, étaient astreintes à des corvées peu plaisantes, comme le nettoyage des rues. Non que leur participation fût nécessaire, mais l'État aimait à rappeler de cette manière voyante la hiérarchie des métiers et des classes sociales, dont elles occupaient le plus petit échelon. C'était apparemment le jour assigné à cette tâche ingrate. Le chef de quartier avait dû leur confier la propreté de tout le pâté de maisons ; elles en avaient bien pour deux heures. Ti se dit qu'il était un sot s'il ne parvenait pas à tirer profit de la situation.

Il se présenta chez Mme Yu, malgré l'heure plutôt matinale. La tenancière le reçut dans son salon, devant la traditionnelle tasse de thé odorant. Ti se dit qu'il commençait à faire figure d'habitué.

– Je vous ai préparé une surprise, annonça la maquerelle avec un large sourire.

Ti se demanda à quoi il devait s'attendre.

– Après votre première visite, Fleur-de-Pêcher a dû être mise au repos pendant trois jours. Après la seconde, Camélia a accouché sans prévenir. Étant donné que vous me les abîmez toutes, je vous ai réservé la personne qui me semble convenir à votre personnalité particulière.

Elle repoussa un rideau, livrant passage à un individu du genre féminin, doté de dimensions éléphantesques. Elle était pourvue d'une très forte poitrine et de hanches évasées, bienvenues pour contrebalancer l'aspect carré de ses épaules, où s'accrochaient des bras de portefaix prolongés de mains épaisses comme des battoirs.

– Voici Fleur-de-Mélèze, annonça la tenancière avec satisfaction. Vous ne risquez pas de me l'esquinter. Elle a les reins solides... et le reste à l'avenant.

À voir le bestiau, Ti n'en pouvait douter.

– Elle nous arrive de la forêt, où elle travaillait comme bûcheronne, d'où le nom que nous lui avons imaginé.

Ti aurait plutôt pensé qu'on l'avait choisi par une association d'idées avec l'aspect massif de l'arbre en question.

– Je dois préciser qu'elle s'entend à merveille à la pratique de certains arts martiaux, la lutte notamment, au cas où Votre Excellence désirerait la tester sur le plan physique ainsi que vous en avez l'habitude.

Ti restait sans voix face aux charmes déconcertants de Fleur-de-Mélèze. Mme Yu était ravie de son effet.

– C'est une nouvelle acquisition que j'ai faite pour répondre aux nouveaux goûts de la clientèle, dont vous êtes le principal représentant. J'ai lieu de croire que les exercices musclés sont à la mode, ces derniers temps.

Ti songea qu'il n'avait pas un sbire de ce gabarit, au yamen.

– On ne risque pas de me l'étrangler, celle-là ! conclut la tenancière en posant sur sa recrue le regard du maquignon pour ses chevaux de trait.

Le juge en était convaincu. Seul un assassin suicidaire aurait pu se risquer à l'attaquer. S'il surgissait dans la chambre de cette « frêle jeune femme », on n'aurait plus qu'à ramasser son corps désarticulé sur le tapis. La belle était peu ragoûtante, mais, pour l'usage que le magistrat comptait en faire, elle lui sembla aussi bonne qu'une autre. Il accepta de s'isoler avec elle dans l'une des chambres. Lorsque la pensionnaire se fut assise au bord du lit, qui déjà menaçait ruine, Ti lui proposa un jeu coquin : il allait lui bander les yeux et elle devrait le chercher. Fleur-de-Mélèze, à qui l'on avait dû toucher un mot des goûts étranges de ce client, accepta d'emblée :

– Je vous entends, noble juge, dit-elle avec entrain après qu'il eut noué un foulard derrière sa tête en forme de citrouille. Quand je vous aurai trouvé, vous ne pourrez plus m'échapper !

Il n'eut que le temps de faire un bond en arrière tandis qu'elle se levait pour balayer l'air de ses gros bras munis de véritables tentacules boudinés. Qu'il soit impossible de se soustraire à son étreinte une fois entre ses mains, il n'en doutait pas. Tout son art consisterait à ce que cette rencontre fatale n'arrivât jamais. Il ouvrit sans bruit la porte et se glissa à l'extérieur, laissant sa conquête explorer chaque recoin de la pièce.

L'idée lui était venue en voyant ces demoiselles occupées à nettoyer la rue. L'occasion était trop belle de visiter leurs appartements sans qu'elles aient de raison de se méfier. Aucune d'elles n'aurait pris la peine de dissimuler les indices qu'il espérait y découvrir.

À sa grande déception, la plupart des chambres ne contenaient rien de particulièrement intéressant. Seule la dernière du corridor s'avéra différente. Elle n'était pas meublée comme les autres. Ti comprit subitement d'où lui venait cette impression : la pièce ne possédait pas d'armoire de mariage. Il n'y avait qu'une personne dans cette maison – hormis les servantes – dont on pouvait être sûr qu'elle ne nourrissait aucun rêve de noces. C'était donc chez celle-là qu'il se trouvait.

Dans un grand coffre, il mit enfin la main sur ce qu'il cherchait. Il en sortit des bijoux de prix et de bon goût, pas du tout comme ceux que portaient habituellement les filles publiques ; des articles de vaisselle en argent estampillés ; un portrait délicatement tracé par un peintre de talent, et représentant un visage qui n'était pas inconnu du magistrat ; et la fameuse poupée de Fleur-de-Pêcher, qui l'avait tant intrigué. Confisquée, selon toute vraisemblance. On aurait dit la malle d'une femme de la haute bourgeoisie, qui emportait en voyage les luxueux objets sans lesquels elle n'aurait su vivre. C'était bien de cela qu'il s'agissait en réalité : de ce qu'on avait pu prendre avec soi au moment d'un exil précipité.

Un grand remue-ménage se fit dans le couloir. Ti se hâta de refermer le coffre et sortit voir ce qui se passait. Fleur-de-Mélèze, toute à son jeu, son bandeau sur les yeux, était en train de renverser tous les objets, vases, bibelots et guéridons, et se cognait avec fracas dans tous les meubles. Mme Yu, attirée par le ramdam, accourut pour constater les dégâts. Son premier geste fut d'ôter le bandeau qui masquait les yeux de sa pensionnaire.

– Qui a lâché un éléphant dans ma maison ? s'écria-t-elle en contemplant son mobilier sens dessus dessous. Ma parole, tu es folle, ma fille ! Qu'est-ce qui te prend ?

Son regard tomba sur le juge, rencogné sur le seuil d'une des chambres, l'air coupable.

– Ah, je vois que c'est une facétieuse invention de Son Excellence, ajouta-t-elle, un ton plus bas. Les désirs de notre honorable clientèle sont des ordres, même s'ils sont parfois difficiles à saisir.

Fleur-de-Mélèze souffla quelques mots à l'oreille de sa patronne. Sans doute lui expliqua-t-elle les jeux pervers auxquels son client venait de la forcer à participer, car la tenancière posa un regard nouveau sur le magistrat : cet homme lui semblait de plus en plus tordu, ses goûts devenaient déroutants. Ce qui l'étonnait le plus n'était pas la calamiteuse partie de colin-maillard, mais le fait qu'aucun des deux ne se fût déshabillé avant de commencer. Au pays des fantaisies sexuelles, un jeu anodin semblait la pire perversion qui soit.

XVI

*Le juge Ti dîne dans une forteresse improvisée ;
un mauvais plaisant gâte sa digestion.*

L'heure était venue pour le magistrat de se rendre
à l'invitation des armateurs, ces deux parangons
de la joie de vivre et de l'amour du prochain. Il
s'excusa pour le dérangement, prit congé de ses
hôtesses, et passa par le yamen pour se changer. Il
convenait d'enfiler une tenue somptueuse, susceptible d'impressionner les Wang. N'était-ce pas pour
ses facultés de représentation qu'on le conviait ? Ils
allaient en avoir pour leurs œufs de cent ans à la
croûte de chaux.

À la sortie de ses appartements, il eut le bonheur
de croiser ses épouses, qui lui annoncèrent sans
ambages qu'elles sortaient, elles aussi : Mme Sui
profitait de ce que son mari se rendait à une soirée
pour organiser de son côté une réception de dames.
Comme elles savaient que le magistrat comptait
assister à cette même soirée, elles avaient accepté
l'invitation sans hésiter.

Ti grommela deux ou trois mots auxquels nul ne
prêta attention. Il était trop absorbé par le cas des

205

frères Wang pour se pencher durablement sur celui de ses épouses, qui ne perdaient rien pour attendre. Il s'installa sur les coussins du palanquin, bien décidé à ne laisser aucun nuage domestique le détourner de ses investigations.

Il s'était demandé quelle pourrait être la réaction des armateurs devant l'évidence – inévitable quoique tardive – que le danger se rapprochait de leurs petites personnes. Dès qu'il parvint au porche de leur résidence, la réponse s'imposa à lui. Leur demeure s'était changée en camp retranché. Deux rustres armés de piques en gardaient l'entrée, on aurait dit quelque palais de prince sous protection militaire. Ti aperçut à chaque extrémité de la rue un fier-à-bras accompagné d'un molosse au bout d'une chaîne, qui patrouillaient le long du mur d'enceinte. Ce n'était pas ce soir-là que l'on risquait de leur balancer un cadavre sur la tête ! Une fois dans la cour d'honneur, il vit qu'on était allé jusqu'à poster sur les toits de divers bâtiments quelques personnages doués d'équilibre, munis de gourdins, qui surveillaient le paysage depuis ces positions stratégiques. Il y avait visiblement de l'emploi pour tous les gaillards de Pou-yang, ils s'étaient donné rendez-vous chez les Wang pour recevoir leur part des trésors que les armateurs dépensaient sans compter, tout à un effroi qu'il leur semblait urgent de conjurer. Ti estima pour sa part qu'il se serait senti plus en sécurité sans ces individus douteux et musculeux, dont le *curriculum vitæ* n'avait probablement pas été examiné à la loupe lors de l'embauche. Leurs capacités physiques avaient dû suffire à conquérir le cœur de leurs nouveaux patrons. Ces Wang étaient bien aussi bêtes et impulsifs qu'ils lui avaient paru. Ils couraient un plus grand risque de cambriolage ou de mauvais coup en présence de ces malabars qu'en leur absence !

Au contraire, ce fut le visage apaisé et souriant qu'ils marchèrent d'un même pas au-devant de leur visiteur. On avait allumé lampions et lanternes. Dans le jour déclinant, la décrépitude de la cour d'honneur se voyait moins. Elle retrouvait à la faveur de l'obscurité sa splendeur passée. On aurait pu croire, l'espace de cette soirée, que le temps où leur père dirigeait la guilde la plus puissante du district était encore d'actualité. C'était un miracle, un pari gagné, pour quelques instants, contre le flux du temps qui emporte toute grandeur sur son passage, munificence des lieux et ambitions de ceux qui les habitent. Des flambeaux majestueux encadraient l'escalier menant à la promenade couverte. Dans un coin du grand salon, un groupe de musiciens interprétait des airs connus. Une ribambelle de serviteurs loués pour l'occasion se tenait le long d'une table chargée de réchauds et de flacons, prêts à ouvrir le banquet sur un signe des maîtres.

Ti ne pouvait se leurrer sur le sens de cette démonstration de luxe. Ses hôtes offraient cette soirée pour donner le change, faire taire les rumeurs qui les disaient aux abois. Ces tristes événements n'étaient pas bons pour les affaires, c'était de la mauvaise publicité. « Qu'ils sont donc bêtes », songea le juge. Leur indécrottable manque d'à-propos pointait sous ces déploiements de fastes contredits par l'abondance de gardes, que nul ne pouvait ignorer. C'était comme accrocher des guirlandes de fleurs autour d'un écriteau proclamant « Attention danger ! ».

Il y avait du monde, mais Ti vit bien qu'il ne s'agissait que de seconds couteaux du commerce fluvial, des commis, des comptables, de petits employés contents d'être là à la place de leurs patrons, et néanmoins assez médisants sur leurs bienfaiteurs d'un soir. Ti surprit des remarques acerbes sur la splendeur perdue des propriétaires. La vraie bourgeoisie de Pou-yang les avait lâchés. Le scandale, remonté à la surface à cause des meurtres, avait fini de les couler dans l'opinion publique, après dix ans de mauvaise gestion et d'acrimonie. Ce n'était pas avec ces invités-là qu'ils allaient se faire élire à la tête de leur précieuse guilde. C'était à l'enterrement de la gloire des Wang qu'on l'avait convié en réalité. Force lui fut de constater que leur but n'était pas atteint. On murmurait derrière leur dos. « Quelle clique ! » ne put-il s'empêcher de s'exclamer intérieurement.

– Nous avons tenu à organiser cette petite sauterie, malgré la difficulté de recevoir quand on n'a plus de majordome, expliqua l'aîné des deux, qui avait revêtu pour l'occasion ses plus beaux atours d'armateur sur le déclin.

– Je comprends votre malheur, répondit Ti. Moi-même, je n'ai plus de capitaine des sbires, c'est fort gênant.

Les Wang pincèrent le nez au rappel de ce que les serviteurs tombaient comme des mouches, ces derniers temps. Le tueur ne risquait-il pas d'avoir le mauvais goût de s'attaquer aux maîtres après avoir trucidé les employés ? Le juge en était convaincu, et les Wang, en dépit de leur intelligence bornée, avaient suivi le même raisonnement.

Diverses tables avaient été disposées dans la

salle. Chacun pouvait s'asseoir ou rester debout pour passer d'un groupe à l'autre. C'était un repas d'allure informelle, selon la mode du moment. Les convives erraient entre les plateaux de mets froids ou chauds qui leur étaient proposés, chien, serpent, anguille et préparations végétariennes destinées aux bouddhistes pratiquants. Un ballet de valets attentionnés leur prodiguait une infinité de plats sucrés, salés, amers, frits ou marinés. De tous côtés, des braises faisaient tiédir les divers vins de riz, de céréales et de légumes fermentés offerts aux palais des amateurs.

À peine Ti se fut-il assis à une table qui ne lui avait pas semblé trop mal fréquentée, que les Wang prirent place à ses côtés pour s'assurer qu'il prenait plaisir à leur petite soirée. Il leur aurait bien répondu qu'il la goûtait davantage la minute d'avant, mais se contenta de leur prodiguer un sourire énigmatique qui suffit à les ravir. Ses hôtes se mirent en devoir de remplir son assiette de pattes de poulet vapeur et d'intestin de canard au gras de porc, sans s'inquiéter de savoir s'il les appréciait ou non. Afin de briser le silence embarrassant qui menaçait de s'installer, il leur posa la première question qui lui vint à l'esprit et leur demanda de quoi était morte leur mère regrettée. Wang Gu-li poussa un profond soupir, comme si le décès s'était produit la veille, aussitôt imité par son gros cadet, véritable ombre déformée du frère aîné.

– Notre splendeur actuelle ne doit pas vous tromper, dit Wang-le-sec, compassé, comme s'ils s'étaient arrachés à la misère au prix d'efforts acharnés, au lieu d'avoir tout bêtement hérité de leur père. Notre maison n'a pas toujours été ce havre d'harmonie et de bonne entente, où chacun sait conserver sa place et ne pas empiéter sur les prérogatives des maîtres – je veux dire de mon frère et de moi. Il fut un temps où certains membres de la famille osaient porter le désordre au cœur de notre clan. Ces dissensions ont hélas eu raison de notre pauvre mère.

Un petit effort de traduction s'imposait. Ayant remis les phrases dans le bon ordre, Ti comprit qu'ils accusaient à demi-mot le chagrin d'avoir tué leur mère, un chagrin causé par ses mauvaises relations avec les deux dernières compagnes de leur père, celles-là mêmes qui avaient été condamnées pour adultère.

– La fin a bien montré, d'ailleurs, combien ces personnes étaient retorses et dépourvues de moralité, reprit le grand Wang, tandis que son benjamin hochait la tête comme un pantin. L'une d'elles a eu une aventure avec un colporteur de passage. L'autre a couvert cette liaison scandaleuse d'un silence coupable. Mon père aurait pu les faire exécuter pour ce crime ! Sa bonté l'en a empêché. Il est mort de tristesse. Nous nous sommes chargés de venger sa mémoire et de laver l'opprobre dont notre honneur avait été souillé.

Ti considéra ces deux êtres perpétuellement insatisfaits, perdus dans la contemplation de leur soirée tissée de faux-semblants. Les deux fils de la première Mme Wang étaient soudés par leur héritage. Sans doute n'éprouvaient-ils même pas de sentiments amicaux ou d'estime l'un envers l'autre. Ils se voyaient forcés de partager le palais paternel, son entreprise et ses robes de chambre. Ils étaient en outre réunis par l'esprit de clan. Il n'était pas difficile de deviner, sous le vernis d'onctuosité dont se parait l'aîné, autant de sécheresse de cœur que de vraie méchanceté. Le puîné n'était qu'impulsif et stupide. Les murs peints en rouge de cette demeure patricienne, à l'imitation des résidences des nobles, évoquaient à présent au juge Ti le sang qui y avait été versé et le crime qui s'y était perpétré. Ce n'était pas d'un adultère éventuel et somme toute douteux que leur honneur était souillé – un événement qui, s'il s'était réellement produit, aurait gagné à être tenu secret. C'était leur bêtise mêlée d'orgueil mal placé qui jetait une ombre sur leur nom. On ne voyait plus que cela : la fourberie, et l'horreur qui en avait découlé. Tous les lampions de l'empire auraient été impuissants à dissimuler cela.

Ti vit non loin d'eux Wang Ji, qui boudait dans son coin. Il lui fut impossible de discerner si le jeune homme était venu pour faire plaisir à ses demi-frères, ou pour assister de plus près à leur chute. Il remarqua aussi ce brave M. Sui, le mari de l'amazone, qui se bourrait éhontément de sucreries sans s'inquiéter de savoir où sa femme courait la nuit, ni si elle entraînait avec elle les épouses des gens honnêtes. Il fut tenté de lui toucher un mot à ce sujet, mais renonça, à l'idée que ces dames risquaient d'en prendre ombrage et de redoubler leurs efforts en matière de dévergondage incontrôlé.

Lorsque les invités eurent fait un sort au service des entrées, Wang l'aîné fit signe à un serviteur, qui repoussa le rideau d'une porte. Un groupe de courtisanes aux tenues élaborées pénétra dans la pièce à petits pas gracieux. Chacune de ces demoiselles prit place à l'une des tables, pour entretenir les convives qui s'y régalaient. Ti reconnut parmi elles la sculpturale Rouge-Pivoine, sous son maquillage délicat et son air hautain.

Ti faillit renverser le bol de sauce à la fécule et aux abats mijotés qu'il portait à ses lèvres pour s'humecter le palais. Il venait d'apercevoir au milieu des convives une personne qui n'aurait dû en aucun cas s'y trouver, ne serait-ce que parce qu'il l'avait priée de rester enfermée dans son logement : son premier scribe était tranquillement en train de deviser avec leurs hôtes, au milieu des assiettes d'amuse-gueules en forme d'oiseaux et de papillons. Le juge devina que les Wang l'avaient invité pour discuter un peu de leur affaire. La foule des commensaux avait dû sembler à Souen Tsi une garantie de sécurité, tout comme la présence du magistrat. Chacun n'en faisait qu'à sa tête, décidément ! Un homme qu'il avait été à deux doigts d'inculper pour concussion et dissimulation de preuves banquetait paisiblement à deux tables de lui ! Verrait-il bientôt ses détenus se détendre en ville entre deux interrogatoires ? Il allait se faire un devoir de remercier ses hôtes de lui procurer l'honneur de dîner en compagnie de ses employés.

Ti remarqua soudain que le secrétaire suivait les évolutions des courtisanes avec un vif intérêt. Les gésiers confits à la sauce gluante n'avaient pas l'air de passer : il était livide. Ti aurait juré que son front était humide de sueur. Il le vit bientôt quitter son siège et s'éclipser à l'intérieur de la maison.

De temps en temps, l'une des courtisanes se levait pour gratifier l'assistance d'un échantillon de ses talents, à la demande expresse de ceux qui l'entouraient. C'était un tour de chant avec accompagnement musical, une danse évocatrice du vol de la colombe ou du doux balancement du chrysanthème au vent d'automne, une démonstration de luth dans la plus pure tradition, ou une récitation poétique des auteurs en vogue. Elles avaient assez d'expérience pour saisir le moment où le brouhaha des conversations, en faiblissant, indiquait un rafraîchissement de l'ambiance. Grâce à elles, l'intérêt de la soirée rebondissait sans discontinuer. Ti se dit que la soirée aurait été réussie sans la présence des Wang, qui considéraient chaque numéro comme l'expression de leur gloire recouvrée et tentaient de détourner à leur profit les applaudissements prodigués aux belles artistes, une faute de goût rédhibitoire. Il répugnait au juge de voir des rejetons de vieilles familles se comporter comme des parvenus. Leurs efforts pitoyables faisaient, il est vrai, une sorte de pendant comique au sérieux des divertissements. Ils assuraient sans le savoir le côté grotesque du spectacle. Ti se promit de les inviter au yamen pour distraire ses propres invités : on ne rencontrait pas tous les jours deux clowns aussi doués pour le ridicule.

Souen Tsi réapparut. Il prit un siège non loin de son patron et tâcha d'engager la conversation. Ti, quelque peu froissé de constater qu'on s'asseyait sur ses directives, fut intrigué par l'état de son premier scribe : il paraissait aux abois, il était incapable d'aligner deux phrases cohérentes. Agacé par ses bredouillements inintelligibles, Ti le somma de rentrer sur-le-champ au yamen : il serait toujours temps de voir, le lendemain matin, ce qu'il avait à lui dire. Il reporta son attention sur les prestations des courtisanes, toutes plus accortes les unes que les autres. Elles disparaissaient à tour de rôle derrière le rideau pour se changer ou retoucher leur mise. C'était un véritable ballet de gracieux papillons, beaucoup plus intéressant que les balbutiements de son secrétaire.

Lorsque la ronde des plats principaux fut terminée, Ti alla faire quelques pas le long de la promenade couverte, pour aider sa digestion en attendant d'attaquer le troisième service, celui des pâtisseries et des fruits préparés. Un invité le frôla en courant : il pourchassait une courtisane qui faisait mine de fuir avec des piaillements effarouchés. L'homme, sans doute à moitié gris, se prit les pieds dans un rideau tombé au sol. Ti songea que c'était décidément une soirée de bon goût, toute de tact et de délicatesse. Échauffés par l'alcool et par les démonstrations plus ou moins dénudées des danseuses, les commis venus se goinfrer à la place de leurs patrons se laissaient aller. Le satyre se releva avec un juron et massa sa jambe douloureuse. Non seulement il s'était fait mal, mais la nymphe avait profité de l'incident pour rejoindre des lieux plus sûrs. Le commis donna un coup de pied rageur dans le tas de tissu auquel il devait sa chute. Celui-ci rendit un son mat. Un horrible pressentiment étreignit le magistrat. Il s'approcha et souleva un pan du rideau. Un corps s'y trouvait, ramassé sur lui-même.

– Qu'est-ce que c'est que cet ivrogne ? glapit le commis éméché.

Ti finit d'ôter l'étoffe. L'homme se trouva dès lors étendu sur le sol, les bras en croix. On ne pouvait douter qu'il fût mort. Certains invités, qui s'étaient approchés avec curiosité, s'écartèrent en poussant des cris d'horreur. L'estomac du commis, déjà mis à mal par les agapes, n'y résista pas : il s'appuya d'une main contre le mur et rendit tout ce qu'il avait ingurgité depuis son arrivée.

– Je ne resterai pas une minute de plus dans cette maison ! clama quelqu'un.

– Je crains que ce ne soit néanmoins inévitable, répondit le juge.

Il donna l'ordre au malabar le plus proche de fermer les portes et d'interdire la sortie à qui que ce fût, ses patrons y compris. Ces derniers arrivaient justement, attirés par la rumeur.

– C'est votre scribe, noble juge ! s'écria Wang To-ma en plaquant ses grosses mains sur ses joues flasques.

Ti ne sut si le ton de sa voix exprimait plus de surprise ou d'horreur que de soulagement de constater que ce n'était, pour une fois, ni l'un de leurs domestiques, ni de leurs voisins, qui avait servi de cible. La balle revenait dans le camp du yamen.

Le juge se pencha sur le corps. Souen Tsi avait une épingle à cheveux fichée dans la poitrine, à hauteur du cœur. Ti leva les mains au ciel :

– Eh bien, bravo ! C'est réussi ! Personne ne m'écoute ; nous en voyons le résultat. Au moins, je sais à présent qui sera la prochaine victime du tueur.

– Qui donc, noble juge ? demanda le gros Wang d'une voix blanche.

– Vous deux, répondit le magistrat. Cela me semble évident. Le couperet est sur votre nuque.

Les Wang tressaillirent à cette perspective.

– Tant qu'il nous restera un souffle de vie, nous nous battrons ! affirma le cadet.

– Je n'en doute pas. Mais contre qui ? Le tueur a

cet avantage qu'il sait où vous trouver, tandis que vous ignorez totalement qui il est. Car vous l'ignorez, n'est-ce pas ?

– Nous savons qu'il s'agit d'un scélérat sans scrupules ! s'écria Wang Gu-li, les poings serrés de rage devant ce nouvel affront.

– Oui, mais cela ne vous avance guère.

L'aîné des Wang était au bord du malaise, et son frère aussi, par contagion.

– Votre Excellence se doit d'assurer notre sauvegarde ! glapit Gu-li, dont le teint venait de prendre une nuance de cire.

Ti proposa de les héberger au yamen pour leur sécurité.

– Très bonne idée ! lança Wang To-ma. Votre Excellence dispose sans doute de logements pour des cas semblables ?

– Certainement. Nous appelons cela la prison.

Les deux Wang restèrent bouche bée. Gu-li bredouilla qu'ils étaient infiniment reconnaissants à Son Excellence de ses attentions, mais ne désiraient surtout pas déranger, et se contenteraient donc de leur humble demeure en guise de place forte.

– Comme vous voudrez, répondit le juge. Je vous conseille dans ce cas d'enquêter un peu sur le passé de vos gardes du corps. Je crois avoir croisé plusieurs visages déjà entrevus dans ma salle d'audience lors d'affaires crapuleuses, et pas comme témoins. Je ne serais guère surpris d'apprendre qu'il se cache quelques bandits de grands chemins et autres escrocs à la petite semaine parmi vos recrues.

Il laissa les Wang serrés l'un contre l'autre, jetant autour d'eux des regards effarouchés, comme deux orphelins perdus dans un bois obscur et guettés par les tigres. Gu-li baissa les yeux sur l'objet de leur malheur. Son expression changea.

– Je donnerais cher pour savoir quel est le chien qui a osé trucider cet homme chez nous, avec l'un de nos propres articles de toilette, grogna-t-il avec indignation.

Ti haussa le sourcil. Il se pencha sur la dépouille et vit que ce Wang avait eu l'œil plus vif que lui. L'épingle de femme plantée dans la poitrine du mort était en effet estampillée du cachet de leur famille.

– Que font les dames de la maison ? s'enquit-il.

On les avait toutes confinées dans leurs apparte-ments. Étant donné la présence d'invités du sexe masculin, les portes du gynécée avaient été fermées à double tour, conformément à des règles de décence qui dataient un peu. Le gros To-ma désigna fièrement la clé pendue à sa ceinture, comme s'il s'était agi d'un trophée. Ti réfléchit un instant.

– Et les courtisanes ? demanda-t-il. Où les avez-vous mises ?

On leur avait attribué une pièce pour qu'elles puissent se changer entre deux performances artis-tiques. Les suivantes qui les avaient accompagnées les y attendaient pour les aider à retoucher coif-fures, parures et maquillages. Ti se fit conduire dans cette salle. Les artistes et leurs assistantes s'étaient rassemblées là dès les premiers cris d'alerte. Elles s'inclinèrent à l'entrée du magistrat. L'endroit était encombré de robes, de pots de fards, de faux chignons et d'ustensiles de toilette en tous genres. Il reconnut les deux assistantes debout près de Rouge-Pivoine : il s'agissait de Lotus-Pâle, la fille filiforme et volubile qui lui avait fait visiter le palais de fleurs, et la timide Fleur-de-Pêcher.

« Tiens, tiens », se dit le juge. C'était la seconde fois qu'il tombait sur cette jeune personne en suivant les traces d'un cadavre. Elle avait donc le don d'attirer la catastrophe sur les hommes qui l'approchaient. Contrariées par l'interruption, les courtisanes attendaient de savoir si la soirée allait se poursuivre ou si elles pouvaient rentrer chez elles ; dans ce dernier cas, elles auraient aimé que l'économe de la maison passe leur régler leur dû.

À tout hasard, Ti demanda si elles avaient noté un détail curieux ou une attitude incongrue de la part d'un des hôtes. Elles assurèrent n'avoir rien remarqué, bien entendu ; elles étaient trop occupées par les exigences de leurs prestations. Le juge en vint au véritable motif de sa présence : il examina leurs coiffures, à la recherche d'une épingle manquante, passant de tête en tête comme un coiffeur soucieux d'examiner le travail de ses apprentis. Si l'une d'elles l'avait tirée de ses cheveux pour en percer le scribe, elle avait eu tout loisir de changer sa coiffure depuis lors, aussi ne trouva-t-il rien.

Après avoir pris congé de cet aréopage de fleurs, il donna des ordres pour qu'on transportât le corps au tribunal, libéra les convives et s'en retourna lui-même vers son yamen, non sans avoir prodigué à ses hôtes le compliment obligatoire sur la peine qu'ils s'étaient donnée pour assurer la qualité de leur accueil – ce qui sonnait bizarrement, en la circonstance, vu le drame qui s'était produit entre les plats chauds et le dessert.

Il réfléchit tout le long du chemin au dilemme qui se présentait à lui : avait-il pour mission de protéger les imbéciles ? Des imbéciles déplaisants, qui plus est ! Il avait fort envie de les abandonner à leur forteresse en papier gardée par des malfrats. Ce qui le poussait à résoudre cette enquête n'était en fait que la curiosité d'en connaître le fin mot, ou à la rigueur l'envie de rétablir l'ordre dans sa circonscription malmenée par ces scandales à répétition. Confucius n'aurait pas apprécié cette manière de pratiquer l'amour du prochain. Ti soupira. Confucius avait été divinisé. Il ne possédait pas, pour sa part, de vertus divines ; elles lui auraient été pourtant bien utiles pour supporter les Wang.

Il regrettait d'avoir été incapable d'éviter à son scribe ce triste sort, et prenait cet assassinat comme un échec personnel. C'était l'aspect désagréable, et même humiliant, de cette affaire. Il allait faire payer au meurtrier son outrecuidance. Commettre un crime presque sous ses yeux, dans une demeure où il se trouvait en tant qu'invité ! C'en était plus qu'il n'en pouvait supporter de la part des délinquants de Pou-yang. Les malfrats devaient garder le sens de la mesure : des meurtres, à la rigueur, mais en sa présence, c'était inacceptable. Ils avaient franchi les bornes de la décence, et c'était la plus grande faute qu'il fût possible de commettre dans l'Empire fleuri. Il allait se charger de le leur rappeler.

XVII

Un spectre réclame à boire ; des impudents jouent du tambour sur le seuil du tribunal.

Il était tard. Seuls le balancement et les cahots du palanquin qui le ramenait au yamen maintenaient Ti éveillé. Il mit à profit cette pose pour ruminer les événements de la soirée.

En toute logique, l'une des trois pensionnaires de Mme Yu, Lotus-Pâle, Rouge-Pivoine ou Fleur-de-Pêcher, était une demoiselle Wang ; lorsqu'il saurait laquelle, il tiendrait sa meurtrière. Fleur-de-Pêcher avait sa préférence, puisqu'il l'avait trouvée dans la pièce où gisait le premier cadavre, celui du chef des sbires. Mais pouvait-on sensément imaginer que cette frêle personne eût décapité un homme dans la force de l'âge ? Dans sa propre chambre, sur son propre lit ? Pour ensuite feindre l'évanouissement et la terreur ? C'était difficile à croire. Elle n'avait rien d'un manieur de sabre, ni d'une actrice chevronnée. C'était beaucoup demander à la douce jeune fille qu'elle semblait être. Rouge-Pivoine cachait-elle sous ses grands airs une âme d'assassin ? Il la voyait mal découper ses clients à coups d'épée, au risque de salir ses belles toilettes, de casser l'un de ses ongles peints, ni errer la nuit à travers les ruelles, en quête de victimes à transpercer dans un coin sombre. Il aurait fallu pour cela qu'elle quitte ses robes longues et les socques à semelles épaisses sur lesquelles elle arrivait à peine à mettre un pied devant l'autre. Lotus-Pâle feignait-elle la fragilité et le détachement pour mieux tromper ses cibles ? De toute façon, l'idée d'une femme assassinant tant d'hommes heurtait son sens des rapports entre les sexes.

Une fois au yamen, il ordonna au sbire de service de faire prévenir le contrôleur des décès qu'il aurait à pratiquer l'examen du nouveau défunt à la première heure. C'était le quatrième en quelques jours, il fallait s'attendre à ce que le médecin réclame une prime. Cela fait, Ti alla s'allonger sur son sofa et prit un bref repos jusqu'au petit matin.

Dès qu'il eut avalé sa collation, il alla faire un tour dans les appartements de ses épouses pour voir s'il était toujours marié. Il trouva ses femmes en pleins préparatifs de sortie, sous l'œil de l'indéracinable Mme Sui.

– Vous sortez ? demanda-t-il d'un air aussi dégagé que possible,

Ce fut l'abominable Sui qui répondit. Il ignorait jusqu'à cet instant qu'elle était sa quatrième compagne.

– Nous nous en voudrions d'assommer Votre Excellence du récit de nos petites occupations, alors que vous avez tant à faire, dit-elle avec impudence. Je me suis laissée dire que de regrettables incidents s'étaient encore produits dans notre dangereuse cité ?

Comme Ti ne répondait pas, tout à son irritation

de se voir interroger de la sorte, la Sui reprit sans se démonter :

– Les mauvais sujets qui se permettent de telles exactions ne sauraient courir longtemps, avec un magistrat tel que vous.

Il hocha la tête en manière de remerciement. Mme Sui, apparemment dévorée de curiosité, résolut d'attaquer de front :

– Êtes-vous sur une piste ? On m'a dit que vous enquêtiez assidûment du côté de certains quartiers... à la périphérie de la ville.

Les visages de ses épouses se fermèrent à cette évocation. Ses visites dans le monde des saules devaient alimenter des spéculations enflammées entre ces dames, lorsqu'il avait le dos tourné. Elles brûlaient de savoir si ses escapades étaient réellement justifiées par ses investigations, ou s'il s'était lancé dans une activité adultérine effrénée qu'elles ne lui avaient pas connue jusqu'alors. Il rougit légèrement. Pouvaient-elles imaginer qu'à près de quarante ans il se découvrît brusquement une âme de séducteur insatiable, de viveur impénitent ? Ce soupçon lui parut choquant, injuste, puéril. Il était toutefois trop imbu de son statut d'auguste magistrat pour accepter de s'abaisser à présenter sa défense devant ce jury féminin improvisé. Laisser planer le doute lui semblait par ailleurs une excellente punition envers les velléités d'indépendance de ses compagnes.

– Je suis tout dévoué aux devoirs de ma charge, quelles que soient les tâches qu'il m'incombe d'accomplir, répondit-il simplement, les mains croisées sur le ventre, comme un sage venant de débiter une maxime confucéenne.

La repartie était loin de satisfaire ces dames. Elle laissait la place à toutes les supputations, ce qui était bien là le but recherché.

– Eh bien, nous, lança Madame Première, telles que vous nous voyez, nous avons l'intention d'aller déjeuner sur l'herbe au milieu des prés.

Ti manqua suffoquer.

– Vous ne prévoyez pas de vous occuper un peu de votre foyer et de vos enfants, pour changer ? répliqua-t-il sur un ton acerbe.

Il était sur le point d'exploser lorsqu'un domestique annonça qu'une servante de Mme Sui désirait lui parler d'urgence. Leur visiteuse s'écarta pour recevoir sa domestique, qui lui tint un long discours à voix basse, la mine inquiète.

– Je vous prie de m'excuser, très chères amies. On m'apprend qu'une de mes parentes est tombée gravement malade. Je dois me rendre sans plus attendre à son chevet. Nous irons pique-niquer demain, si vous n'y voyez pas d'inconvénient.

Ti se demanda quelle maladie pouvait détourner ce général en jupons du travail de sape de son ménage, auquel elle se consacrait avec tant de passion. Il ne pouvait s'agir que d'une tante à héritage à l'article de la mort, il ne voyait que cela pour arracher la Sui à cette œuvre de démolition, son exaltant loisir de ces derniers jours.

Il contempla la déconfiture de ses femmes, qui remâchaient d'un air morne leurs projets contrariés. Le sergent Hong vint l'avertir qu'un serviteur de M. Wang Ji venait d'arriver. Il avait raconté au sergent une histoire confuse : sa patronne, victime d'un malaise, aurait émis le vœu que le magistrat se rendît à son chevet dès qu'il le pourrait.

Piqué par la curiosité, Ti laissa ses épouses à leur déception et courut enfiler une robe d'extérieur. Contrairement à ses habitudes de marcheur invétéré, il sauta dans une chaise à porteurs afin d'aller plus vite et se fit conduire d'un pas alerte à la demeure du jeune Wang.

Il fut reçu par le maître de maison, fort inquiet : sa mère avait été la proie d'une crise étrange. Au lieu de se reposer, elle n'avait eu de cesse de faire avertir le magistrat plutôt que d'accepter la visite d'un médecin. Après que Ti eut prodigué ses regrets pour le triste état de santé de la vieille dame, on l'introduisit dans la chambre qu'il connaissait déjà. Les volets avaient été fermés. Seules deux petites lanternes éclairaient faiblement la tête de lit. La malade était allongée sous un drap brodé. Le jeune garçon que Ti avait vu auprès d'elle la fois précédente l'éventait doucement.

Ti se dit navré de voir qu'elle ne se sentait pas bien et formula des vœux pour sa rapide guérison. Puis il attendit de savoir pour quel motif on l'avait dérangé. Mme Wang se redressa sur ses coussins. Elle fit signe au garçon de lui tendre un bol de thé et s'humecta la bouche tandis que le juge refusait une tasse.

— Que Votre Excellence me pardonne de l'avoir détournée de ses occupations, dit la vieille dame. Comme je sais que vous vous intéressez de près aux anciennes affaires de ma famille, j'ai cru bon de vous faire prévenir.

Il l'engagea à poursuivre.

— Le spectre de la concubine morte est revenu me tourmenter ! Je venais de me réveiller, j'étais en train d'ouvrir mes volets. En y repensant, je crois que l'on avait gratté, c'est ce qui a dû me tirer du sommeil. Alors que j'étais à ma fenêtre, la forme blafarde m'est apparue comme je vous vois, elle a surgi du néant et m'a parlé. Le fantôme s'est mis à tenir des propos incohérents.

Elle s'interrompit, encore troublée par ce souvenir. Elle n'était pas remise de son émotion.

– Que vous a-t-il dit ? s'enquit le juge. A-t-il évoqué une vengeance ? A-t-il parlé des meurtres ? Son témoignage est-il susceptible de faire avancer l'enquête ? S'est-il accusé de quelque forfait ?

Mme Wang eut l'air étonnée.

– Non, pas du tout. Ses paroles furent assez obscures, à vrai dire. Son élocution laissait à désirer. Je crois qu'il réclamait à boire.

– À boire ? répéta le juge avec étonnement.

Ti chercha dans sa mémoire si l'on connaissait des cas de fantômes accablés de soifs inextinguibles. Il y avait certes des démons alcooliques : nul vice ne leur était étranger. La luxure et la boulimie étaient cependant plus courantes.

– C'est une métaphore, sans doute, reprit la vieille dame. Ces succubes se nourrissent des humeurs des vivants, tout le monde sait cela. C'est du sang qu'il me réclamait, j'en suis sûre. Je l'ai tout de suite compris. J'ai cru m'évanouir de frayeur.

Ti restait songeur. À bien y réfléchir, il n'était pas du tout convaincu que le spectre ait exigé une pinte de sang. Peut-être espérait-il un tout autre liquide.

– Je ne crains pas pour moi, reprit la dame : je suis une femme âgée, il ne peut plus m'arriver grand-chose de grave. La mort me mettra bientôt à l'abri de tous les démons de la terre. C'est pour mon fils que j'ai peur. Et pour celui-ci, dit-elle en désignant le gamin.

– Cet enfant fait donc partie de votre clan ? demanda le juge.

Mme Wang eut l'air embarrassée.

– En quelque sorte. Mon fils l'a adopté. C'est un homme généreux, mon Ji, il fait le bien autour de lui, tout comme son défunt père. Il a recueilli ce garçon à sa naissance et l'a élevé comme s'il était son propre enfant. Il me sert de petit-fils et m'est bien utile dans mon grand âge. Je ne voudrais pas que la méchanceté de mon fantôme personnel le pousse à s'attaquer à ceux que j'aime. Puis-je compter sur Votre Excellence pour empêcher que cela arrive jamais ?

Ti acquiesça, par souci de rassurer la vieille dame, bien qu'il vît mal comment contrer les projets criminels des spectres. On ne l'avait guère formé à poursuivre des délinquants immatériels. Force lui était d'admettre qu'il n'avait condamné jusqu'ici, à son grand regret, que des êtres de chair. La criminalité de l'au-delà était pour lui chose nouvelle. Si elle était amenée à se développer, il lui faudrait remplacer ses lieutenants par quelques prêtres taoïstes rompus à ces matières, sûrement plus forts que lui pour réciter des exorcismes et autres sorts conjuratoires.

En attendant d'y voir plus clair, il recommanda à Mme Wang de faire appel à un moine de sa connaissance, dont les prières et les fumigations auraient au moins pour effet de ramener le calme dans la maisonnée. Quant à lui, une idée le tenaillait :

– Y a-t-il longtemps que cette apparition s'est produite ?

– Il y a environ une heure, noble juge. Le jour n'était pas encore tout à fait levé. Il a surgi des brumes matinales, ses cheveux gris couvrant à moitié son visage. Oh ! Quelle abomination, quand j'y repense ! Le vrai cadavre desséché de la malheureuse ! Ces bras osseux ! Ces joues creuses ! Ces yeux révulsés ! Cette haleine fétide !

Les estaminets avaient ouvert. Ti jugea qu'il avait une chance de retrouver son fantôme, s'il s'y mettait tout de suite. Il prit congé de la vieille dame et courut dans la rue. Jetant un coup d'œil à droite et à gauche, il se demanda de quel côté le spectre avait pu aller pour étancher sa « soif inextinguible ». Il s'en fut explorer les alentours, décidé à suivre son idée, si stupide fût-elle.

Alors qu'il errait dans une ruelle servant d'arrière-cour à des artisans, un meuglement sortit de sous un amas de vieux paniers en osier qui attendaient réparation. En déblayant un peu, il découvrit la clocharde, complètement saoule, affalée par terre.

Je pensais que votre parente, cette bonne Mme Sui, vous avait installée dans un couvent en attendant que votre masure soit redressée, s'étonna-t-il.

– Leur ai dit bonsoir... marmonna l'alcoolique. Une prison, oui ! Ont tenté de me faire périr de soif ! M'y reprendra pas !

Il était en train de se demander ce qu'il allait faire d'elle lorsqu'il vit Mme Sui arriver à un bout de la rue, tandis qu'un petit groupe de pensionnaires de chez Mme Yu apparaissait à l'autre.

– Tante Lia ! s'exclama l'amie de ses épouses en levant les bras au ciel. Je vous ai cherchée partout !

Les prostituées s'arrêtèrent à deux pas. La Sui et

elles se dévisagèrent avec gêne en jetant des regards en coin au magistrat.

– Oh, mais je vois qu'il y a foule, dans ces ruelles, au petit matin, dit ce dernier. On donne une fête ? Je n'ai pas remarqué les lampions. Je crois que nous avons un problème avec votre... votre tante, reprit-il à l'attention de Mme Sui. C'est la parente malade dont vous nous parliez tout à l'heure, je suppose ?

Les conversations sur ce sujet avaient le don de la désarçonner, il adorait cela. Il en remit une couche :

– Votre chère tante refuse de réintégrer la communauté religieuse à qui vous l'aviez confiée. C'est contrariant. Je crains qu'elle n'ait fait quelques ravages dans le quartier, durant son escapade.

– Oui, oui, je m'en occupe, répondit sa nièce d'une voix pincée. Que Votre Excellence ne s'inquiète pas pour nous.

Les prostituées se tenaient à quelques pas et les observaient.

– Si nous pouvons faire quoi que ce soit... dit l'une d'elles.

– Ce n'est pas la peine ! la coupa la maîtresse femme. Je domine parfaitement la situation. Je vous remercie de votre bonne volonté. Vous pouvez retourner au... là d'où vous venez.

Elle semblait parfaitement au courant du métier exercé par ses interlocutrices. Ti fut persuadé qu'elles se connaissaient. Dans quelles circonstances cette bourgeoise de Pou-yang avait-elle été amenée à fréquenter des demoiselles de petite vertu ? C'était une énigme de plus dans cette étrange cité où tout semblait aller de travers.

Mme Sui s'éloigna en soutenant « tante Lia », qui peinait à marcher. Les prostituées en profitèrent pour informer le magistrat que des individus louches avaient été remarqués aux alentours de leur domaine et posaient des questions sur elles. Ti croyait savoir de qui il s'agissait. Les Wang avaient transformé leur demeure en camp retranché. Ils ne sortaient plus. C'était tout juste s'ils n'avaient pas demandé l'autorisation de faire creuser un fossé tout autour, à travers les rues. Non contents de nourrir un régiment de gros bras dont l'inutilité avait pourtant été démontrée, ils avaient dû engager du monde pour mener une enquête privée. Ils osaient faire concurrence à la sagacité de leur magistrat ! Ils avaient fini par comprendre que l'épingle aux armes de leur famille trouvée dans la poitrine du premier scribe était une signature. On ne pouvait être plus clair. Il était impossible de s'y tromper. C'était comme si on leur avait crié dans les oreilles que ces meurtres avaient un lien avec la chute des concubines paternelles. Il était logique qu'ils fassent rechercher les deux épouses secondaires qu'ils avaient chassées, ainsi que leurs malheureuses filles. Les détectives qu'ils avaient appointés avaient dû porter leurs pas vers le quartier des saules. C'était eux, certainement, que ces demoiselles avaient vus rôder sous leurs murs. Où cela pouvait-il mener les Wang, nul n'aurait pu le dire. Les méandres des pensées nées de leurs esprits déficients étaient difficiles à suivre.

Ti était en train de se préparer pour l'audience du matin lorsqu'un bruit répété attira son attention. Un tambour était pendu à l'entrée du tribunal pour le cas où un citoyen de la ville aurait souhaité déposer une plainte urgente en dehors des jours prévus pour les audiences. Un impatient était en train de frapper frénétiquement l'ustensile sans attendre l'ouverture normale de la salle.

Le sergent Hong vint lui annoncer qu'il s'agissait des frères Wang, impatients d'être entendus. Ti acheva de s'habiller, posa son bonnet noir sur son chignon, et pénétra dans son tribunal à travers le rideau qui masquait la porte donnant sur ses appartements. Un instant après, les Wang surgirent à leur tour en brandissant une pointe de flèche en bronze acérée :

— Nous venons porter plainte contre l'archer qui a tiré sur nous, noble juge ! Qu'il soit arrêté ! Qu'on lui coupe les mains !

Ti leur fit observer qu'on n'appliquait plus ce genre de châtiment depuis au moins trois siècles. Il leur proposa en échange une bastonnade sévère en place publique, suivie de divers sévices, qui leur parut à peine suffisante pour payer le crime odieux dont ils venaient d'être victimes.

— Mon frère se promenait dans l'une de nos cours intérieures, dit To-ma, puisque nous n'avons plus le droit de mettre un pied hors de notre propriété.

Ti rectifia le propos : ils en avaient parfaitement le droit, c'était juste une affaire entre leur instinct de survie et leur envie de liberté.

— Je prenais donc l'air pour me mettre en appétit, confirma Gu-li, lorsque mon frère est arrivé.

— J'étais venu dire à mon frère que le dîner était prêt, le goûteur avait fini son œuvre – nous faisons goûter tous les plats depuis le dernier meurtre.

— La flèche est venue se ficher dans la paroi, sous le nez de mon frère.

231

– Je n'ai rien eu, grâce au Ciel, mais mon frère a manqué s'évanouir de frayeur !

– Heureusement, j'étais là pour ramener mon frère à l'intérieur après ce lâche attentat contre sa personne.

– Mon frère représente ma seule famille. C'eût été me tuer que de l'ôter à mon affection !

Ti se demanda si ces protestations d'amour fraternel ne cachaient pas le regret, enfoui quelque part au fond de leur conscience, de n'avoir pas été débarrassé de l'encombrant frangin une fois pour toute. C'était après tout l'occasion de jouir enfin seul des biens laissés par leur père. Il n'avait pas dû leur échapper que cette petite fortune bien écornée aurait doublé d'importance si elle était revenue à un seul d'entre eux. Par ailleurs, quelle chance y avait-il que l'acrimonie qu'ils avaient développée contre l'humanité entière ne s'appliquât pas l'un envers l'autre ?

Il leur promit de faire le nécessaire pour découvrir au plus tôt le responsable de cet attentat, tout en songeant qu'ils avaient embauché assez de personnel pour assurer eux-mêmes cette mission. Il se sentait moralement déchargé des problèmes de ces Wang. Il les trouvait assez impertinents de lui faire concurrence avec leurs enquêteurs privés, et riait sous cape de les voir se tourner vers lui dès que leur système montrait ses inévitables défaillances. On ne pouvait lui cracher au visage et l'implorer au moindre tracas ! Allons ! Ces hommes avaient posté des gardes sur tous leurs toits, et ils parvenaient encore à se faire tirer dessus par des archers embusqués ? Et c'était lui que l'on chargeait d'élucider le mystère ! Il avait une réponse toute prête : l'insondable bêtise des Wang rendait tout rempart perméable, toute protection inutile, toute surveillance vaine. Leur ennemi les atteindrait où il voudrait, quand il voudrait. Ils étaient comme des poules dans un poulailler : aucune palissade n'avait jamais retenu indéfiniment les renards. Il était dans la nature des poules de se faire croquer, et dans celles des imbéciles prétentieux de se faire berner, ainsi allait le monde. Même les meilleurs magistrats étaient impuissants à renverser cet ordre de choses. Qu'espérait-on de lui ? On méprisait son travail, et tout à coup on l'élevait à la dignité de divinité tutélaire, on était disposé à brûler de l'encens devant son pupitre changé en autel, pourvu qu'il vous tirât du mauvais pas dans lequel on s'était soi-même fourré ! On le prenait pour un médecin, pour un prêtre, ou même pour une idole omnipotente, corvéable à merci. Il était le sous-préfet de cette ville, pas son dieu tutélaire. Il y avait là un malentendu qu'il avait forte envie de dissiper.

Pour l'heure, la politesse le contraignit à les renvoyer avec quelques formules protocolaires, par lesquelles il leur promit que « la justice du Fils du Ciel n'omettrait pas d'étendre sur eux ses bienfaits et sa toute-puissance ». Les deux frères quittèrent enfin la salle et Ti put respirer en paix. S'il avait écouté son cœur, il leur aurait plutôt infligé une amende pour oser frapper son tambour d'alarme sans raison valable.

XVIII

Le juge Ti s'essaye à la charité ; il commence à dévider un écheveau de vieux fil.

Ti résolut d'avancer ses pions pour précipiter la conclusion de cette enquête. Il eut l'idée de poster des gardes devant la maison close, devant chez les Wang et devant chez leur demi-frère. Il fallait aussi en placer devant la masure de l'alcoolique. Pour ce faire, il était nécessaire que cette masure existât. Dès ce même après-midi, il réunit tout ce que le yamen possédait de personnel musclé et conduisit sa petite armée sur le terrain vague où gisaient les débris de la cabane.

Mme Sui était venue récupérer quelques ustensiles dans les décombres. Les domestiques de Ti investirent la ruelle, installèrent des palans, on poussa, on tira, on écarta le toit, on remit les murs d'aplomb pour le poser par-dessus et l'arrimer autant qu'il était possible. Jamais le juge n'aurait imaginé qu'il était destiné à se changer en entrepreneur de travaux publics. Mme Sui contemplait ce miracle, médusée :

– Je suis stupéfaite par votre générosité, noble

235

juge. Il est vrai que Votre Excellence a en charge le bien-être de ses administrés. Mais aller jusqu'à assurer vous-même un abri aux démunis !

— Vous voyez, je n'ai pas que de mauvais côtés, dit-il en regardant ses hommes faire de leur mieux pour redresser l'édifice branlant.

Il était inutile de préciser qu'il se fichait complètement de fournir un grabat aux ivrognesses de son district. Jamais il ne se serait donné cette peine en d'autres circonstances. C'était le rôle de Mme Lia dans cette affaire qui suscitait son intérêt à son égard.

— Je ne fais qu'accomplir mon devoir, qui me commande de veiller au bonheur de chacun et de m'occuper des bâtiments comme des routes, répondit-il avec un total manque de bonne foi.

— Vous faites beaucoup plus que cela ! s'écria Mme Sui, éperdue d'admiration. Vous sauvez ma pauvre tante ! Ce misérable logis était son seul bien, et vous le lui rendez !

Mme Sui le regardait à présent comme le Bouddha réincarné. C'était le moment ou jamais d'en tirer quelque bénéfice. Il lui glissa un mot sur la pénible situation de son foyer et conclut qu'il lui serait reconnaissant de bien vouloir plaider sa cause auprès de ses chères épouses. Elle comprit parfaitement le message : plus de sorties intempestives, plus de rébellion envers son autorité de maître incontesté des objets et des âmes.

— Votre Excellence peut compter sur moi, assura-t-elle, aveuglée par l'image du taudis relevé de ses cendres qui se présentait à ses yeux ébahis.

Ti fut convaincu qu'elle voyait une aura divine projeter ses rayons autour de lui. Il se sentit une vocation de saint, de bodhisattva franchissant un à un les degrés de la perfection, Le sourire bienveillant et serein de l'Éveillé se peignit sur ses lèvres. Eût-il eu le crâne rasé et les joues rebondies, il aurait incarné à merveille le Bouddha replet que ses concitoyens aimaient à se représenter.

Il laissa Mme Sui diriger le nettoyage de l'intérieur du gourbi et posta un garde devant la porte – ou ce qui en tenait lieu –, puisque tel était le but réel des efforts qu'il venait de déployer. Ainsi la situation lui semblait verrouillée. Il poussait l'assassin à la faute. Le prochain crime serait plus ardu à commettre que les précédents. Pour ce qu'il devinait de lui, le bonhomme ne pourrait s'empêcher de prendre des risques pour continuer son œuvre de mort : certes sa vengeance était bien avancée, mais, s'il en croyait son intuition de magistrat, les plus grands coupables n'avaient pas encore payé. Le tueur n'avait fait que les effrayer en resserrant autour d'eux son étreinte petit à petit. À présent, il voulait leur peau et se donnerait tous les moyens de l'obtenir. Sa tâche ne serait pas achevée tant qu'ils resteraient en vie.

La phase suivante de sa manœuvre exigeait d'adopter un costume propice à des déplacements discrets. Sa récente expérience dans le bâtiment lui suggéra de se vêtir en entrepreneur. Dans un empire où l'habit faisait l'homme, il suffisait de changer de vêtement pour changer de peau. Tout marchand était forcément vêtu selon son métier, et un homme ainsi habillé était forcément un marchand. Une fois ôtés sa robe verte et son bonnet surmonté de la perle dont la couleur indiquait son rang dans la hiérarchie mandarinale, Ti cesserait d'être un juge. Il se dépouilla de ses oripeaux et jeta un coup d'œil à sa garde-robe.

À bien y repenser, le déguisement d'entrepreneur s'annonçait problématique : les riverains ne pourraient le voir rôder çà et là sans se demander s'il avait en tête d'acheter leur maison ou de la faire abattre. Le manteau d'armateur devait être écarté : ils se connaissaient tous, il serait immédiatement repéré. Une panoplie de représentant de commerce lui sembla l'alibi idéal : elle lui permettrait de fréquenter n'importe quel quartier, rendrait compréhensible qu'on ne le connaisse pas et justifierait ses déplacements. Il compléta sa tenue d'un sac plein de chiffons, supposé contenir ses échantillons, dans lequel il fourra son épée, une précaution utile.

Devenu méconnaissable pour la simple raison que nul ne pouvait imaginer un magistrat dans le vêtement d'un marchand itinérant, il entreprit de faire la navette entre les différentes maisons où il avait posté ses hommes.

Il commença par la demeure la plus proche, celle du demi-frère des Wang. Justement ce dernier sortait de chez lui. Ti chercha des yeux le garde qui aurait dû se trouver devant la porte : il n'y avait personne. Il supposa que ce paresseux était entré se reposer dans une taverne alentour. Voilà qui allait lui coûter quelques coups de bâton lorsque le magistrat en aurait averti son capitaine. Alors que Wang Ji commençait à s'éloigner dans la rue, le cerveau de Ti nota subitement un détail incongru : un personnage enveloppé dans une cape tendait un arc, à une centaine de pas d'eux, et visait dans leur direction. Ti n'eut que le temps de jeter le jeune homme au sol tandis qu'une flèche sifflait à deux pouces de leurs têtes. C'était dans ces moments-là que le juge sentait que son surnom de « père et mère du peuple » n'était pas usurpé. Wang Ji, en revanche, était furieux d'avoir été renversé par un voyageur de commerce probablement ivre. Il se releva en maugréant :

– Espèce de tortue[1] imbibée ! Ne peux-tu faire attention ? Quand nous débarrassera-t-on de tous les ivrognes qui traînent dans nos rues ? Oh, pardonnez-moi, noble juge, ajouta-t-il, ahuri, en reconnaissant la barbe et les favoris du magistrat.

Ti extirpa avec difficulté son épée de son sac à chiffons et se rua à l'autre bout de la rue. La forme entraperçue avait filé sans demander son reste. Il ne s'était pas attendu à un attentat si rapide sur la personne de Wang Ji. Il aurait plutôt parié sur ses demi-frères. Il avait sous-estimé la haine que portait l'assassin à tous ceux qui, de près ou de loin, avaient trempé dans cette vieille affaire. Lui-même aurait été en danger s'il avait été en poste dans cette ville à cette époque. Heureusement, on changeait les juges d'affectation tous les trois ans, ce qui les mettait à l'abri des tentations de vengeance qui pouvaient animer les condamnés et leurs proches.

Ti reconduisit le jeune homme à l'intérieur de la maison et lui enjoignit de n'en plus bouger. Mme Wang mère se tenait sur le perron du bâtiment central. Elle vit bien à la figure de son fils qu'il s'était passé quelque chose.

– Qu'est-il arrivé ? s'écria-t-elle, les mains crispées sur sa canne. J'avais un sombre pressenti-

1. La tortue était un animal méprisé en raison de mauvaises mœurs supposées.

ment. J'étais sûre que le malheur allait s'abattre sur nous !

Son fils s'empressa de la rassurer. Il lui résuma l'incident à mi-voix. La vieille dame répondit quelques mots et disparut à l'intérieur de la maison.

– Ma mère désire vous exprimer sa reconnaissance, dit Wang Ji au magistrat. Elle aimerait que vous la rejoigniez au salon, si vous le voulez bien.

Ti était fort désireux de savoir ce qu'elle avait à lui dire. Il la trouva assise dans un fauteuil, près d'un joli paravent laqué, probable souvenir de leur époque faste,

– Mon fils unique vient de m'apprendre que je vous dois la conservation de ses jours, dit-elle. Les mots sont impuissants à vous témoigner ma gratitude.

C'était pourtant bien sur les mots que Ti comptait pour dissiper les dernières zones d'ombre maculant encore le tableau qu'il s'était fait de la situation. Il la pria de lui décrire succinctement les caractères des deux concubines chassées et de dresser la liste exhaustive de leurs filles.

– C'est bien peu de chose envers l'homme qui sait repousser les démons, répondit la vieille dame. Le seigneur Wang, mon époux, avait en tout cinq filles, âgées de dix à vingt ans. Elles doivent en avoir à présent entre vingt et trente. Seule la plus âgée était mariée – à M. Cheng, pour son malheur. La dernière était encore une enfant, elle n'avait pas atteint l'âge de l'épingle à cheveux[1]. La troisième épouse, celle qui fut accusée d'adultère, était d'un

_____

1. Vers quinze ans, les jeunes Chinoises ramenaient leurs cheveux épars en chignon et étaient alors déclarées nubiles.

caractère fort. C'était la plus belle d'entre nous. Mon époux l'adorait, bien qu'il prît garde de ne pas étaler de préférence qui eût nui à l'harmonie de notre foyer. Il n'en reste pas moins que la maison était sous l'influence prédominante de ma malheureuse compagne, jusqu'au jour fatal de sa chute.

Mme Wang fit une pause avant de conclure son portrait de groupe. Elle cherchait à rassembler ses souvenirs.

— La quatrième épouse était plus fragile. C'est pour elle, je crois, que l'événement fut le plus grave. Elle était enceinte lors de la catastrophe, voyez- vous.

— Savez-vous ce qu'il est advenu de son enfant ? demanda Ti, qui s'intéressait dorénavant à la famille dans ses moindres détails.

— Je ne le sais que trop, répondit la deuxième Mme Wang avec un sourire.

Elle désigna le garçon de dix ans qui apportait le thé.

— Le voici. Mon cher fils a un cœur d'or. Nous avons fait en sorte qu'il n'ait jamais à souffrir de la calamité qui s'était abattue sur notre demeure et sur sa mère. Pour cette dernière, en revanche, nous n'avons rien pu faire. Elle a disparu après avoir déposé le bébé sur notre seuil, dans ses linges marqués de l'emblème des Wang. À présent, il veille sur moi comme nous avons veillé sur lui.

Elle tapota affectueusement la joue du gamin et le pria de les laisser seuls. Elle fit signe au juge d'approcher et baissa la voix. Elle souhaitait lui confier un secret plus terrible encore. Il y avait autre chose, une chose qui rendait bien plus dramatique le fait que les frères Wang aient jeté dehors les deux concubines de leur père. Elle ne l'avait jamais révélée à personne. Elle avait juré que ses lèvres resteraient scellées à jamais : il s'agissait d'une promesse faite à une morte. Mais, puisque ces innombrables petits secrets étaient en train de les tuer, elle était décidée à révéler celui-ci au seul homme susceptible de les protéger. Pendant quelques minutes, Ti écouta cette confession effroyable. Puis elle lui fit promettre de n'éventer ses révélations qu'en cas de force majeure, ce qu'il accepta volontiers, au nom du respect dû aux familles bourgeoises relevant de son administration.

Cet aveu avait épuisé la vieille dame. Avant de prendre congé, Ti lui demanda quels étaient les noms de jeune fille des deux concubines. Ce qu'il apprit éclaira l'affaire d'un jour nouveau. Ce fut l'esprit en ébullition qu'il quitta la maison de Wang Ji, après que ce dernier l'eut raccompagné et l'eut remercié de nouveau pour lui avoir sauvé la vie. Ti avait davantage l'habitude de se confronter aux malversations des petits malfrats qui infectaient les grosses cités chinoises ; il se rendait compte depuis quelque temps que certaines familles recelaient des intrigues et dissimulaient des méfaits bien plus terribles que ce qui pouvait se commettre dans les bas-fonds.

Il poursuivit son inspection des lieux qu'il faisait garder par ses hommes. Ceux postés chez les Wang lui apprirent que les deux frères, contrairement aux habitudes qu'ils avaient prises depuis qu'ils se savaient menacés, avaient quitté leur résidence une heure plus tôt, l'air très nerveux. Ils s'étaient éloignés d'un bon pas. Comme les gardes du tribunal n'avaient pas mission de les suivre, on les avait laissés filer.

Ti conclut son inspection par la masure de « tante Lia ». Un scandale se déroulait justement sur le terrain vague. Tout un groupe d'ouvriers, sans doute recrutés par Mme Sui pour déblayer les lieux de leurs gravats, contemplait la scène les bras ballants, sans rien y comprendre. D'un côté se tenaient les deux femmes, de l'autre les frères Wang, et tout ce petit monde s'injuriait à qui mieux mieux, sans omettre les gestes obscènes pour ce qui était de Wang To-ma et de tante Lia, dont Ti avait déjà pu constater qu'elle avait du répondant.

« Bien, pensa le juge. À présent qu'ils se sont décidés à ouvrir la bouche, je peux espérer que notre affaire avancera tambour battant ! » Il prit à part Wang l'aîné, qui lui résuma l'enchaînement des faits ayant conduit à cette scène pitoyable.

L'enquêteur qu'ils avaient engagé avait abouti à des conclusions intéressantes. Il avait suivi la piste des concubines et de leurs enfants depuis leur sortie de la maison, dix ans plus tôt. La plus facile à repérer avait été Mme Sui, qui était restée à l'intérieur de la bourgeoisie par son mariage. Du coup, les Wang avaient foncé chez elle pour obtenir des explications : que se passait-il, que signifiaient ces attentats contre leurs personnes, et où se trouvaient les autres femmes, qu'ils soupçonnaient toutes de nourrir à leur encontre des projets meurtriers ? M. Sui, qui les avait reçus, n'y avait rien compris. Il les avait envoyés s'expliquer avec sa femme. Ils étaient alors accourus chez tante Lia, où celui-ci leur avait dit que son épouse se trouvait à ce moment.

– Cette femme est Petit-Trésor, notre demi-sœur, noble juge ! s'écria Wang Gu-li en pointant son doigt sur Mme Sui. Nous la reconnaissons formellement !

– Petit-Trésor ! répéta le juge. Jamais je n'aurais imaginé un tel prénom ! On ne peut pas dire que cela lui aille comme un gant.

L'intéressée avait la mine sombre.

– Comme quoi le plus précieux trésor du monde peut fort bien avoir deux porcs dans sa parentèle, rétorqua-t-elle, provoquant chez ses demi-frères un mouvement d'agressivité que tante Lia arrêta en brandissant un morceau de sa masure garni d'un gros clou rouillé.

Les Wang l'accusaient explicitement d'avoir voulu les faire tuer. Elle les accusa en retour d'être des infâmes, ce que tout le monde savait. Tante Lia, au milieu de la mêlée, intimait à chacun de quitter sa propriété et de la laisser en paix. Le gros Wang To-ma avisa le tas de paquets contenant les affaires de la clocharde, qui attendaient de retrouver leur place à l'intérieur du gourbi. Il s'empara du vaisselier en bois laqué comme s'il s'était agi d'un trophée de chasse :

– Et cela, où l'as-tu trouvé ? clama-t-il. Cela vient de chez nous ! Il y a notre sceau gravé dessus ! Voleuse ! Nous te ferons condamner pour cambriolage !

Ti crut que la pocharde allait lui arracher les yeux. Elle bondit sur l'épais bonhomme et lui arracha le coffret avec une violence inouïe pour une femme dans son état de délabrement. Le gros Wang en resta interdit.

– C'est à moi ! rugit-elle en serrant son vaisselier contre sa poitrine. Vous n'avez pas à poser vos sales pattes dessus ! Mauvais fils ! Fils indignes ! Fils traîtres à leur sang !

Les Wang restèrent interdits. Ti eut l'impression que de vieux souvenirs revenaient à leur mémoire. Incapables de trouver une repartie, ils tournèrent casaque et s'en furent sans ajouter un mot, drapés dans leur dignité outragée.

— Je crois qu'ils ont à méditer sur ce qu'ils viennent de découvrir, dit le juge en les regardant disparaître à l'angle de la ruelle.

Mme Sui fit mine de s'en aller aussi. Ti la retint par la manche :

— Hep ! Pas si vite ! J'ai encore besoin de vous !

Il entraîna les deux femmes jusqu'à une petite place où stationnaient des chaises de louage. Il les fit monter et s'assit à côté d'elles. L'équipage s'ébranla en direction des quartiers est. Quelques minutes plus tard, il s'immobilisait devant la maison close de Mme Yu. Leur destination se faisait jour peu à peu dans l'esprit de Mme Sui. Quand cela fut devenu une certitude, elle regimba comme un âne qui refuse la charge :

— Votre Excellence plaisante ! s'écria-t-elle, offusquée. Une femme de mon rang ne peut franchir le seuil de cet endroit ! Que penserait-on ? Il n'y a que des prostituées, là-dedans !

— Allons ! répliqua-t-il sur un ton bonasse. Il ne s'agit guère que d'une visite de famille, vous le savez bien.

Elle s'exécuta à contrecœur, en se demandant ce qu'il savait exactement de ses liens avec celles qui habitaient là. Ti prit fermement l'alcoolique sous le bras et lui fit franchir à son tour le portail du parc.

La journée n'était pas encore assez avancée pour que l'établissement accueille déjà des clients ; la soirée n'avait pas commencé, les lampions étaient éteints. Au bout de l'allée fleurie, un petit groupe de pensionnaires prenait tranquillement le frais autour de leur patronne, sur des fauteuils disposés le long de la façade couverte. À la vue des visiteurs, la tenancière haussa les sourcils.

– Votre Excellence amène des amies ? s'étonnat-elle. Mes filles se seraient- elles montrées à ce point en dessous de leur tâche ? Nous ne faisons pas maison de rendez-vous, habituellement.

– Le Ciel me garde d'avoir aucun rapport particulier avec cette dame ! répondit le juge avec un rictus à la pensée de toucher en quelque façon la harpie qui hantait son yamen.

Mme Yu frappa dans ses mains. Deux servantes se présentèrent avec des plateaux sur lesquels étaient disposés des rafraîchissements, des coupelles et divers bols contenant des légumes salés, au vinaigre ou à l'huile, ainsi que des amandes de toutes sortes. Ti se souvint que ces sortes d'établissements tiraient surtout leurs revenus des mets qu'ils servaient à la clientèle, plus que des rapports intimes que cette dernière entretenait éventuellement avec les pensionnaires. Il y avait toujours une collation toute prête dans les cuisines, pour être servie sur demande quels que soient l'heure et le nombre des convives. Celle-ci allait être consommée en famille. Ti n'était pas sûr, cependant, qu'aucune de ces dames aurait encore de l'appétit après la confrontation qu'il avait en tête.

– Je suis venu reconduire une mère auprès de ses filles, annonça-t-il.

– Voilà un sentiment louable, répondit Mme Yu comme s'il avait fait une remarque sur les intempéries estivales.

Il nota néanmoins que la main de la maquerelle tremblait un peu lorsqu'elle lui tendit un bol de noix de cajou grillées. Cette réaction l'engagea à poursuivre :

— Je tiens la mère, il me manque les filles. Voici donc celle que certaines d'entre vous connaissent sous le nom de tante Lia, qui fut en fait par le passé la quatrième Mme Wang, accusée d'avoir couvert l'adultère d'une de ses compagnes, ce qui lui valut d'être chassée du paradis.

Il étendit le bras en direction de la pocharde, qui se figea alors qu'elle posait la main sur un flacon d'alcool au ventre rebondi. Elle tourna la tête de son côté et lui lança un regard furieux. Après une hésitation, elle choisit de s'intéresser plutôt au flacon, qu'elle vida à moitié dans son gosier perpétuellement asséché, sous l'œil catastrophé de la plupart des demoiselles. Mme Sui se laissa tomber sur un tabouret. Fleur-de-Pêcher eut l'étonnante réaction de lui apporter immédiatement une tasse de vin tiédi. Au lieu de prendre la tasse, Mme Sui lui jeta un regard étrange, perplexe, comme si un voile se déchirait devant ses yeux. Elle restait muette cependant, presque assommée.

— Cherchons les filles, à présent, reprit le juge. Elles étaient cinq. Grâce aux ragots du voisinage, j'ai pu assez facilement repérer l'une d'elles. La plus âgée des demoiselles Wang, mariée à l'armateur Cheng, qui l'a répudiée dès qu'il a appris la déconfiture de sa mère et le décès de son père. J'ai nommé Camélia, ici présente.

Il désigna cette fois la jeune accouchée, qui berçait doucement contre sa lourde poitrine un bébé emmailloté. Camélia le contempla avec des yeux ronds. Nulle d'entre elles ne dit mot. Il régnait sur le perron un silence de mort, à peine troublé par le chant des oiseaux que cette fin d'après-midi émoustillait.

– Prenons ces demoiselles dans l'ordre de naissance, reprit le juge, bien décidé à dévider toute la bobine de vieux fil pourri qu'il avait eu tant de mal à reconstituer. Voyons... Qui, ici, est juste un peu plus jeune que Camélia ? Cela ne se voit guère, à cause du maquillage et de ses habits plus sobres, qui raidissent l'apparence et vieillissent celle qui les porte. Pourtant, je suis sûr que vous n'avez pas trente ans, chère Mme Sui ?

Celle-ci lui jeta un regard de désespoir.

– Vous n'allez pas penser que j'aie rien de commun avec ces femmes ? demanda-t-elle d'une voix blanche.

– Aujourd'hui, plus grand-chose, certainement, acquiesça-t-il. Mais il fut un temps où vous étiez toutes élevées dans la même maison, en cette époque du bonheur et de l'insouciance, sous la protection d'un père sage et tolérant qui vous laissait vivre à votre guise. Vous en avez conservé quelques habitudes notables, Petit-Trésor. Ce qui ne vous empêche pas de rester indéfectiblement fidèle à celle qui vous a donné la vie. Voilà un lien qui ne s'est pas rompu entre vous et ces demoiselles. Vous vous entendez toutes pour assister votre tante, votre mère, que sais-je, tombée dans la misère et dans l'alcoolisme. Que serait-elle devenue, sans vous ? Elle serait morte, certainement. Ou bien elle mendierait au bord des routes. Je suis sûr qu'à travers les vapeurs de l'alcool elle se souvient qu'elle a des filles qui veillent sur elle et prennent soin de ne la laisser manquer de rien.

Mme Sui baissa les yeux, incapable de le contre-dire. Cette fois, ce fut à tante Lia de s'asseoir, son flacon à la main. Plus personne n'osait se regarder en face.

– Je sens que je vais faire une pleine moisson de Wang, dit le juge avec satisfaction. Comme nous le savons tous, il est d'usage dans les bonnes maisons d'appeler « mère » la première épouse, l'épouse principale, et « tante » toutes les autres, y compris sa propre génitrice ; c'est pour cela que Mme Sui a conservé l'habitude d'appeler sa mère « tante Lia », ce qui n'a pu tromper qu'un temps l'œil aiguisé de l'enquêteur qui vous parle. Il me manque la der-nière concubine et les trois autres filles. Eh bien, si je regarde autour de moi, la pêche ne semble pas trop difficile. Je vois une splendide jeune femme, à qui ses leçons de musique, de littérature et de main-tien, alliées à sa beauté et à sa distinction naturelle, ont permis de devenir l'une des courtisanes de premier rang les plus recherchées de Pou-yang. Ce n'est pas vous flatter que dire cela, Rouge-Pivoine, conclut-il en s'inclinant légèrement.

Rouge-Pivoine était glacée, comme à son habi-tude. Elle ne broncha pas, se contentant de poser sur le magistrat son regard perpétuellement teinté d'une pointe de mépris.

– En ce qui concerne l'avant-dernière, reprit-il, j'opterai pour une jeune fille très intelligente, dont l'élocution volubile laisse transparaître la marque d'une éducation soignée, une demoiselle qui n'a pu se frotter aux bons auteurs que dans une maison opulente. Sa conversation raffinée est si appréciée qu'elle fait sa spécialité dans cet établissement. C'est la confidente des cœurs blessés et des âmes en peine, celle que ces messieurs viennent voir pour s'épancher, davantage que pour ses autres charmes. Je veux parler de Lotus-Pâle, qui portait jusqu'à il y a peu quelques bijoux un peu trop beaux pour une pensionnaire de maison close. Je vois que Mme Yu a pris soin de vous les confisquer, de la même manière qu'elle vous a ôté tous les indices de vos vies passées.

Mme Yu regardait obstinément ailleurs. Lotus-Pâle porta machinalement sa main à son cou, d'où son rang de perles fines avait en effet disparu.

– Et pour la benjamine, le choix s'impose de lui-même, dit le juge. Cette demoiselle à peine sortie de l'enfance, qui conserve précieusement une poupée de prix, souvenir de l'époque bénie où son père dépensait pour le moindre de ses caprices l'équivalent de ce qu'elle gagne à présent en un mois. La douce Fleur-de-Pêcher, qui fut le premier maillon de cette pénible affaire.

Fleur-de-Pêcher interrogea des yeux Mme Yu, mais celle-ci ne détourna pas son regard du jardin, où il se perdait parmi les massifs de fleurs odorantes.

– Reste à identifier la troisième épouse, celle qui fut accusée d'adultère et amena malgré elle la ruine de la maisonnée. Celle dont la liberté et la beauté ont donné une vague crédibilité à ce soupçon détestable, pourtant inventé de toutes pièces. Une femme douée d'assez d'énergie et d'intelligence pour se relever de toute situation. Une femme qui, rejetée dans les marges de la société, a été assez habile pour tirer son épingle du jeu. Une mère qui n'a eu de cesse de retrouver ses filles perdues et de les arracher au sort abominable qui leur était fait, pour leur en offrir un autre, certes peu reluisant, mais au moins vivable, sous son aile protectrice.

Ti laissa errer son regard sur toutes les femmes présentes, dont la plupart étaient suspendues à ses lèvres.

– N'est-ce pas, Mme Yu ? Ou bien devrais-je vous appeler par votre nom d'épouse, Mme Wang la Troisième ? Celle qui en réalité dirigeait le gynécée, peut-être même la maison tout entière, autant dire la famille, sous l'égide d'un mari facile et doux, provoquant la jalousie de deux beaux-fils stupides et envieux ?

Mme Yu avait pâli. Elle replia son éventail et le posa sur la table basse en face d'elle.

– C'est un nom que je n'aime plus guère entendre, depuis une dizaine d'années, répondit-elle. Il m'a été ôté comme le reste. Il ne m'appartient plus. Il fait partie des mauvais souvenirs de mon existence passée.

– Vous n'avez pas que de mauvais souvenirs de cette vie-là, reprit le juge en désignant les jeunes femmes assises autour d'elle.

Mme Yu eut un geste de connivence avec ses pensionnaires. Elle donna une main à Fleur-de-Pêcher, l'autre à Lotus-Pâle, assises de part et d'autre de son pliant. On aurait pu croire, l'espace d'un instant, à une banale scène de tendre complicité entre une mère et ses deux filles.

– Vous avez fort bien joué votre rôle de tenancière de maison close, je vous en félicite, dit le magistrat en frappant doucement dans ses mains.

– C'est pourtant ce que je suis, noble juge.

– Mais vous n'avez jamais cessé d'être mère, avant d'être une maquerelle. Bien. À présent que nous sommes d'accord, nous allons mettre à plat les événements qui se sont produits dans cette ville, ces derniers jours, afin de faire en sorte que l'ordre y revienne au plus vite. Car il est bien entendu que l'une d'entre vous est une meurtrière destinée à être traduite devant mon tribunal pour y répondre du meurtre de quatre hommes et de diverses tentatives d'assassinat, dont la dernière s'est produite sous mes yeux. La coupable désire-t-elle se dénoncer avant que je ne poursuive ?

Les demoiselles et leurs mères le dévisagèrent de leurs yeux écarquillés, au point qu'il se prit un instant à douter de ses propres conclusions. Il fallait bien, pourtant, qu'un assassin se trouvât parmi elles. Or, il était fermement décidé à ne pas quitter le palais de fleurs avant d'avoir établi son identité.

XIX

Une meurtrière se dénonce ; Ti perd la partie.

Il y eut un bruit de chute. Tante Lia venait de s'effondrer en travers de la table basse. Par un curieux réflexe, elle était parvenue à éviter de renverser les précieux flacons d'alcool qui s'y trouvaient. Mme Sui poussa un cri et se précipita pour la relever. Les autres femmes l'aidèrent à l'allonger sur le sol, certaines entreprirent de l'éventer. Lotus-Pâle essaya de lui faire boire un peu d'eau.

— Tu es folle ! s'écria Camélia. Ça va la tuer !

— Vous voyez, noble juge, avec toutes vos questions ! dit Mme Sui en se tournant vers lui. Elle n'y a pas résisté !

Ti songea qu'il aurait fallu un typhon pour abattre cette pocharde pour de bon. Il était prêt à parier qu'elle allait se remettre et serait, d'ici une heure ou deux, de nouveau prête à engloutir sa ration de vin quotidienne. Les demoiselles la transportèrent à l'intérieur pour l'étendre sur les sofas.

Mme Yu fit signe à celles qui restaient de s'en aller aussi et demeura seule avec le magistrat. Celui-ci se servit une tasse de thé et quelques friandises. La tenancière devait avoir recouvré tous ses esprits, car elle avait recommencé à s'éventer, quoique d'un geste sec. Ti décida de la bousculer un peu.

– Vous avez choisi de prostituer vos propres filles ! attaqua-t-il.

– Que croyez-vous qu'elles faisaient quand je les ai retrouvées ? À notre sortie de la maison Wang, nous avons toutes été séparées. Chacune a suivi son chemin comme elle a pu. Il n'y a que Petit-Trésor qui ait eu la chance de trouver aussitôt un mari digne d'elle, qui lui a conservé son statut. Mes pauvres filles sont tombées dans la pire déchéance et, croyez-moi, elles sont infiniment mieux ici que là d'où elles viennent.

– Mais quand même...

– À tant faire, le coupa-t-elle, il vaut mieux pour elles que cela ait lieu à la maison, la chose reste entre nous. Au moins n'ai-je jamais permis qu'on les maltraite. C'est ainsi, entre mère et filles, que cela se pratique en nombre d'endroits. La prostitution est une activité commerciale comme une autre, et les fonds de commerce passent de l'une à l'autre. Quand je vois le sort que l'on fait aux femmes du milieu auquel nous appartenions, je trouve que celui des courtisanes n'est pas si détestable. Nous recevons beaucoup d'hommes ici, mais aucun n'a de pouvoir absolu sur nous. Ils s'en vont quand leur affaire est finie, et nous n'avons pas à leur servir d'esclave le reste du temps. De plus, ils nous payent pour leur prodiguer les services que leurs épouses sont forcées d'assurer sans aucune rétribution ni gratitude.

– Ainsi, quand vos demoiselles vous appelaient

« mère », cela avait pour elles une signification toute particulière, dit le juge d'un air rêveur.

– Vous voyez, renchérit Mme Yu : nous n'avons jamais menti, en réalité. Le mensonge n'est que dans l'interprétation que font les gens des propos qu'ils entendent.

Ti se dit que c'était bien là une philosophie de menteurs. La tenancière contemplait le ciel sans nuage.

– Le temps se gâte, dit-elle. Je ne serais pas étonnée qu'il pleuve, ce soir. Dix ans, c'est court. Ça passe comme un vent d'été. Le beau temps s'enfuit, l'orage vient, et voici l'éclair qui frappe.

Elle se lança dans le récit d'une mère de famille reconvertie dans la prostitution organisée. Quelle n'avait pas été sa surprise de voir arriver l'une de ses filles parmi les postulantes à un emploi dans sa maison. Au fil du temps, elle les avait toutes récupérées, quitte à aller les chercher dans des lieux plus sordides les uns que les autres. On les avait réduites à toutes les sortes de servitudes existantes :

– Ce n'est pas une maison close, que vous voyez ici c'est un refuge. Chez moi, la vie est dure, mais elle n'est pas horrible, elle n'est pas insoutenable, et elle ménage quelques espaces de liberté qui permettent de souffler lorsqu'il le faut. Et puis, surtout, nous sommes en famille. Vraiment en famille.

– J'avais cru le remarquer, dit le juge. Même si je ne pensais pas, il y a deux jours, que c'était à ce point-là.

Elle lui raconta comment elle avait récupéré Lotus-Pâle dans un affreux lupanar d'État, où la malheureuse avait été enfermée après une condamnation pour vol à l'étalage. Ti savait fort bien ce qu'était ce genre d'établissement. Il s'agissait de bordels de bas étage où l'on regroupait les femmes destinées à servir de prostituées, en général les parentes de condamnés dont le châtiment entraînait la clause « ki-mo », à savoir que tous leurs proches étaient ravalés au rang d'esclaves. On y trouvait aussi les prisonnières de guerre, considérées elles aussi comme de la marchandise. Cette catégorie de prostituées appartenait aux castes inférieures. Il leur était interdit de se marier hors de cette caste. Elles étaient réservées à l'usage des soldats et au personnel subalterne des institutions civiles, dont elles constituaient en quelque sorte la prime de bons et loyaux services. Elles ne pouvaient espérer qu'en une amnistie générale, ou en la protection d'un haut fonctionnaire qui accepterait de les placer chez lui par rachat ou par location. Mieux valait presque être condamné à creuser dans les mines de sel.

– Une fille qui connaît par cœur plus de cent poèmes de la littérature classique ! s'écria Mme Yu, révoltée. Croyez-vous que nous n'ayons pas nourri des rêves, comme tout le monde ? Le pire, dans ce métier, c'est qu'il faut abandonner toute ambition, quand on entre ici. Nous sommes des femmes privées de rêves, c'est l'aspect le plus terrible de notre condition. Nous n'avons pas d'avenir, le présent est infect, et nous sommes priées d'oublier le passé – dont le souvenir ne nous apporte de toute façon que souffrance.

Après avoir marqué une pause, elle poursuivit le récit du sauvetage de sa progéniture.

– Camélia, c'est Petit-Trésor, je veux dire Mme Sui, qui me l'a amenée. Elle l'avait reconnue alors que la pauvre enfant mendiait à la sortie du temple des Murs et des Fossés, Rouge-Pivoine, en revanche, est arrivée par ses propres moyens. Un soir, elle était là, sur le pas de ma porte. Je n'ai jamais su ce qui lui était arrivé, elle ne m'en a jamais dit un mot. C'est la plus ferme d'entre nous.

Ti répondit qu'il avait noté cela.

— J'ai dû racheter Fleur-de-Pêcher à des ruffians qui en avaient fait leur *factotum*, dans une gargote sordide qu'elle briquait du matin au soir. Ils me l'ont vendue assez cher parce qu'elle n'avait pas seize ans. Elle ne m'a même pas rapporté le prix de sa défloration : quand elle est arrivée, c'était déjà fait, un porc était passé par là, gâchant pour mille taëls de commission !

Une fois reconstituée la charmante petite famille, restait à savoir qui était l'assassin.

— Alors ? dit le magistrat. Laquelle est-ce ? Laquelle dois-je arrêter ? Quelle est celle d'entre vous qui a assassiné tous ces hommes au nom de sa vengeance ?

Mme Yu prit une profonde inspiration.

— Je vois qu'il est inutile de dissimuler davantage. Votre Excellence aura sans doute compris que je suis la coupable. J'ai tué le capitaine des sbires parce qu'il nous a chassées de chez nous de manière honteuse, nous jetant à la rue devant tous nos voisins, après nous avoir à peine laissé le temps de rassembler nos biens les plus précieux. J'ai tué Cheng parce qu'il avait détruit en toute conscience la vie de notre pauvre Camélia. J'ai tué le majordome parce qu'il avait tout deviné et s'apprêtait à nous dénoncer. Ce chien avait abîmé les derniers instants de mon pauvre mari en relayant les accusations fallacieuses que mes beaux-fils avaient inventées contre moi pour me faire répudier. Inutile de vous dire que j'ai toujours été d'une fidélité scrupuleuse envers mon cher époux. Il y a dix ans, Gu-li et To-ma ont payé un colporteur sans moralité pour qu'il témoigne contre moi devant le magistrat d'alors, un imbécile à l'esprit étroit. Ce témoin à gages a déclaré que nous avions couché ensemble. Mes beaux-fils lui avaient appris quelques détails intimes de mon anatomie et de mes appartements, qui lui ont permis d'étayer ses propos. J'ai tué votre ignoble scribe parce qu'il avait bloqué notre recours auprès de votre prédécesseur, en échange d'une forte somme. Mon seul regret est de n'être pas parvenue à tuer aussi les infectes rejetons de mon mari, les plus coupables du lot.

Ti la remercia de sa franchise, qui lui faisait gagner du temps et leur épargnerait de pénibles séances de pincettes et de coups de fouet, les deux méthodes pratiquées ordinairement pour rendre les suspects loquaces. Il lui signifia qu'elle était en état d'arrestation et lui accorda quelques instants pour réunir ses effets et le suivre en prison.

L'annonce de l'interpellation provoqua la stupeur des pensionnaires. Certaines, qui ne pouvaient se résoudre à voir partir leur protectrice, se jetèrent aux pieds du magistrat pour l'implorer de revenir sur sa décision. D'autres lui jurèrent qu'il commettait une dramatique erreur. Alors que le palanquin de louage le ramenait au tribunal, où il conduisait sa prisonnière, Ti s'aperçut que les demoiselles suivaient à pied, sans avoir pris la peine de se changer. Ce fut un véritable cortège chamarré qui parvint au portail du yamen. Les accents désespérés et les supplications des prostituées donnaient à leur rassemblement un air bizarre de funérailles en tenues de fête. Ti fit refermer derrière lui et ordonna au planton de service d'isoler cette dame dans l'une des cellules.

Un peu plus tard, son nouveau chef des sbires lui rapporta que les filles de joie étaient revenues pour nourrir la prisonnière, lui fournir matelas et mobilier, et soudoyer le gardien afin qu'il la traitât bien, comme il était d'usage dans les geôles de l'empire. Elles se comportaient en filles attentionnées qui ne voulaient pas laisser leur mère livrée aux rigueurs d'un État qui se désintéressait absolument du sort des détenus.

Ti veilla assez tard, ce soir-là, dans son cabinet de travail. Il lui importait de coucher sur le papier les détails de cette affaire, afin de donner un tour cohérent aux accusations qu'il allait prononcer à l'audience du lendemain.

Au matin, Ti se prépara à l'une des séances les plus pénibles de sa carrière. Il allait inculper une femme qui, certes, avait bravé les lois impériales et répandu le sang, mais dont, au fond, il comprenait les motivations. Il était cependant impossible de laisser les sujets du Fils du Ciel se faire justice eux-mêmes. Aussi allait-il, en magistrat fidèle, permettre au glaive de la justice de s'abattre sur la criminelle, avec toute la sévérité que lui commandait son devoir.

Le gong annonça l'ouverture de l'audience. Ti repoussa le rideau qui masquait le fond de la pièce et pénétra dans la salle archipleine. Debout au premier rang, la prévenue était vêtue d'une tenue à peine moins sophistiquée et voyante que d'habitude. Elle tira de sa manche une jolie broche qu'elle pouvait de nouveau se permettre de porter, à présent qu'elle n'avait plus rien à cacher, et l'agrafa au revers de sa robe de soie rose pâle.

La rumeur que l'assassin qui avait endeuillé la ville venait d'être arrêté avait attiré une masse de curieux. Parmi eux figuraient quelques tenanciers de lupanars. Les directeurs des établissements de plaisir étaient groupés en association professionnelle et payaient fidèlement leurs impôts au gouvernement. Le respect de leurs obligations conférait à ces piliers du monde du vent et des fleurs le droit à la même protection dont bénéficiaient les autres entreprises commerciales. Sans doute étaient-ils venus veiller à ce que Mme Yu fût traitée à l'égale de n'importe quelle autre commerçante de Pou-yang.

L'assistance frémit d'excitation à voir cette tenancière de mauvais lieu s'agenouiller devant le magistrat. La perspective de son exécution en place publique excitait le peuple. Il y aurait foule pour assister à la décapitation, une fois que l'Empereur aurait ratifié la condamnation à mort que Ti ne pourrait éviter de prononcer contre elle.

Il transmit au scribe l'acte d'accusation qu'il avait rédigé la veille au soir. Le fonctionnaire annonça l'inculpation de Mme Wang la Troisième, née Yu, pour les meurtres de Hsueh Xan, capitaine des sbires, de Cheng Mi-tsung, armateur, de Zhao Ding, majordome, de Souen Tsi, premier clerc du tribunal, et diverses tentatives d'assassinat sur les personnes de Wang Gu-li, de Wang To-ma et de Wang Ji, tous fils de son défunt époux.

À l'énoncé de cette impressionnante litanie qui était pourtant de sa propre main, Ti ne put s'empêcher de songer que cela faisait une bien longue énumération de forfaits sanglants pour une seule femme. Il convenait à présent d'étayer ces dires de quelque preuve irréfutable ou d'aveux circonstanciés, ainsi que l'exigeait la loi. Il demanda à l'accusée si elle reconnaissait les faits qui lui étaient reprochés. La voix de Mme Yu s'éleva, haute et claire, devant l'assistance captivée :

— La misérable personne qui se tient devant ce tribunal admet avoir assassiné toutes les personnes dont les noms viennent d'être cités. Mon seul regret est de n'avoir pu tuer aussi les armateurs Wang Gu-li et Wang To-ma, qui méritaient mille fois la mort.

Le public émit des protestations sous le coup de l'émotion suscitée par cette déclaration scandaleuse. Les plus bruyants furent les frères Wang. Leurs voix supplantèrent le brouhaha. Ils s'en prirent avec véhémence à leur contradictrice :

— Il faut faire taire cette meurtrière qui a osé s'en prendre à nous ! cria Gu-li.

— Après toutes les bontés que notre père a eues pour elle, c'est une honte ! renchérit To-ma.

Ti songea que l'on pouvait s'interroger sur les bontés qu'avait eues pour elle la famille Wang en général et eux deux en particulier.

— Votre Excellence doit faire immédiatement fouetter cette créature démoniaque et perverse, qui sème le trouble et la terreur dans les foyers les plus respectables de notre ville ! exigea l'aîné.

— Déjà, du temps où elle vivait chez nous, reprit le cadet, elle jetait la discorde au sein de notre clan. Souvent notre mère nous a mis en garde contre ses manigances ! Elle intriguait pour obtenir la préférence de notre père, qui était faible avec ses femmes. Notre mère nous avait bien prévenus de ne pas croire à ses mensonges d'ensorceleuse !

Cette dernière remarque parut atteindre Mme Yu au cœur. Les traits figés, elle se tourna avec lenteur vers les deux hommes, qui la foudroyaient du regard, rouges d'indignation. Elle les fixa droit dans les yeux, comme si elle avait contemplé un tas d'ordures déposé devant sa porte. Ti eut soudain la prémonition de ce qu'elle allait dire. Il avait devant lui, sur le tapis rouge recouvrant la table, son *tching-t'ang-mou*, « le bois qui met la crainte dans la salle », un martelet d'une essence très dure, de forme oblongue. Il hésita à en frapper quelques coups sonores pour ramener le silence. Avant qu'il n'eût pris sa décision, Mme Yu ouvrit la bouche et prononça d'une voix parfaitement posée les pires mots que les deux Wang aient entendus de leur vie :

– Je maintiens que je regrette de ne pas vous avoir vus morts. Et cela est d'autant plus affreux à dire que j'ai le malheur d'être un peu plus que votre tante Yu, comme vous m'appeliez lorsque vous étiez petits.

Ti se décida à user de son marteau, dont il heurta vigoureusement la table. C'était trop tard. Nul n'a le pouvoir de retenir la flèche une fois qu'elle est lancée. Les Wang contemplaient l'accusée, les yeux ronds, la face soudain livide.

– Mensonge ! rugit l'aîné. Ne l'écoutez pas ! Elle ment comme elle respire !

Son frère s'était laissé tomber sur le banc. Avait-il compris, lui aussi ? Les paroles de Mme Yu avaient-elles traversé l'épaisse couche de bêtise crasse qui embuait son cerveau aux capacités limitées ? Soudain, lorsque Ti cessa de faire résonner sa table comme un tambour, chacun put entendre les mots que Mme Yu se contenta de murmurer :

– Voyez-vous, noble juge, c'est leur vraie mère que ces deux-là ont jetée à la rue il y a dix ans. Mme Wang la Première n'a jamais pu avoir d'enfant, chacun le savait dans la maison. Ce n'est devenu un secret qu'après la naissance des garçons. Moi, j'ai donné deux fils coup sur coup à notre maître. On m'a priée de les abandonner au bénéfice de l'épouse principale, que sa disgrâce mortifiait. Cela ne se discutait pas. J'étais très jeune. Et de toute façon, je n'ai jamais été fort maternelle. Ces chiens ne sont pas mes fils, mais ils sont nés de moi. J'ai mal à mes entrailles lorsque j'y pense.

Ti le savait déjà. Ce fait lui avait révélé sous le sceau du secret, la veille, par la deuxième Mme Wang. Il ne pensait pas être délié si vite de sa promesse. Une question l'obsédait depuis qu'il l'avait appris, l'heure était venue d'assouvir sa curiosité :

Pourquoi ne pas le leur avoir dit lorsqu'ils ont prétendu vous jeter hors de chez eux ? demanda-t-il. Il aurait été judicieux de ranimer leur piété filiale.

Mme Yu resta muette, le visage fermé. À son silence, il comprit qu'elle l'avait fait. Ils ne l'avaient pas cru alors, prenant cette révélation tardive pour une manœuvre dérisoire. Ils étaient bien forcés de la croire, à présent, parce qu'un tel mensonge ne pouvait plus lui profiter en rien. Au contraire, cet aveu lui coûtait visiblement. L'expression de dégoût qu'elle arborait le rendait odieusement crédible.

Ti nota que Wang Gu-li avait deviné avant les autres ce qu'elle allait dire. Le magistrat conçut un terrible soupçon. Il eut l'impression que l'aîné des

263

Wang savait déjà cela depuis longtemps ; que, contrairement à son cadet stupide, il l'avait toujours su. Qu'il le savait donc à l'époque où il avait fait chasser Mme Wang la Troisième au nom de la haine que lui avait portée la Première Épouse décédée, celle qu'il avait toujours considérée comme sa véritable mère. Ti se demanda si l'aversion de l'aîné envers Mme Yu ne venait pas précisément de cette découverte. Était-il possible qu'il ait voulu lui faire payer la réalité de sa naissance ? Se venger sur elle du fait que sa mère n'était pas sa mère, de ce que sa vraie mère était une femme qu'on lui avait appris à détester ? N'était-il pas jaloux aussi de l'affection que « tante Yu » portait à ses filles, ce dont lui-même avait toujours été privé ? Gu-li avait été fidèle à la défunte Madame Première jusqu'à la folie, jusqu'à l'horreur.

À la demande de Ti, Mme Yu commença à expliquer de quelle façon elle avait commis les meurtres dont elle s'accusait. Lorsqu'elle en arriva à la découverte du cadavre du majordome, le juge tiqua.

— Ainsi donc, j'ai tué Zhao Ding alors qu'il rôdait autour de mon domaine du quartier des saules. Je l'ai poussé dans une caisse, que j'ai fait livrer chez Wang Ji.

— Après l'avoir grimé de façon grotesque, voulez-vous dire ? rectifia-t-il.

— Oui... c'est ce que je voulais dire, bredouilla-t-elle.

Cette hésitation mit la puce à l'oreille du magistrat. L'inculpée lui parut moins sûre d'elle, l'espace d'un instant. Le doute s'insinua en lui. Cette femme avait assisté à toutes les audiences depuis l'ouverture de l'enquête, elle connaissait tous les détails qu'il avait révélés au public. Par précaution, il avait l'habitude de n'ébruiter que le strict nécessaire, aussi gardait-il quelques flèches en réserve dans son carquois.

– Comment avez-vous fait pour vous introduire dans la résidence des frères Wang, et pour y perpétrer votre dernier meurtre ? demanda-t-il.

Elle expliqua qu'elle s'était tout simplement mêlée à la foule des invités, vêtue comme une humble servante, ce qui lui avait permis de suivre discrètement le premier scribe en attendant le moment propice.

– Et c'est alors que vous l'avez frappé avec votre poignard ? demanda Ti.

– C'est cela, noble juge.

– Expliquez-nous comment vous avez procédé.

– J'ai sorti l'arme de ma manche et l'ai fichée dans son dos alors qu'il traversait une cour déserte.

– Comment se fait-il qu'on n'ait pas retrouvé l'arme ?

– Je l'ai récupérée une fois mon forfait perpétré, seigneur juge. Je l'ai essuyée sur la robe bleue du scribe et l'ai enfouie dans ma manche avant de quitter la résidence de la même manière que j'y étais entrée.

Ti haussa le sourcil. Ce récit contenait plus d'une incohérence.

– Un instant, dit-il en levant la main, M. Souen portait une robe bleue, avez-vous dit ?

Mme Yu hésita un instant. Son regard parut chercher la réponse appropriée dans les yeux du juge. Celui-ci était aussi impassible qu'une effigie de Confucius. Il la vit jeter un coup d'œil au vêtement bleu réglementaire dont était revêtu le scribe assis non loin d'elle. Ne trouvant rien d'autre à dire, elle confirma ses propos :

– Oui, noble juge. Une robe de couleur bleu azur, comme votre secrétaire ici présent... Ou verte... Je ne me souviens plus avec exactitude...

Ti tritura quelques instants les longs poils de sa barbe.

– Vous n'avez pas commis ces crimes, déclara-t-il d'une voix sombre, constatant l'échec de son enquête, qu'il s'était trop hâté de croire terminée.

Non seulement l'arme du crime avait été trouvée sur le cadavre, il l'en avait ôtée lui-même, non seulement elle n'avait pas été fichée dans le dos, mais dans le cœur de la victime, mais il ne s'agissait pas d'un poignard : c'était une épingle à cheveux aux armes des Wang, utilisée par l'assassin avec intention. Par ailleurs, Souen ne portait pas, ce soir-là, sa robe bleue de petit fonctionnaire, mais une tenue de fête, en l'honneur de ses hôtes, d'une belle couleur rouge. Mme Yu n'avait jamais mis les pieds à cette soirée. Ti venait de comprendre qu'elle s'était dénoncée pour couvrir le véritable meurtrier. Tandis qu'il réfléchissait, l'accusée, consciente d'avoir commis une erreur, tâcha de reprendre le fil de ses aveux.

– Je me suis mal exprimée, seigneur juge. Quelque détail se sera effacé de ma mémoire. Je suis troublée par la solennité de ce tribunal. Je...

Ti empoigna son marteau et en assena sur la table un coup retentissant qui fit sursauter tout le monde.

– Taisez-vous ! cria-t-il. Vous offensez la cour avec vos mensonges ! Ouvrez encore la bouche et je vous fais fouetter jusqu'au sang pour outrage à magistrat !

La contrariété le rendait furieux. Pourtant, si plein de colère fût-il, il lui était impossible de condamner à mort un imposteur. La condamnation d'innocents était contraire à son éthique, En outre, elle empêcherait de découvrir la vérité, qui seule l'intéressait, en dépit de son envie de classer l'affaire. Il déclara que l'inculpée n'était pas coupable des meurtres dont elle s'accusait, malgré ses aveux, mais qu'elle retournerait en cellule jusqu'à ce qu'il ait statué sur sa responsabilité. Cette annonce scandalisa l'assistance, qui n'y comprenait plus rien. Le public était venu pour entendre le récit honteux d'une meurtrière, pas pour voir blanchir une innocente. Il se sentait frustré.

Ti donna encore quelques coups de marteau pour rétablir le silence. Il tendit la main vers le pot tubulaire contenant les « fiches d'exécution de sentence » servant à indiquer le nombre de coups de bâton à administrer au prévenu. Il jeta vingt baguettes sur le sol, devant l'estrade. Mme Yu était par conséquent condamnée à recevoir vingt coups de bambou pour avoir menti. Ti se pencha vers son employé et recommanda tout bas de n'avoir pas la main trop lourde. Le sbire dénuda le dos de la tenancière. Après chaque coup, il poussa l'une des fiches de côté, jusqu'à extinction du nombre. Mme Yu subit sa punition sans laisser échapper le moindre cri de douleur. Les sévices terminés, Ti déclara l'audience close, au milieu des murmures déçus de l'assistance.

XX

Le juge Ti reconstitue une triste affaire ; il arrive trop tard.

Ti s'enferma dans son cabinet de travail pour méditer en paix sur les récents développements de son affaire. Il était revenu à la case départ. Chacune de ces femmes pouvait être l'assassin. Il retraça la suite des événements, convaincu de posséder sans le savoir tous les éléments permettant d'identifier la coupable.

Fleur-de-Pêcher, la cadette, était fort impliquée dans le premier meurtre, celui du capitaine des sbires. Les faits étaient clairs : il avait reconnu la jeune femme au palais de fleurs et avait prétendu coucher avec elle. Sans doute était-il excité à l'idée d'humilier une fille de la bourgeoisie qu'il avait connue autrefois dans des conditions différentes, quoique tout aussi sordides. L'ayant reconnu elle aussi, elle avait dû se refuser à lui. Le ton avait dû monter. L'homme s'était énervé et s'en était pris à elle, comme en témoignaient les traces de strangulation sur la gorge de la jeune fille. C'est alors qu'une autre femme, ayant entendu les cris, avait

269

surgi, munie d'un sabre, et avait décapité le violeur. Puis la sabreuse était retournée dans sa chambre avec la tête sanglante de sa victime. Fleur-de-Pêcher, sommée de donner une description de l'assassin, avait décrit le visage du capitaine afin de protéger la véritable coupable, ce qui était facile puisque la tête du mort n'était plus là ! Cette histoire de tête disparue disculpait Fleur-de-Pêcher du meurtre, sinon du crime de complicité. Tout au plus pourrait-il l'inculper pour recel de malfaiteur.

Qui avait-elle voulu couvrir ? Camélia faisait une coupable toute désignée. Occupée par sa grossesse, elle ne recevait pas de clients et avait eu tout loisir d'aller décapiter le rustre dans la chambre de sa sœur. Répudiée par Cheng après la déconfiture de sa famille, elle avait toutes les raisons du monde de commettre ces meurtres, surtout celui de son ex-époux. N'avait-elle pas perdu l'enfant qu'elle portait il y a dix ans, à cause de ses malheurs ? Oui, mais elle était hors d'état d'assassiner quiconque. Les mots de l'actuelle Mme Cheng au sujet de son mari revinrent à l'esprit du magistrat : « On ne peut lui reprocher de s'être donné les moyens de ses ambitions. » Oui, décidément, Cheng s'était donné les moyens de ses ambitions, quitte à sacrifier quelques existences sur son passage.

Venait ensuite le meurtre du majordome. Son ardoise était chargée. Il avait touché sa part pour aider les frères Wang à chasser les concubines. Il avait gâché les derniers instants de son vieux maître en acceptant de relayer des mensonges inventés afin de nuire aux épouses secondaires. Il avait tenté de lui extorquer un acte de répudiation sur son lit de mort. Plus rapide que ses maîtres, le majordome avait eu tôt fait de comprendre le message du meurtrier : le gros ventre et la position dans laquelle avait été retrouvé M. Cheng faisaient référence à Camélia, la demi-sœur répudiée à cause d'eux alors qu'elle était enceinte. Le point commun entre Cheng et le capitaine des sbires, c'était Camélia. Le majordome s'en était donc pris à elle. Il avait commis l'erreur fatale de venir rôder autour du palais de fleurs, allant jusqu'à y pénétrer pour harceler la malheureuse de ses soupçons. Mais, là encore, n'importe laquelle des pensionnaires avait pu l'assassiner.

Souen Tsi, son premier scribe, avait empêché ces dames de recourir à la justice, en bloquant leur plainte et en instruisant contre elles sur de fausses allégations. Ayant compris à son tour ce qui se passait, il était allé attaquer tante Lia, la clocharde, pour tenter de lui faire avouer par la force le nom de l'assassin. Elle aussi avait des motifs de leur en vouloir à mort. Quand elle avait été chassée, elle était enceinte de son garçon, ce petit de dix ans qu'il avait vu plusieurs fois chez Wang Ji. C'était la raison pour laquelle elle rôdait perpétuellement autour de cette maison. Cela expliquait que la deuxième Mme Wang ait vu ce fantôme lui apparaître à plusieurs reprises, à peine reconnaissable dans les traits déformés et blafards de la pocharde.

Lotus-Pâle avait eu l'occasion de tuer le scribe lors de la réception chez les frères Wang. Elle se trouvait là lors du crime, puisqu'elle aidait Rouge-Pivoine à se changer. Elle vivait dans la nostalgie de leur paradis perdu. À entendre ses confidences, Ti avait cru qu'elle nourrissait un rêve de bonheur inaccessible ; mais c'était du passé qu'elle lui avait

271

parlé avec ferveur, non de l'avenir ; il s'en était rendu compte trop tard. Avait-elle pour autant les nerfs assez solides pour commettre tant de meurtres sanglants ?

La vérité fondit alors sur lui comme un faucon sur une poule d'eau. Il savait désormais qui était la coupable. Il eut le sentiment de s'être fait avoir de bout en bout. Il se rua hors de son cabinet et courut dans la cour du yamen. Un petit groupe de porteurs paressait dans un coin. Ti sauta dans le palanquin et leur ordonna de le conduire dans le quartier des saules.

– Plus vite, plus vite ! leur lança-t-il à plusieurs reprises pendant le trajet, bien qu'il ne fût pas dans ses habitudes de presser le petit personnel.

Lorsque l'équipage s'immobilisa devant le palais de fleurs, il bondit sur ses pieds et se rua à l'intérieur. Le portier lui ouvrit le portail et s'inclina à son passage, visiblement éberlué de le voir courir ainsi ; si désireux que fussent les clients de rencontrer ces demoiselles, il en voyait rarement se précipiter dans la maison comme s'ils étaient poursuivis par le démon de la concupiscence échappé des enfers.

Parvenu dans le grand salon, Ti frappa vigoureusement dans ses mains.

– Que tout le monde vienne ici ! cria-t-il.

Une fois la maisonnée entière réunie autour de lui, il jeta un coup d'œil circulaire.

– Où est Camélia ?

On lui expliqua que son frère Wang Ji avait accepté de prendre chez lui la fille qu'elle venait de mettre au monde. Elle était à ce moment chez Mme Wang la Deuxième, à qui elle était allée

272

présenter l'enfant. Une seule autre pensionnaire était absente.

– J'en étais sûr ! clama-t-il, mi-contrarié, mi-triomphant.

Il était certain que les aveux de Mme Yu avaient eu pour seul but de permettre à la véritable coupable de prendre la poudre d'escampette. Il se fit conduire aussitôt dans la chambre principale.

C'était toujours cette belle pièce que Ti avait visitée quelques jours plus tôt en compagnie de Lotus-Pâle. Seulement, à présent, les coffres étaient béants. Quelques vêtements traînaient encore sur le lit, où on les avait étalés pour choisir ceux qu'il convenait d'emporter en priorité. L'occupante des lieux avait confectionné en hâte un baluchon de ses effets les plus précieux avant de quitter la maison. Ti avisa un papier sur l'oreiller. Les caractères de son nom avaient été tracés dessus. Il le déplia et lut attentivement la lettre.

« Seigneur juge, je vous écris ces mots dans le cas où vous reviendriez sur votre décision d'innocenter ma tante Yu, ainsi que vous l'avez fait ce soir au tribunal. Je ne doute pas que votre sagacité vous conduise à découvrir la véritable responsable des désordres qui ont consterné notre belle ville ces derniers jours. Je préfère donc précéder vos conclusions et m'en aller vers des cieux plus cléments, non sans prendre soin de disculper celle qui a eu le courage de se dénoncer à ma place.

» J'ai découvert, en sortant de notre maison, dont on nous avait chassées comme des lépreuses, que rien d'honorable n'était permis à une jeune fille pauvre, hormis peut-être un mariage désastreux avec le premier venu. Dans le bref catalogue des métiers honnis qui s'ouvraient à moi, celui de courtisane présentait au moins l'avantage d'exiger quelques connaissances qui inspirent le respect. Je me suis donc livrée de plein gré à cette spécialité, pour en éviter d'autres plus infâmes. Un mois après notre malheur, je me faisais enregistrer dans l'une de ces maisons de plaisir. J'avais déjà suivi chez mon père le rigoureux apprentissage des différents arts prisés par les bonnes sociétés. Mes modestes talents, des traits harmonieux, m'ont permis d'éviter les coups de fouet dont nos « mères adoptives », les tenancières de ces établissements, ne sont pas avares en règle générale. Je n'eus désormais la permission de quitter le quartier des saules que si on louait mes services pour tenir compagnie aux invités d'un banquet officiel. Cela me donna l'occasion de voir de près comment vivent les hommes. Contrairement à mes compagnes, je n'ai jamais eu pour but de me faire racheter par un hôte distingué afin de devenir sa femme ou sa concubine. Ces filles font des efforts pitoyables pour se hisser au niveau qui leur est indiqué par les jeunes lettrés qu'elles aimeraient séduire. Mon but a toujours été d'une autre nature.

» Lorsque j'ai appris que ma tante Yu avait ouvert un palais de fleurs, j'ai fait en sorte d'y être transférée. Nos deux occasions de gagner de grosses sommes sont la défloration et le rachat. J'ai donc vendu ma virginité, précieusement conservée jusqu'alors, afin de me libérer de mes engagements auprès du maquereau qui m'employait. Je me suis présentée chez tante Yu, qui m'a accueillie à bras ouverts. La reconstitution de notre foyer perdu était l'unique revanche possible sur notre mauvais destin.

» Mon premier meurtre, je l'ai commis presque

par accident. Je n'ai pu supporter l'idée que Hsueh Xan, ce chien galeux qui vous servait de sbire, cette lie de votre tribunal, s'en prenne à ma sœur, que vous connaissez sous le pseudonyme de Fleur-de-Pêcher. J'ai agi sous l'impulsion du moment. Je conservais depuis dix ans l'épée de mon père, non sans arrière-pensées, sans doute. J'aurais dû attendre un moment plus opportun pour étriper cet infâme pourceau, mais que voulez-vous : on n'est pas toujours à même de se contrôler, il arrive qu'un geste vous échappe. Après avoir coupé sa tête, je suis simplement retournée dans ma chambre par le jardin. Ce n'est que le lendemain que j'ai eu l'idée de lui donner le corps qu'il méritait. J'ai donc fabriqué et planté l'épouvantail devant chez ma mère, Mme Lia, afin de lui montrer qu'elle était enfin vengée.

» Le chemin m'est alors apparu dans sa limpide simplicité. Je devais faire payer les autres responsables de nos malheurs, ainsi que le Ciel m'avait donné l'occasion de le faire avec le capitaine. C'est moi qui ai assassiné le monstrueux Cheng, l'ex-mari de ma sœur Camélia, l'odieux Zhao Ding, ce majordome duplice, et l'infâme Souen Tsi, ce méchant scribe, à qui j'avais moi-même remis de l'argent, lors du procès, pour qu'il relaie notre plaidoyer. Je ne regrette rien et suis prête à subir les conséquences de mes actes, qui se traduiront par un exil éternel loin des seules personnes que j'aime et qu'il me reste. Votre servante, Rouge-Pivoine. »

Une fois sa confession signée, il n'était plus resté à la coupable qu'à s'enfuir, pour débuter une vie d'errance sur les routes de Chine, ce qui était déjà une dure punition. Elle ne reverrait jamais sa famille. Et lui aurait bien du mal à remettre la main sur elle.

Ti fourra la lettre dans sa manche et quitta sans un mot le palais de fleurs, sous les yeux étonnés des pensionnaires, du pas mécanique d'un somnambule. Une fois arrivé au portail, il demanda au domestique s'il avait vu passer Mlle Rouge-Pivoine.

– Si fait, noble juge. Elle est sortie il y a deux heures. Elle avait fait venir un cheval. Elle m'a dit qu'elle devait se rendre à un banquet dans une villa hors de la ville. Elle avait d'ailleurs tout un paquet d'affaires pour sa prestation. Je me suis dit que cette villa devait être éloignée, car je l'ai vue piquer des deux dès le bout de la rue.

Ti remonta dans son palanquin, qui le ramena au yamen. Une fois chez lui, il ordonna qu'on fît venir la détenue. Lorsque Mme Yu pénétra dans son cabinet, la démarche raide, il devina que son dos tuméfié par les coups de bambou la faisait cruellement souffrir. À présent qu'il savait à quel point elle s'était jouée de lui, il regrettait moins que jamais de les lui avoir administrés. Il désigna la feuille de papier posée sur la table :

– Comment n'ai-je pas compris plus tôt ? Seule Rouge-Pivoine, de par son statut privilégié de courtisane de luxe, pouvait sortir à tout moment du quartier réservé, notamment la nuit, sans guère de contrôle de votre part, pour autant que vous ayez eu envie de la contrôler. Vous étiez au courant de ces meurtres ! Vous saviez qui les commettait ! Et vous n'avez rien fait pour les empêcher !

– Hélas, noble juge, dit la tenancière, comment s'interposer entre votre ennemi et la personne qui vous venge de lui ? Il faudrait posséder la sérénité du Bouddha. J'avoue, à ma grande honte, n'être en aucun cas la réincarnation de l'Éveillé. Nous vivons dans un monde d'hommes. Peut-on reprocher à quelques faibles femmes, véritablement faibles en l'occurrence, d'avoir fait triompher une infime parcelle de justice ?

– Vous confondez la justice et la vengeance, la justice et le meurtre ! clama Ti. La justice, c'est moi ! Vous, vous n'avez fait que vous payer de vos souffrances sur ceux qui les avaient provoquées !

Il songea que c'était tout compte fait une assez bonne définition de la justice telle qu'il l'envisageait lui-même. Il se sentit subitement las.

– Je rêve parfois que je dirige un village idéal, situé dans une prairie fleurie, un monde radieux où tout serait beau et chacun heureux de son sort. Puis je me réveille ici, dans cette ville proprette qui n'est en réalité qu'un cloaque pourri !

Il annonça à Mme Yu qu'elle pouvait quitter sa cellule :

– Finalement vous n'êtes pas pire que la moyenne des bourgeois de notre belle cité. Vous avez gagné une partie d'échecs sanglante. Je pourrais m'acharner sur vous, mais vous avez de la chance : je suis bon perdant. Allez, et faites en sorte que je n'entende plus jamais parler de votre palais de fleurs.

Mme Yu s'inclina et sortit en boitant. En y repensant, Ti songea qu'elle lui avait enfin avoué la vérité, ne fût-ce qu'à demi-mot. Il était convaincu que ces femmes s'étaient toutes entraidées pour commettre ces meurtres. Si Rouge-Pivoine avait été le bras armé de leur courroux, les autres l'avaient couverte. Il était évident qu'elle n'avait pu faire basculer toute seule le corps de l'armateur Cheng par-dessus le mur des frères Wang. Qui parmi elles l'avait assistée ? Il ne le saurait jamais, pas plus qu'il ne saurait qui se cachait sous une cape pour tirer des flèches sur les Wang. Était-ce Rouge-Pivoine ? Il voulait croire qu'elle s'entendait aussi bien au tir à l'arc qu'aux arts de société ou au maniement de l'épée paternelle. Il lui déplaisait de penser qu'une meurtrière en herbe courait encore les rues du quartier des saules. Elles n'avaient pas cessé de se serrer les coudes sans rien en laisser paraître, réunies par un malheur commun et une commune haine. Le meurtre du scribe Souen avait dû être le plus facile, Rouge-Pivoine connaissant parfaitement la maison Wang pour y avoir été élevée. C'était cela qu'avait cherché à lui dire son secrétaire, juste avant sa mort, durant le banquet : sous les traits de la courtisane, il venait de reconnaître la petite fille qui lui avait remis le placet de sa mère, dix ans plus tôt. S'il avait pris la peine de l'écouter, le magistrat aurait sans doute évité un meurtre.

Ti eut soudain une idée terrible. Hormis les frères Wang, il restait un coupable qui n'avait pas payé : ce colporteur qui avait prétendu devant le tribunal avoir été l'amant de Mme Yu grâce à la complicité de tante Lia. Il eut la conviction que Rouge-Pivoine était partie à la recherche de cette dernière cible. Le rejoindrait-elle jamais ? Voilà qui continuerait de donner un but à sa quête sanglante. Il songea qu'au moins ce meurtre-là serait commis hors de sa juridiction : il s'en lavait les mains.

Par ailleurs, il ne donnait pas cher de la peau des frères Wang si Rouge-Pivoine se mettait un jour en tête de revenir à Pou-yang, d'ici quelques années, lorsque lui-même aurait changé d'affectation. Qui sait ? Elle avait la vengeance tenace. Un seul s'était racheté : Wang Ji, qui avait pris chez lui le bébé de Camélia comme il avait accueilli celui de tante Lia dix ans plus tôt. Une bonne action compensait-elle un crime ? Il espéra pour lui que la tueuse se rendrait à cette idée.

Il en vint à penser que rien n'était vraiment sûr, dans cette affaire. Était-il bien certain de ses propres conclusions ? Rouge-Pivoine ne s'était-elle pas enfuie pour prendre sur elle la faute et couvrir les autres, tout comme Mme Yu l'avait fait quelques heures auparavant ? Il aurait fallu les soumettre toutes ensemble à la torture pour avoir une chance de connaître le fin mot de cette histoire. Il s'y refusait. Sa soif de vérité n'était pas assez ardente pour le pousser à ajouter aux tourments et autres injustices qu'elles avaient déjà subis.

Ti exposa, lors de l'audience du soir, la conclusion de son enquête : la coupable était une courtisane en fuite qu'il avait donné l'ordre de rechercher par tout le pays. Il doutait pour sa part qu'on remît jamais la main sur elle. L'empire était vaste, et une personne douée de ses talents trouverait toujours de l'emploi. Il y aurait bientôt, dans quelque ville d'une province éloignée, une nouvelle courtisane à la mode, du nom de Rose-Carmin ou quelque chose dans ce goût-là, célèbre pour toiser les hommes avec dédain.

Dès qu'il eut quitté la salle, on lui apprit que le magistrat Lo, de retour de la préfecture, sollicitait l'honneur de son hospitalité. Ti alla accueillir son ami au sortir de sa voiture couverte et lui demanda comment s'était passé son séjour chez le préfet.

– Oh ! Une suite d'ennuyeuses réunions politiques ! répondit son collègue, avec un geste exprimant l'accablement du fonctionnaire débordé.

Ti remarqua qu'il avait un peu forci ; l'effet des discours politiques, sans doute. Ses épouses ayant gardé un mauvais souvenir de sa précédente visite, elles refusèrent de rencontrer cet homme qui s'était permis d'entraîner leur mari dans une vie de débauche, et déclarèrent qu'elles avaient toutes les trois la migraine.

– Ah ? Une épidémie de migraine, donc ? conclut Lo d'un air badin. Il paraît que cela se produit chez les femmes qui vivent ensemble. On prétend qu'elles finissent par avoir leurs embarras en même temps. Dans les couvents, par exemple.

Ti répondit qu'il n'en savait rien : bien qu'il ne pratiquât pas les lieux de plaisir avec autant d'assiduité que son ami, sa maison n'était pas un couvent.

– Au fait ! dit Lo. Avez-vous résolu cette amusante affaire de tête coupée, dont nous avons été les témoins, à l'aller ? Cela a dû avancer rondement, avec un homme de votre capacité ! Vous avez dû nous mener ça tambour battant !

Ti espéra que Lo ne songeait pas à le conduire de nouveau dans une maison close. Plutôt que d'en subir une seconde fois les conséquences catastrophiques, il se sentait enclin à le livrer à la première Rouge-Pivoine venue, voire à lui couper lui-même la tête pour la ficher sur un pantin en habit de magistrat.

– Alors ? reprit Lo. Qui était le coupable ? Quelque rôdeur dépenaillé ? Quelque amant délaissé, que la jalousie avait rendu fou ?

– Pas du tout, répondit son hôte. C'est la plus

gracieuse, la plus belle, la plus élégante courtisane de la maison, qui a perpétré ce meurtre. Elle en a d'ailleurs commis d'autres par la suite, et j'ai lieu de croire que ses compagnes l'y ont plus ou moins aidée.

Lo s'immobilisa. L'image de douces jeunes femmes découpant leurs clients au sabre lui donna un frisson.

– Eh bien... dit-il, déconcerté. Voyons donc ce que votre cuisinier a prévu pour le dîner !

Ti lui prit le bras pour le conduire à l'intérieur. Il n'y aurait pas de visite dans le quartier des fleurs ce soir-là.

Les Insulaires
Éditions de Septembre, 1990

Les Fous de Guernesey
ou les Amateurs de littérature
Robert Laffont, 1991

L'Ami du genre humain
Robert Laffont, 1993

L'Odyssée d'Abounarti
Robert Laffont, 1995
et « Pocket » n° 10074

Mademoiselle Chon du Barry
ou les Surprises du destin
Robert Laffont, 1996

Les Princesses vagabondes
prix François Mauriac de l'Académie française
Lattès, 1998

La Jeunne Fille et le Philosophe
Fayard, 2000

Un beau captif
Fayard, 2001

La Passion Belhomme
Une prison de luxe sous la Terreur
Fayard, 2002

Douze tyrans minuscules
Les Policiers de Paris sous la Terreur
Fayard, 2003

Les Nouvelles Enquêtes du juge Ti, vol. 1
Le Château du lac Tchou-An
Fayard, 2004
et « Points Policier », n° P1541

Les Nouvelles Enquêtes du juge Ti, vol. 2
La Nuit des juges
Fayard, 2004
et « Points Policier », n° P1542

Les Nouvelles Enquêtes du juge Ti, vol. 4
Petits meurtres entre moines
Fayard, 2004

Les Nouvelles Enquêtes du juge Ti, vol. 5
Madame Ti mène l'enquête
Fayard, 2005

Les Nouvelles Enquêtes du juge Ti, vol. 6
Mort d'un cuisinier chinois
Fayard, 2005

Les Nouvelles Enquêtes du juge Ti, vol. 7
L'Art délicat du deuil
Fayard, 2006

Les Nouvelles Enquêtes du juge Ti, vol. 8
Mort d'un maître de go
Fayard, 2006

JEUNESSE

La Nuit de toutes les couleurs
(avec émilie Chollat)
Milan, 1999

Une histoire à dormir debout
(avec Gwen Kéraval)
Milan, 1999

Petit lapin a disparu
(avec Isabelle Chatelard)
Milan, 2000

Je m'envole
(avec Olivier Latick)
Milan, 2000

L'Orphelin de la bastille, vol.1
Milan, 2002

L'Orphelin de la bastille, vol.2
Révolution
Milan, 2003

L'Orphelin de la bastille, vol. 3
La Grande Peur
Milan, 2004

L'Orphelin de la bastille, vol. 4
Les Derniers Jours de Versailles
Milan, 2005

La Princesse météo
(avec Frédéric Pillot)
Milan, 2005

L'Orphelin de la bastille, vol. 5
Les Savants de la Révolution
Milan, 2006

RÉALISATION : GRAPHIC HAINAUT
IMPRESSION : BRODARD ET TAUPIN À LA FLÈCHE
DÉPÔT LÉGAL : JANVIER 2007. N° 88531 (38867)
IMPRIMÉ EN FRANCE